JN202297

普通の子

朝比奈あすか

角川書店

普通の子

佐久間美保《さくまみほ》の一日は調理から始まる。夫の弁当と息子の朝食をいっぺんにこしらえる。小五の息子、晴翔《はると》の朝食はパンをトーストしてハムと目玉焼きをのせる程度で済ましているが、夜勤の多い部署で働く夫和弥《かずや》の弁当と同時に用意するのはそれなりに手間だ。作り終えると今度は、晴翔が食べている間に洗濯物を干さなくてはならない。

一階にガレージ、水回り、広めの収納、二階に居間と主寝室、三階に子ども部屋とベランダという、いわゆるペンシルハウスに住んでいる。狭小住宅とも言う。

徒歩圏内の地下鉄の駅から、網の目のように張り巡らされた線路を伝って都心のどこへでも短時間で行ける利便性の高い街に、三十代で買える、これがぎりぎりの家だった。そばには小ぶりの公園や、人情味のある商店街もあり、小学校へも遠くない。築十数年の中古物件だったが、夫婦で定年まで働く前提のローンを組んで購入した。

ふたりは同じセキュリティサービス会社に勤めており、家を買う時に、持てる防犯の知識を総動員した。広い道路に面しており、一階に掃き出し窓がなく、浴室やトイレの窓はちいさめと、防犯的に見て良いと思われるポイントがたくさんある家だった。だが、住んで五年目を迎える今も、家事の動線への不満はある。たとえば朝の出勤前、洗濯機のある一階からベランダのある三階まで洗濯物を干しに行くのは億劫《おっくう》で、最初のうちは頑張っていたが、やがて浴室乾燥機で乾かすようになったなど。

だからその日も美保は、脱水後の衣類を浴槽の蓋《ふた》の上にまとめて置いて、そこから順に取り上げハンガーにかけていた。繰り返されてきた毎日の中の、何ということもなかったはずの平日の朝。

半分くらい干したところで、脱衣所のドアが開いた。顔を覗《のぞ》かせたのは、晴翔だった。ウエストがゴム製のジャージ素材のパンツに、青いTシャツ。夏休みが終わっても、蒸し暑い日が続いている。

「今、何時?」

美保は訊《き》いた。おおよその時間は分かっていたが、自覚させて急がせたい。

晴翔は答えず、

「ママ何やってるの」

と、見れば分かることを訊く。

「ママは洗濯でしょ。餌はあげたの?」

玄関の水槽の「デストロイヤー」に餌をやるのは晴翔の仕事だ。強そうな名前だが、白地に赤い模様の美しい和金で、飼い始めてから一年くらいか。去年の夏祭りで晴翔が金魚掬《すく》いをし、捕らえてきた。もとは五匹いたので大きめの水槽を買ったのだが、デストロイヤー以外は定着せず、何度か追加で購入した魚たちも死んだ。そのうちまた新しく仲間を増やしてやってもいいが、最近は仕事も忙しく、なかなかペットショップに行く余裕がない。

「もうあげた」

「そ。じゃあ、支度しておいで」

手を動かしながら、美保は言う。晴翔がその場を離れる。階段をのぼる足音がした。ランドセルを取りに行ったのだろう。

美保が洗濯物を干し終え、部屋着のまま簡単な化粧を終えて廊下に出ると、さっき階段をのぼっていった晴翔がランドセルを背負って下りてくるところだった。

「行ってらっしゃい」

と明るく声をかけた。

晴翔は何も言わず、振り向かず、玄関の上がり口に座って靴を履く。ゴミ出しをしなければならないので、台所のある二階へ、美保は急いで階段をのぼった。用意しておいた水筒が台所のカウンターに置きっぱなしになっていることに気づき、

「あ、やだ。水筒、忘れてる」

慌てて階段を下りてゆくと、晴翔はまだ玄関に座っていた。水筒を渡すと、「あー」とだけ言って受け取る。お礼は？　挨拶《あいさつ》は？　そんなことを言っている暇はない。

「じゃあね、行ってらっしゃい」

おざなりに声をかけ、また二階へのぼったが、美保はその時、自分がいつもより大きな足音を立てて駆けあがった気がした。無意識に、母親の忙しさを晴翔に知らせようとしたのかもしれない。忙しいんだよ、あなたの相手をしている暇はないんだよ、と。

その時たしかに何かを感じた。何か。さっき見た息子の頭の傾き方がどこかしら不恰好《ぶかっこう》だったこと？　声に生気がなかったこと？　だが、晴翔が去った後の居間の散らかりようを見て、その、「何か」への感覚は吹き飛ぶ。テレビはつけっぱなし、電気もつけっぱなし、パジャマは脱ぎっぱなし。これをなんとかしてから出勤したいが、そんな時間はないから夜に回す。乱れた部屋が美保の心を苛立《いらだ》たせる。自分で片付けるようにといつも言っているのだが、あの子はいつまでたってもやってくれないから、結局わたしが全部やらなければならない。年下の夫は文句も言わないが手伝ってもくれない。共働きなのに生活の基盤を整えるのはなぜか全て美保の役割となっていて、だからテーブルを見れば、

「なんでー」

と、思わず声が出てしまう。

切り添えたトマトも目玉焼きも全て残されていた。ハムがなくなっているのは良かったが、あとはパンをひと口、ふた口ばかりかじった程度。ほとんど食べていない。そのくせパン屑《くず》が、テーブルにも床にも、ぼろぼろこぼれている。片付けても片付けても散らかり続ける部屋。本当は、雑誌で見るような「ていねいな生活」をしたいのだ。教育指南書が勧めるように、子どもにしっかり寄り添って会話をしたい。しかし、「ていねい」にも「寄り添い」にも時間と手間がかかる。床に、晴翔が鼻をかんだのだろうティッシュがくしゃくしゃのまま落ちている。すぐそばにゴミ箱があるのに、どうして床に落とすのか。

以前勤めていた管理部門から営業所へと異動してから、土日に研修が入ることもあり、以来

美保は、気持ちが休まらない日々が続いている。夜も持ち帰った仕事をやらねばならず、常に忙《せわ》しない気持ちで家事をしている。

すでに歯を磨いていたのだが、台所に立ったまま、晴翔が残したトマトを立て続けに自分の口に放り込んだ。目玉焼きとパンにはラップをし、そのまま冷蔵庫に入れた。そしてようやく台所に出しておいたプラスチックゴミをまとめ始める。美保が住む地区で、プラスチックゴミは週に一度しか収集してもらえない。自然と量が多くなる。出し忘れたら大変と、プレッシャーも大きい。

先週は帰宅が遅い日が続き、値引きされた総菜パックで夕食を済ますことが多かったため、いつもよりゴミの量は増え、ふた袋に分けねばならなかった。

ゴミ袋ふたつを前後に持って階段を下りるのは、足元が見えず危なっかしい。

少し慎重なその足取りを、美保は途中で止めた。

「ええっ」

と、つい大きな声が出た。階段の下に、晴翔の頭が見えたからだ。

「何やってるの⁉」

息子がまだ家を出ていなかったことにびっくりして声をかけた時、さっき一瞬おぼえたあの「感じ」が蘇《よみがえ》った。確証のない、奇妙な不安が胸のうちをつたう。

晴翔はゆっくり顔を上げた。そして、

「あー、違う靴にしようと思ったんだった。今日、体育あるから」

と、言った。案外にすらすらとした口ぶりだったので、美保はほっとし、それでつい、

「時間ないよ」

とぞんざいに呼びかけた。晴翔は背をまるめ、靴を履く。ふと思い出し、

「ねえ。歩道橋を下りる時、気をつけてよ」

と、付け加えた。一学期にこの子が登下校時に使う歩道橋の階段で足を滑らせて怪我をしたのを思い出したからだ。

返事がないので、

「ねえ、はるくん。歩道橋では、手すりを持って下りてね。走らないでね」

もう一度言った。晴翔は無視し、ゆっくり、ゆっくり靴を履いている。ふたたび嫌な感じが込み上げてくるが、ここで余計なことを訊いたりはできない。余計なこと——学校に行きたくないの？　とか。朝からそんな、登校しようとしている子の気をそぐようなことは、怖くて言えない。そのひと言をきっかけに、何かが崩れてしまいそうな気がするから。自分も五分以内に家を出なければならないから。営業先とのアポの時間は決まっているのだから。

美保がかけたのは、だから、「早く行きなさい」という強めのひと言だけだった。

晴翔は立ち上がり、玄関から出て行った。

ゴミ袋を持ったまま、晴翔がいなくなった玄関の、ちらばった靴たちを見下ろす。まるで金属でできた綿のようながさがさとした不安と不快が喉《のど》もとに残っている。

ひと呼吸おいてゴミを出し、階段を上がって寝室へ行き、部屋着を脱いでストッキングを穿《は》

いて、スーツに着替えた。営業先に資料をたくさん持ち込める大きなバッグを肩にかけ、階段を下りて、いつもの黒いローヒールを履く。

いくらか緊張しながら玄関の戸を開けたが、そこに晴翔の姿はなかった。いつも通り、小学校に行ってくれた。当たり前のことなのに、ほっとした。ほっとしたが、かすかな不安はまだ喉の奥に残っている。それでも自分は、小学校と反対方向の地下鉄の駅へ向かって急ぎ足で歩かねばならない。

体の深いところから、ため息がもれた。音にならないため息のほうが、しつこく心にこびりつく。あの子、学校で嫌な目に遭ったりしてるんじゃないだろうか。最近の様子を思い出そうとしたが、特に何も思い当たらない。というか、昨日の会話も思い出せない。

こんなふうにかつかつの、心も体も、そして経済的にもゆとりのない日々が、一体いつまで続くんだろう。

本当は朝も同じテーブルについて、息子と一日の始まりの会話をしたい。朝食をちゃんと食べさせたい。もっと丁寧に、送り出したい。だが、現実は、いつも時間がなくて、眠そうな子を荒っぽい態度で追い出すしかなかった。

夫の和弥は警備室の技術担当で、同じチーム内で日勤と夜勤をまわしている。今週は夜勤のシフトで、昼夜逆転だ。昼頃に帰宅し、美保が作った弁当を食べてから仮眠をとり、夕食を食べて出勤するという生活スタイルである。和弥の部署は、常に人手が足りていない。夜勤明けもすぐに帰れず引継ぎや何やで長く会社に残ることがある。自然と、美保が家事育児のワンオぺを引き受けていた。

いつもの地下鉄から、JRの電車に乗り換えて、営業所へ向かう。

ふと、鍵《かぎ》を閉めたかな、と思った。

出がけに晴翔のことに気をとられたからか、玄関前での記憶がなかった。そして今度はそのことを考えだしたら、止まらなくなった。

大丈夫なはずだと自分に言い聞かす。中高生の時分から社会人になった今まで、こういうことが何度もあったじゃないか。駅のあたりまで行ってから、わざわざ帰宅してドアを確かめたことも、一度や二度ではない。いつだって、家まで戻れば、ちゃんと施錠していたと分かったのだから、今回だって無意識に鍵をかけていたはずだ。

昔から自分が他の人たちより不安になりやすいタイプだということに、美保は気づいている。病院で診てもらったことこそないが、ネットで調べて、軽めの強迫性障害だろうと自分なりに解釈していた。

セキュリティ会社に勤めたことで、かえってこうした気質が強くなった気もしていた。

空き巣の侵入手口や強盗の事例を日常的に学ぶうち、世界中に安全な場所など、どこにもないように思えてきた。窓を開けっぱなしにして外出したり、簡素なシリンダー錠を施錠しただけで遠出できたりする人たちの、あっけらかんとした無防備さには、はらはらさせられる。

中古で買った今の家のドアの鍵はもちろん、シリンダー錠から、ピッキングされにくいディンプルキーに替えた。しかし最近では、ディンプルキーも巧みな侵入者に破られた例がそこそご報告されている。

とはいえ、今はとにかく仕事に向かうしかない。気持ちを切り替えるため、営業先でするセールストークを頭の中で唱えることにした。

――本日は数あるセキュリティ会社の中から弊社にお声がけくださり、提案をさせていただく機会をくださって、ありがとうございます。

今日最初の客は七十代のご夫婦だ。初訪問なので、くだけた会話がいいのか、丁寧に接客したほうがいいのか、その場で見極めようと思う。客先で自社サービスを説明することには、いまだに慣れないが、昔から人の顔色を窺《うかが》うのは得意なたちだった。

――早速ですが、山田《やまだ》様がご興味をお持ちなのは弊社サービスの中でも特に人気の高いホームセキュリティ分野の『アイズオン』ということで、ありがとうございます。今回こちらの資料をお持ちいたしましたので、後ほど、お目通しを願います。こちらのアイズオンは、ピッキングなどによる侵入を各種センサーで感知して警告音で威嚇するとともに、弊社のガードマンの詰所へ自動で通報いたしまして、無償でガードマンが駆けつけ、お客様の身の安全を確認させていただくというサービスです。実はわたしも、自宅でこのサービスを受けております。やっぱり断然安心ですから。

いつも、頭の中で営業トークの練習をしながら、客先に向かっている。同じ商品の同じ説明を何度繰り返しても、毎回、自分がちゃんとやれるか心配になってしまうのだった。

「セキュリティ会社かー。心配性の美保に、ぴったりの職場だね」

就職先を決めた時、姉の里香《りか》に言われたのを思い出す。

小学校の臨時教員を経て予備校の講師になった里香は、一般企業への就職活動をしたことがないからか、誰もが自分の特性に合った仕事に就けるものだと思っている節がある。

正直なところ、心配性だからセキュリティ会社をめざしたというわけではなく、新卒時の就職活動で様々な業種の企業を受けてみて、内定をもらえた会社がそこしかなかっただけだった。景気の良くない年度だったから、大学時代の友人たちも、だいたいそんな感じだったように思う。

新卒で配属された営業部門で二年目に体調を崩し、比較的業務の軽い総務部門に異動した。その後二年後輩の和弥と結婚すると、カスタマーサービス部門に異動となった。晴翔の育休明けにはさらに閑職の資料室に異動した。社内でたらいまわしの状態であることは、自分なりにのみこんでいた。しかし、夫婦で家を買うのが目標だったから、仕事をやめることも替えることも考えられず、目の前の業務をこつこつとやってきた。気づいたら三十代になっており、やがて管理部への内示が出た。他部署に比べて残業時間も少なく、繁忙期には労《ねぎら》いの言葉をかけあえるこの部門を、美保は気に入った。

転機が訪れたのは管理部も七年目に入った一昨年《おととし》のことだ。会社が海外のＩＴ関連企業と業務提携したのである。管理部の仕事の多くが子会社へ、あるいは他社へとアウトソーシングされると通達され、部内は静かにざわついた。

そこからは、確実な段取りにより、ひたひたと業務の縮小化が進められていった。穏やかに働いていた者たちが次第にざわつき、疑心暗鬼になり、他人の足を引っ張るような噂をそこかしこで始めたことには驚いたが、そんな面々の多くも転職や早期退職や子会社への出向など、様々な理由でばらばらに散った。

そんな中で美保にくだされたのは営業企画部への異動辞令だった。本社に残ることのできた社員は少なく、この異動は一見栄転に思えた。

実際は、人事部の担当者から、最初の数年は営業所に行ってもらうと告げられていた。主婦目線で現場を見てきてほしい、二年ほどしたら本社に呼び戻したいと考えている、という話だった。それを聞いた美保が即座に考えたのは、体調不良で戦線を離脱した二十代の履歴がまだ残っているのかということだった。一回つけられたバッテンはバック業務の六年間では消すことができず、フロント修業を積まないことには受け入れられないということか。そもそも本社勤務に戻れる保証はあるのだろうか。いっぺんにいろいろな疑問が頭に渦巻いた。

だが当初周囲にそんな裏事情は伝わっていなかった。辞令が出てすぐ、管理部の数人が、美保抜きで飲んだそうだ。

その席で、美保の話題が出たと、数歳上の女性の先輩が教えてくれた。

「みんなが佐久間さんのこと、『あれはママ枠だー』とか、言っててさ」

「あれ」というのは、美保を指すのか、辞令を指すのか、分からなかった。

「うちの会社にはまだ少ない働くママさんだから、切れなかったって。今後、本社はより成果主義になってくから、『ママ枠』で入った佐久間さんやっていけるかなって、みんな、心配してたわよ」

心のどこかがタイムスリップし、彼女の中に残酷な少女を見た。軽口に見せかけて、突きつけたい。実力じゃないんだぞと。

「佐久間さんはよくやってるわよってわたしは言っておいたけど」

突きつけたいけれど、自分は悪者になりたくない。

「ありがとうございます、本社で頑張りますね」

笑顔で感謝を伝えると、先輩の顔から表情が消えた。それを見て、やってしまったと思ったが、遅かった。中高生の頃から慎重に、人との距離をはかってきたのに。誰とも当たり障りなく接し、深く関わらず、絶対に誰かの悪口や、悪口と取られかねないことを言わないように気をつけてきたのに。しかしそうやってうまくやってきても、外圧が人間関係を歪《ゆが》めることもある。結局こうやって始まるのかと思うと、ぞっとした。

実際は、始まるのではなく、終わるのだ。部署はじきに解体される。だから、気にすることはない。

頭の中で、先輩とのこれまでの付き合いを思い返した。

大丈夫。家族のことも、自分のことも、当たり障りのないことしか話していない。必要以上に恨まれるようなことはしていないし、弱みを握られてもいない。異動したら完全に関わりを断つ。

そう思って帰宅したが、それまで平和に付き合ってきた先輩の怖い笑顔は脳裏にこびりつき、うまく眠れなくなった。

――わたし、営業企画部付きですけど、営業所に派遣されるんですよ。左遷ですよ、左遷。

あの時どうして彼女にそう言ってあげなかったのだろうと、何度も思った。実際、人事の担当者から「主婦目線で現場を見てきてほしい」と言われたのだ。「ママ枠」とやらも事実だろう。美保がそれらをちゃんと分かっていることを分からせれば、向こうは納得できただろうに。いつもそうやって自分を下げてでも波風立てないように生きてきたのに。なぜ自虐を差し出せなかったのだろう。

他人の気持ちより、自分の気持ちを優先させたかった。火種になりそうな人間から隠れるように身を縮めていた少女の頃から、自分は変わったと思いたかった。

しかしその数日後、夫の和弥からも「営業行くなら覚悟しといたほうがいいよ」と、嫌な言い方をされた。家族そろって夕食を取っていた、日曜日の夜だった。

「覚悟?」

「ブラックだから、今までみたいに気ままには働けないよ」

屈託のない顔つきで、和弥は言った。

「気ままに働いていたわけじゃないけど?」

冷静に言い返したつもりが、語尾がふるえた。

そのふるえは、美保自身にしか聞こえなかったようで、和弥は顔つきも語調も変えず、

「だって美保さ、これまでいつも定時に上がれてただろ。営業になったら、そうはいかなくな

る」

　と、さらに念を押してきた。

「え、それは、わたしが、定時に上がれるようにやってきたからだよね？」

　そう言ったとたん、胃の奥から何かがせりあがってきた。

「そうはいかなくなるんだって」と和弥が明るく言う。

「はるくんの学童、十八時までじゃん？」話し出す声が少しふるえる。「冬とか、外は真っ暗になるんだよ？　学校まで迎えに行かないと危ないって言ったの、和くんだよね。わたしもそう思った。でも、和くんの部署じゃ、そんな時間に迎えに行くとか無理じゃん。危ないとか言いながら、和くん、何もしないじゃん。はるくんが帰ってくる時間に家にいるのだって無理だったじゃない」

　なんとか冷静に話したつもりだった。だが、

「それは、仕方ないだろ」

　と、和弥に返された瞬間、美保の心の中の何かが崩れた。

「だから、わたしが！　わたしが勤務時間内に終わるようにやるしかなかったじゃん！　資格の勉強も、繁忙期の書類業務も、家でやってた、全部和くんに負担をかけないようにさ。わたしがお迎えに行くしかないから、全部、全部調整しながら仕事してきたのに、気ままにやってるって、ずっと思っていたの⁉」

　言いながら、自分でもびっくりしたことに、涙がこぼれそうになった。

すると、隣からちいさな声がした。

「ママ、ごめん」

　美保ははっと、胸を衝《つ》かれる思いがした。この会話の最中、食卓に息子がいることを、途中から忘れていたのだ。

「はるくんはいいんだよ」

　美保が慌てて言うのと同時に、

「まじでごめん」

　和弥が食卓に額がつくくらいまで深く、頭を下げた。

「本当に、本当に、ごめんなさい。たしかに、ママが頑張ってくれなかったら、俺もやっていけなかった。調子にのってた。反省しました。晴翔もごめんな」

　芝居がかった声でそう言うと、和弥はしばらく頭を上げないでいる。

「もういい。もういい」

　美保は言った。頑《かたく》なに頭を下げ続ける和弥の後ろにまわり、

「もう！　顔上げて！」

　と、無理矢理背を起こさせる。和弥がその後もぺこぺこ頭を下げるので、それを見て美保は、台本にあったかのように笑った。美保の笑顔を見て、晴翔がほっとしたように頬を緩ませ、その晴翔の表情に、美保はようやく安堵《あんど》した。

　和弥への反論は、大人だけの時間にするべきだったと反省した。さっき息子は、ひどく不安

げな表情を浮かべていた。子どもにあんな顔をさせてはいけない。

それにしても、問題は山積みだった。多くの小学校の学童保育所は、三年生の児童までしか預かってくれない。だから、子どもが四年生になるというのは、共働きの家庭にとって、ライフスタイルを見なおさなければならない時期だ。自分の異動がこの時期に重なったのは、心機一転といえば聞こえはいいが、新しい生活にいっぺんに慣れなければならない負担は大きく、ストレスに晒《さら》されていた。

たとえば、美保は、この時まで、晴翔の小学校の「定時」がどのあたりなのかを把握していなかった。五時間目に終わる日は二時半、六時間目に終わる日は三時半。小学校はこんなに早く終わるのかと驚いた。そんな基本的なことを、それまで知らなかったのである。

他の、働いているお母さんたちは、放課後、フリーの子どもをどのように過ごさせているのだろう。誰かに訊いてみたかったが、同じ小学校に気楽に話せる「ママ友」はいない。完全に作りそびれた。低学年の頃、学童保育の係活動を一緒にやって親しくなった母親がふたりいたが、ひとりは三年生の終わりに地方に引っ越してしまったし、もうひとりとは学童保育の期間が終わると、顔を合わすこともなくなった。

保育園に通わせていた頃は、休日に開かれた保護者会を通じて知り合えた友人もいたのだが、晴翔が通う公立小学校の保護者会は平日に開催されるため、出席することが難しい。たまに予定を調整して出席しても、すでにグループができあがっていて、入れなかった。

ネットで調べると、やはり小学四年生で学童保育を卒業する子どもは多く、彼らは放課後、友達と遊んでいたり、習い事や塾に行ったり、祖父母に面倒をみてもらったりと、家庭ごとに様々な状況であるようだった。

晴翔はずっと学童保育に通っていたので、平日に習い事はしておらず、土曜日に漢字や計算を中心にプリントを進めてゆくフランチャイズの学習塾「学Q」に行き、日曜日に市の体育館で受けられる体操教室に通っていた。

四年生になって、それまで算数だけだった学Qの授業に、英語も加えることにした。そろそろ勉強が難しくなるだろうからという和弥の提案だが、晴翔も通いたいと言った。ヨッシーこと吉川《よしかわ》くん、なべっちこと田辺《たなべ》くん、イシこと石館《いしだて》くん。晴翔が仲良くしているこのあたりの名前が挙がった。みんな行っている、と。

体操教室をやめて、現在の習い事は火曜日と木曜日の学Q週二日のみだ。予定のない月、水、金を、晴翔がどう過ごしているのか、はっきりと把握していない。携帯型のゲーム機で遊び過ぎているきらいはあるが、早い時間に帰ってあげられない罪悪感もあり、口うるさく監視することはためらわれた。

こうして晴翔が小四になるのと同じタイミングで、美保は東京市部の営業所勤務となった。本社へのアクセスを考えて買った下町の自宅から、三本の電車を乗り継ぎ、片道一時間かけて行く町。

配属を決めた者がそこまで知っていたかどうかは分からないが、実は営業所は美保の地元であった。エリア内に、小学三年から大学を出るまで住み、今も両親が暮らしている実家もある。

友達と足を運んだ店も、高校生のときの初デートの映画館も、高校受験や大学受験のために通った塾も、新しい営業所の徒歩圏だ。

配属を発表された時、地元や実家が好きだったなら、この辞令は喜ばしいものだっただろうと思った。だが美保は、新しい勤務先が実家の近くであることを、いまだに両親に話していない。両親と決定的に仲たがいをしているわけではないのだが、就職先を告げた時、「どうしてそんなところに」と言われたのを今も覚えている。

営業所に配属されてから、一年半になる。二年ほどで本社に戻すと言われた記憶を、飴玉《あめだま》みたいに今も舌のどこかで転がしている。人事部の担当者は、二年とかっちり宣言せず、二年ほど、と言った。その時にも「ほど」が気になったのに、ちゃんと詰められなかった。詰めたところで、何の保証にもならないと分かっていたから。

ここでの仕事は、シンプルに言えば、自社のサービスを顧客に営業して契約を取るというものだ。具体的に言えば、アイズオンや監視カメラの設置など、希望に応じたセキュリティサービスのプランを客に説明し、希望に応じて見積もりを作成、うまく契約が決まれば、社内の工事関係者に仕事を引き継ぎつつ動作完了まで見守る、まさにエンドユーザーと直接かかわる内容だ。

美保が新卒で営業部門に配属された頃から、仕事の形態は随分変わった。当時はひたすら電話をかけまくったりアポなしでピンポンしたりといった押しの営業がメインの社風だった。住宅展示場やハウスメーカーのショールームなどにブースを設けて営業し、炎天下に立ちっぱなしを余儀なくされることもあった。きついノルマに耐えられずに辞めた同期も少なくない。美保が体調を崩したのもその頃だ。

今は個人情報が守られ、固定電話を気安く取る人も少ない時代である。住宅展示場のブースに立つのは派遣社員だ。押しの営業以上に、インターネットの窓口からの問い合わせを増やす仕組み作りが重要となり、本当に困っている人、セキュリティサービスを必要としている人からのアクセスが増えた。

そのためか、営業担当に女性が多く配属されるようになった。ネットを通じてセキュリティサービスを依頼してくる顧客の中には、ストーカー被害に遭った女性や詐欺被害に遭った高齢者が少なくない。女性のほうが話を聞きやすく、成果を出しやすいと言われている。

とはいえ、伺った先に待つのが男性だけということもあり、非常用のブザーを常に携帯している。ふたり一組で営業していた時期もあったようだが、人手が足りない今は、単独行動メインである。危ない目に遭いそうになったら、指先ひとつでエリア内の自社警備員がすぐに駆けつける手はずになっており、訪問前にはブザーの押し方の練習などもする。

営業所で最初のうち訪問営業に美保を引き連れて学ばせてくれたのは、美保より数歳下のエリアマネージャー、榊原《さかきばら》だった。華奢《きゃしゃ》だが、きびきびとした女性で、人気サービスのアイズオンや監視カメラ以外の、防犯フィルムや防犯砂利といった小物などの売り上げにつなげるトーク技術も高く、営業所の皆が一目置いているのが分かった。

「本社から古株が来るって聞いて、最初はやりにくいだろうなって思ってたけど、佐久間さんがこういう人でよかったよ」

榊原に言われ、古株かと苦笑した。たしかに古株だ。

今日はエリア内の個人住宅への営業が午前と午後にひとつずつ入っていた。午後の客は薄い問い合わせだったが、午前の山田家は、電話で話した印象だとセキュリティ対策を急《せ》いているようだったので、導き方によっては本日中にうまく話をまとめられそうだ。

一軒目の最寄り駅まであと少し。営業を終えたら、軽く昼食をとって、すぐに二軒目に向かわないと間に合わないスケジュールだ。途中で自宅に戻って施錠を確認することはできないが、その前に夜勤明けで戻る和弥が気づいてくれるだろう。

頭の隅でそんなことを考えながら改札を通り抜け、客先への道順を確認しようとスマホをオンにすると、晴翔の通う小学校からの着信通知が表示されていた。

「え、何だろ」

あの子、やっぱり具合が悪かったのか……

美保はすばやく計算した。今すぐ引き返しても、小学校に到着するのは一時間半後。それならば午前中の商談だけはやってしまいたい。ここまで来てしまったし、都合をつけてもらったのに、こんなぎりぎりにキャンセルの電話はできない。別の日を設定する前に、他社に取られてしまう可能性もある。

どうしても家に戻らなければならなくなった場合、午後の商談については代わりの者を探すか、それが難しければ日程を変えるしかあるまい。日程を変える場合、先方への連絡は一刻も早いほうがいい。今、状況を聞いて、午後の日程の変更依頼を先方に電話した上で、午前中の商談だけすばやく済ませ、なんとか契約にこぎつけて、それから迎えに行く。午前中の小児科の最終受付にぎりぎり間に合うだろう。

晴翔の体調が心配ではあるものの、頭の冷静な部分で算段をつけ、美保は歩きながら小学校に折り返しの電話をかけた。

電話に出た事務の女性は、晴翔のことを何も把握していなかった。そのことに美保はいくぶんほっとする。少なくとも晴翔が大きな怪我などをして学校中で話題になっているというわけではないと分かったからだ。おおかた熱でも出して、保健室で寝ているのだろう。晴翔の担任教師は、すでに授業に出ているというので、かけ直しますと言って電話を切った。

こういう時、非常に不謹慎な考え方なのだが、小学校の保健室で横にならせてもらえている分には安心で、そのまま午後の商談までやってしまいたい、という気持ちが頭をもたげる。

季節外れのインフルエンザが流行《はや》っているというニュースもあって、病気の症状が出ている子は、一刻も早く帰したいというのが小学校側の本音だろうが、知らん顔で午後まで働いてしまいたいという思いが湧いてしまうのだ。あるいは、睡眠時間を削ることになるので申し訳ないけれど、和弥に迎えに行ってもらうことも考えられる。

どちらにしても、午前中の営業はしっかりとやろう。そして、午後の商談については代理の者を探そうと、ひとまず営業所の全員が見られるスペースへ伝言を書き送った。

気持ちを切り替え、営業先のお宅へ速足で向かう。

商談中、小学校からの電話のことを、美保はすっかり忘れていた。

今か今かと美保を待ちわびていた営業先の山田夫妻が、少し前に近所の家の裏側に見知らぬ足跡があったらしいと、ひどく怯《おび》えた顔で訴えてきたからだ。

「最近は娘と孫が泊まりに来ることがあるものですから、何かあったら心配で」

美保は山田夫妻の自宅の周りを一周し、侵入されやすい窓を指摘して、対策のための二重鍵や、ガラス窓を割りにくくするための防犯フィルムなどを提案した。

近所の家の裏にあった足跡は、侵入の下準備かもしれないと告げると、山田夫人は真っ青になった。美保としては、必要以上に脅すつもりはなかったが、実際に、前もって念入りに下調べをして、侵入経路や逃走経路を確認した上で、チームで家宅侵入する事件が報告されているので、その話をした。夜中にピンポンとインターフォンを鳴らし、出てきた住人の年齢や性別を確認して家族構成を把握するといった下調べの手口も、警察から報告が上がっている。

そうした話をすると、山田夫人はさらに青ざめた。つけ込むようで申し訳なく感じたが、不安が強い客の気持ちが美保には手に取るように分かるため、うまく寄り添うトークができる。案の定、山田夫人は一刻も早く自宅に監視カメラをつけたいと言い出した。

「あの子たちが泊まる時にも、安心だもの」

山田夫人は「娘と孫」が泊まりに来た時に強盗に侵入されることをひどく恐れているようで、それを聞いた夫も「そうだな」とすぐに同意した。

かなり値の張る監視カメラの設置について、こんなふうにあっさりと即決できる夫婦も珍しい。家は古いが、造りはしっかりしていて庭も広く、裕福な生活ぶりが窺えた。居間の目立つところには金庫もあった。その金庫が若干錆《さ》びついており、レトロなタイプに見えたので、念のため訊《たず》ねてみると、有効耐用年数を過ぎていることが分かった。すかさず美保は、その話をした。金庫に有効耐用年数があることに夫婦は驚いたようだったが、充塡《じゅうてん》されている耐火材に含まれる水分が気化してしまうと、火災時に耐火性能を発揮できなくなる。そう伝えると、金庫も買い換えたいということになったのである。

結局美保がその場で作った見積もりは、当初予定していた金額をはるかに超えるものとなった。山田夫妻はしかし乗り気で、他社と相見積もりを取る雰囲気もなく、なるべく早く監視カメラの取付工事に取り掛かってほしいと言う。金庫も、今在庫があればすぐ持ってきてほしいということだ。

大きな取引になると確信した美保は、その場で担当者と連絡を取り、翌日の社内での予定をいくらかずらして、すぐにも新型金庫を運び込む手配をした。監視カメラ設置の工事も気が変わらないうちにすぐさましてしまいたかったが、そちらは工事担当者の予定が詰まっており、少し先延ばしになった。

こんなふうに当初の予定より大きくスムーズに商談がまとまるのは嬉《うれ》しいことだった。ノルマがあるわけではないが、契約本数は賞与に反映される。何より、自分の勧めたものが評価され、その場で購入や設置を決めてもらえると、自分のセールス能力が認められた気がする。心の中でガッツポーズをした。自分が勧めたサービスや商品によって山田夫妻の心が休まり、それに、もしかしたら本当に、未来の賊の侵入を防ぐことができたのかもしれないと思うと、素直に嬉しかった。

それにしても、こんなふうに優雅に商談をまとめられる客を見る時、お金とはなんと大事なものだろうかと思う。

中には、空き巣に遭ったり、ストーカーにつけられたり、車のパーツを盗まれたりといった、具体的な被害を受けて初めて美保の会社に相談してくる人もいる。美保の会社に行きつく前に、すでに警察に訴えているのだが、こうした事件に割ける人員は限られている。警察は何もしてくれない、頼りにならない、などと不満をもらす人も多いのだ。

警察に失望して美保の会社に駆け込むことになるのだが、こちらは民間会社であり、営利目的でやっているものだから、当然サービスにも商品にもそれ相応のお金がかかる。見積もりを出したとたんに曇る顔をたくさん見てきた。サービス内容を妥協し、切り詰め、あるいは諦《あきら》める顔も。

一方で、今回のご夫妻のように、まだ何の被害に遭っていなくとも、時勢や噂話を根拠に高額な契約を結んでゆく人たちもいる。

正しい安全を、知識とお金で得ていく時代。そういう世の中だからこそ成り立つ商売を担っている。誰もが平等に守られているわけではないと、この仕事をしてから、美保は感じるようになった。自分を守れるのは、自分自身しかいないのだと。

山田夫妻に丁寧に送り出され、通りを曲がり、彼らの姿が見えなくなったところでようやくスマホを取り出した。晴翔の学校から数件の着信に加え、留守番電話も入っていた。

急いでその内容を確認する。

「こんにちは。わたくし晴翔さんの担任をしております第三東陽《とうよう》小の重田《しげた》です。さきほどお電話いたしましましたのは、晴翔さんの欠席の確認でした。欠席届を預かっておりませんので、後日で構いませんので、お持ちください。では」

録音の内容を聞いたとたん、目の前の住宅地が、さっと色を失った。

――晴翔さんの欠席の確認。

「え、どういうこと……？」

無意識の呟《つぶや》きが、自分の耳に入り、冷静になろうとするも、心臓が早鐘を打ち出している。

晴翔が小学校に行っていない。

玄関の鍵どころではない。あの子は一体どこに行ったのか。まさか歩道橋でまた足を滑らせて病院に連れて行かれた？

晴翔のキッズ携帯に電話をかけたが電源が切れているというアナウンスが流れるばかりだ。

夫の和弥にも電話をしたが、こちらも繋《つな》がらない。

美保は晴翔が歩道橋で怪我をした日のことを思い出す。帰宅したら晴翔の様子がおかしく、風呂《ふろ》に入る段になって初めて足が腫《は》れ上がっていることに気づいた。ずっと痛みに耐えていたことに驚き、慌ててタクシーを呼んで夜間救急で診てもらった。骨折はしていなかったもののくるぶしの靱帯《じんたい》を痛めていた。治った今も、あの子はうまくあぐらをかくことができない。右足が、かすかにだが、変形してしまったのだ。

そういえばあの時の晴翔は、危ない場所で走ったことを美保に知られて怒られるのが嫌だったのか、状況の説明を渋った。ようやく「歩道橋」という単語が出た後も、詳細を話しはしなかった。

急いで小学校に電話をかけると、さきほどの事務員と思《おぼ》しき人物が受話器を取った。

「すみません、息子が学校に行っていないようなのですが、どういうことでしょう。今朝、学校に行ったはずなのですが。もう十一時ですよね。こんな時間まで……」

一方的に話し、どうして連絡をしてくれなかったんですか、と訊きかけて黙る。朝にも連絡は来ていた。着信だけだったが。しかしどうして最初の電話で担任の教師は留守番電話にメッセージを吹き込んでくれなかったのだろう。強く抗議したい気持ちと、モンスターペアレントと見なされたくない気持ちとが、頭の中でぐるぐると回る。

「はあ、おうちにいらっしゃらないのですか」

事務員がのんびりと答えたので、美保の呼吸は荒くなった。

「だから、今朝、家から出て行ったんです。学校に行ったんです」

「そうですか」

「あの、登校中にどんな目に遭ったか分かりませんし、学校に行ってないって、ちょっと考えられないっていうか」

「ただ、もう授業が始まってしまっていて。それとも、重田先生をお呼び出ししましょうか」

事務員の声が悠長に聞こえ、いらいらする。自分が焦り過ぎなのだろうか、学校だとこういうことはたまにあるのだろうか。そう思いそうになるも、歩道橋の怪我を思い出せば悠然と構えることなどできず、

「すみませんが、今すぐ呼んでください。場合によっては、警察に言わないといけないことかもしれませんし」

そう言ったとたん、自分で放った「警察」という言葉に、改めて血の気がひいた。

何か事件が起こるとしたら、こういうことが始まりなのだ。あの子が八時過ぎに家を出てから三時間。歩道橋で足を滑らせたなら、周りの人がなんとかしてくれるだろう。だが、誘拐だったら……。友達との待ち合わせに遅れ、ひとりで歩いていたところを、車にのせられて遠くに連れ去られている可能性もあるではないか。歩道橋に出る前の、貸し倉庫と駐車場の間の細い道。あのあたりは朝でも人気がない。口元を押さえつけられ車に連れ込まれる息子の姿が頭に浮かぶ。心臓がきゅっと縮んだ。

「分かりました。少々お待ちくださいね」

電話が保留音にかわる。

道で突然知らない人に刺されることだってある。車が歩道に突っ込むこともある。そういう事件や事故が後を絶たない世界じゃないか。一歩外に出たら、普通じゃないことが起こるのだ。

「早く……早く……」

我知らず、美保は呟く。

担任の重田とは、美保が行けなかった保護者会の後の電話と、一学期の運動会の後の挨拶の、二度だけ接したことがあった。ずんぐりとした体格の中年女性で、短く切った髪に化粧気のない顔、日に焼けて浅黒い肌、その飾らない見た目は頼もしい感じもしたが、無駄に笑顔を作らないタイプなのか、少しこちらを緊張させた。四年生の担任教師が優しげな若い女性だったこともあって、高学年になるとだいぶ先生の雰囲気が変わるのだなと思った。

教室まで呼びに行っているのか、電話はなかなか重田に替わらない。歯を食いしばるような気持ちで、駅へと向かう。

午後の仕事は代理の者に任せるか、誰もいなければリスケして、とにかくこのまま自宅の最寄り駅へ向かう電車に乗るつもりだった。

「お電話替わりました、重田です。すみません、体育の授業中だったもので」

ようやく重田が電話に出た。はきはきとした声だった。

「晴翔が休んでいると聞いたのですが、あの子、学校に行ったはずなんですけど、学校にいないと聞きまして、できれば状況を確認させていただければと」

焦って、つい早口になる。

「えー？」

と、素《す》っ頓狂《とんきょう》なくらいに大きい声が返ってきた。

「晴翔さん、今日、具合が悪くなってお休みするってことですよね。欠席届の出し忘れを連絡させていただきたかっただけなのですが、お母さんにご連絡が行っていないのでは？」

重田が言った。

「具合が悪くなって……？　というのは、どういうことですか」

改札を抜けながら、美保が問うと、

「お父さんと話をしましたがねー」

という返答だった。

「夫と？」

「そうです。連絡の行き違いがあったようですね。大丈夫ですかー？」

重田はこちらを心配するというよりは、いささか非難するような口調で確認してきた。授業の途中で呼び出されたから、いらついているのだろうか。しかし、子どもの安全より重要なことなどないと思うのだが。ホームに電車のくるアナウンスが入ったので、口元を手で覆い、

「わたしが朝からずっと仕事に出ていたもので、把握しきれていなかったのだと思います。念のため夫に確認しますが、晴翔が無事なら問題ありません」

と言った。

「ではちょっと、ご家族に確認してみてください。わたしはもう授業に戻らないといけませんので……。また何かありましたら連絡ください」

「わざわざお呼び立てしてしまい、すみませんでした」

状況がつかめないまま、美保は電話を切った。

すぐにも和弥に電話をしたかったが、ホームに電車が滑り込んできたので、まずはスマホを操作する。

〈晴翔、休んでいるの？〉

〈学校の先生と話しましたか？〉

と、和弥と晴翔と自分の三人で連絡しあえるスマホのトークアプリを開き、メッセージを送った。

すぐに既読マークがひとつついた。晴翔だろうか、和弥だろうか。車内だったが美保はためらいなくキッズ携帯に電話をかけた。さっきは電源が切れているというアナウンスがあったが、今回は電話はつながった。しかし、コール音が流れるばかりで、出てくれない。美保はふたたびアプリを開いて、

〈晴翔、無事ですか。それだけ教えて。返事ください〉

と、書き送った。

すると、しばらくして晴翔本人から、

〈はい〉

と返ってきた。

その二文字を見たとたん、美保は脱力し、すぐそばの空席に座った。自分の体が電車のシートの深いところまで沈んでゆく気がした。

「もう。びっくりさせないでよー。体調が悪いなら、ちゃんと言ってちょうだい。あと、絶対電話には出て。その時出られなくても折り返しかけて」

普段より早めに事務所を出て、急いで買い出しをして帰宅すると、晴翔は家のテレビで動画配信の番組を見ていた。美保は食材の入ったエコバッグを台所に持っていきながら「ほんっと、心配したんだからね」と言った。

晴翔は生返事をし、こちらを見ない。その目はテレビ画面に据えられている。大きな画面だが、映っているのはテレビ番組ではなく動画クリエイターが作った創作動画だ。ゲームセンターのクレーンで、ひたすらぬいぐるみを釣ってゆくという、単純な内容。解説も、人間味のないデジタルの音声で、こういうものの面白さが分からない。

「ねえ、はるくん。ちゃんとママのほう見ないとテレビ消すよ」

そう言うと、ようやく晴翔が台所のカウンターの中にいる母親を見た。

「はるくん、大丈夫なの？　パパから、熱はないけどだるそうだって聞いたよ」

「大丈夫」

晴翔は、もうそっちを見たからいいだろうとばかり、またテレビ画面に目を戻す。

さきほど和弥から聞いた話によると、朝、晴翔はいったん学校の近くまで行ったが、気分が悪くなり、帰宅したそうだ。家にはすでに母親はおらず、ひとりで家にあがり、居間のソファで寝たという。

たまたま和弥の帰宅が普段より早く、午前十時前には家に着いた。階段を上がっている途中で電話がかかってきたので、慌てて居間に行き、受話器を取ると、学校の担任からの電話だった。傍らのソファで寝ている晴翔に気づいていたので、和弥は、息子が家で休んでいる旨を伝えた。欠席届を明日《あした》出すことを確認し、電話を切った。

晴翔の額に手をあてると平熱に思え、念のため体温計ではかったがやはり熱はなかったので、病院に行くほどではないと判断したそうだ。

「昼飯はカレーを食べさせたから」

と、それが手柄であるかのように、和弥は言った。ストックしてあるレトルトのカレーだ。同時に和弥も美保が用意した弁当を食べ、レトルトカレーを食べ終えた晴翔が三階に上がって自室で寝たのを確認すると、二階の主寝室で自分も眠ったという。業務明けで疲労していたのだろう、一連のことを妻に伝えることには頭が回らなかったようだ。お休みモードにしていたため、着信にも気づかなかった。

目覚めた夫からこうした事情を訊き、結果的に、担任の重田が言った通りの「連絡の行き違い」に過ぎなかったと分かったが、それでも気持ちがおさまらない。

「普通さー、息子が休んでいたら、妻に連絡の一本くらいするでしょ。今日急に学校から電話がきて、晴翔が学校に来てないって言われたから、仕事中に大パニックになったよ」

「いや、ごめん。美保はもう知ってるもんだと思ってた。学校の先生も、別に普通な感じで、じゃあ明日、欠席届お願いします～しか言わなかったし。ていうか、欠席届ってそんな重要なもんなの？」

「手続きがあるんじゃないの。前に休んだ時も、その後提出したし。それに、学Qには電話した？」

していないだろうとほぼ確信しながら美保が訊くと、案の定していなかった。欠席確認の電話はかかって来なかったので、おそらくは同じ学級の子が学Qの先生に伝えてくれたのだろうが、こういう細かいところにまで和弥が気づけないことに、どうしても腹が立ってしまう。居間のカレンダーを見れば、火曜と木曜に学Qの印はつけてあるのに、当事者意識がないようだ。

当事者意識といえば、「学校の先生も、別に普通な感じ」というのは何だろう。子どもが朝、定時に小学校にいなくても、「普通な感じ」でいられるのか。十時くらいまで保護者と連絡がつかなくとも、放っておけるものなのか。

美保があまりに口うるさく言ってしまったからか、シャワーを浴びてくると、和弥は逃げるように居間から下りていってしまった。

晴翔とふたりになってからも、不満は残り、「どうして電話の電源を切ってたの」「心配したんだからね」と繰り返してしまう。晴翔は視線を泳がせ、ごまかしごまかし、テレビと母親を交互に見ている。

だが、

「ねえ、はるくん。そういえば、前、学校に『やばいやつ』がいるって言ってたじゃない？」

ふと思い出して美保が訊ねると、

「なんで」

と、こちらを向いた晴翔の目に警戒の色が浮かんだ。

「なんでって……。前にそんなこと言ってたなって思い出したのよ」

春頃ちらっと聞いたのだ。やばいやつと同じクラスになった、と。たしか名前も言っていたはずだが、忘れてしまった。友達のことそんなふうに言っちゃだめでしょとたしなめた記憶はある。小五になったばかりの頃だったか。子どもの言う「やばい」の意味はいろいろあるようだし、本当に嫌がっているふうではない、どこか明るさのある口ぶりだったから、仲の良さゆえの乱暴な物言いかと、あまり気にしていなかった。

後先考えずにした質問だったが、晴翔の表情が変わったことにどきっとした。

「誰かにヤマネのこと言われた？」

平静を装うかのように視線をずらして晴翔が訊く。山根という名前を頭の中にメモして、

「何も言われてないけど。え、その子、まだ『やばい』？」

素知らぬ顔で訊いた。

「別に。もういい？」

「大事な話だから、ちょっとテレビ消すよ」

美保がテレビを消すと、晴翔は案外素直にこちらを向き、「何」といらいらしたように訊く。

「大事な話」と言っておいて、美保は自分が何をどう話せばよいのか分からなくなり、とりあえず、

「はるくん、あのね、困ってることがあったらなんでも話してほしいの」

とだけ伝える。

晴翔は頷《うなず》く。

「はるくん、そういえば今朝、元気なかったよね。最近、何かあった?」

「……何もないよ」

そう言う前に、息子が何か言いかけた気がした。

「本当に?」

「だからーっ!」

と、突然怒鳴るような大声を出した晴翔は、しかし何を言ったらよいのか分からないのか混乱した表情になり、そのまま黙った。美保は急にたまらないような気持ちになり、しかし口から出たのは、

「本当に大丈夫なの?」

という、陳腐で無責任な確認でしかなかった。

「大丈夫だから!」晴翔は遮るようにそう答え、「もういい?」と鼻を鳴らす。

本当に、何もないのかもしれない。

考え過ぎかもしれない。

「なんかねー、ママ、はるくんの学校のこと、あまり知らないなって思って。その子以外に、他にも誰か、はるくんがやばいなって思う子とか、嫌な子とかっていたりするの」

「知らない」

「知らない？」

「いない」

「本当に？」

「ねえ、もういいでしょ！」

そこに、シャワーを浴びていた和弥が入ってきた。髪がまだ濡《ぬ》れている。和弥は食卓に着かず、ソファに座るや条件反射のようにすぐにテレビをつけた。晴翔の視線もそちらへ吸い寄せられてしまう。

その時、インターフォンが鳴った。

この時間のピンポンは珍しく、なんだろうと思いながらインターフォン用のカメラで確認すると、夕闇で暗く見える画面の中に、髪の長い女が映っている。粗い映像で、目鼻立ちが判然としない。ひらひらとした白っぽい服のせいで、どこか幽霊のような風情である。

通話ボタンを押して、「はい」と応じると、

「夜分にすみません、松村《まつむら》と申します、子どもから欠席の預かりものがありましたので、お届けにまいりました」

と、丁寧な口ぶりだ。

「あ、はーい」

子ども、ということは、同じ小学校に通わせている母親なのか。そういえば、挨拶をしたこ

とがあった気もする。名前に覚えがない。

「松村さんって、はるくんのクラスの子よね」

インターフォンの音声を切ってから美保が晴翔に確認すると、

「あー、うん」

と、言うので、

「友達？」

訊けば、

「ううん」

と否定する。

急いで階段を下り、玄関に出ると、眼鏡をかけた伏し目がちな女性が待っていた。「佐久間さんへ」と書かれた大判の封筒を手にしている。たしか、低学年の頃も晴翔と同じクラスだったのではないかと美保は思い出す。いつだったか、学校行事の時に、軽く挨拶をした。二丁目の方ですよね、と向こうから声をかけてきたのだ。近所の団地から通う子たちが多い小学校なので、戸建ての多い二丁目から通っている子どもは少ない。

「わざわざすみません」

美保が頭を下げると、「いえいえ、こちらこそすみません」と大げさなくらいに恐縮し、

「あの、これ、今日のプリントや、お手紙だそうです。すみません、もっと早く届けに来るべきだったのですが、柚果《ゆずか》がわたしに報告するのが遅くなりまして」

と封筒を渡してきた。

柚果ちゃん。女の子のママか、と思いながら、

「いいえ、ありがとうございます」

受け取って、礼をし、扉を閉めようとすると、「あの」と松村に呼び止められた。

そこで美保は初めて彼女と目が合った気がした。松村は眼鏡の奥のちいさな垂れ目を、何か言いたげに、細めていた。なぜか、今朝の老夫人を思い出した。家の裏側にあった足跡を訴えてきた彼女の目と、松村の目が似ていた。何かに深く怯えている目に感じられ、一瞬ぞくりとしたけれど、

「今って、いいですか」

松村にそう問われれば、

「え、今ですか」

美保は廊下の奥の階段のほうをちらと見て、今は……、となぜか困惑の表情を浮かべてしまう。二階に和弥と晴翔がいる。これから食事をし、食べ終えたら食器を洗い、和弥を見送り、晴翔を早めに寝かせる。そのくらいしかやることはないのに、室内の様子を窺うようなそぶりをした自分がよく分からない。

忙しぶる美保のさまに、松村は迷い顔になり、

「お忙しいですよね、すみません」

自ら話を終えようとした。

「いいですよ、何か」

慌てて美保は言ったが、何やら思い直したらしき松村は「いえ」と言い、束の間ふたりは黙った。ぎこちないその沈黙の後で、

「あの、晴翔くんは、大丈夫ですか」

細かくまばたきをしながら、松村は訊いた。

「大丈夫です。微熱でしたから」

美保は答えた。

「そうですか……。すみません」

奇妙な間を空けてから、松村はもう一度、すみません、と言い、去って行った。

たしかに平熱だったが、「微熱」と表現したのは、正直に言ったら晴翔が仮病を使って休んだと思われやしないかというちいさな懸念からだった。このタイミングでそんな些末《さまつ》なことに気を遣ったことを、美保は後から思い出すことになる。

「晴翔ー。松村柚果ちゃんのママから、届け物」

そう言いながら階段を上がった。

封筒の中には「学級だより」があった。それを抜き取り、残りを手渡す。晴翔は無言で受け取った。

「欠席届を出すようにって言われてたよね。あれって、なんか、フォーマットがあったんじゃなかったかな、今どき紙で出すんだね、あー、これか。ママ書くから、ちゃんと持って行って

ね。忘れないようにもうランドセルに入れておこう」

そこまで話した時、晴翔が夕食をほとんど食べていないことに気づいた。

「はるくん、ちゃんと食べないと」

と言ったが無視される。和弥がつけたバラエティ番組を晴翔はじっと見ている。

「はるくん」

美保がもう一度呼びかけると、

「うるせーな」

ちいさな口が、美保の言葉を遮った。

「今、なんて言った⁉　ていうか、和くんもやめてよ！　和くんがつけるからこの子が見るんでしょ！」

美保が言うと、和弥が慌てたようにテレビを消した。すると晴翔が、

「見てたのに！」

と言って、テーブルの脚を蹴《け》った。テーブルの上の食器が音を立てて揺れる。

「何するの！　ママが話しかけたのに、返事しなかったでしょ⁉」

美保が怒鳴ると、それまで黙っていた和弥が口を開く。

「晴翔、その態度はだめだろ。ママは心配しているんだから。話しかけられたら返事しろよ。まー、だけどさー、ママもママだよな、急に怒鳴ってガミガミガミガミ、相当うるさいよな。晴翔だって、具合悪い時に、ガミガミガミガミガミガミガミガミ言われたらさー、なー」

父親の穏やかな口調に、「う」と晴翔がちいさく頷く。その頰がちょっとだけ持ち上がったのを見て、和弥がさらに、

「ガミガミガミ、ガミガミガミ、ママ、言うよなー」

と、畳みかけた。晴翔の顔が明るくなる。

和弥がどこまで計算しているのかは分からないが、美保と晴翔が険悪なムードになった時、和弥がふんわりと晴翔の心を開くことはこれまでにもあり、そこでほぐれた空気が落としどころとなった。

「ガミガミガミガミ、ガミガミガミガミ。なー、ママは」

「う」

「ガミガミガミガミガミガミガウィ」

途中で、和弥がちいさく嚙《か》むと、晴翔がこらえきれずにくすくす笑う。そこからはふたりで何かの呪文《じゅもん》のように、ガミガミガミの声を重ねる。そのしつこさに美保もつい笑ってしまった。

「ガミガミマン!」

晴翔が急に大きな声で言い、

「あ、だめだぞ、それは秘密だろ」

和弥がくちびるの前でひとさし指を立てた。

「何よ、それ。いつもふたりの時そんな話してるのー?」

美保が言うと、晴翔はいたずらっ子の顔で父親を見る。父と息子でひそかに交わしている会話を想像し、「ちょっとー」と怒ったふりをすると、

「言うなよ、何も言うなよ」

と、和弥が晴翔に言い、晴翔は両親の顔を交互に見て、少し困ったような、でも嬉しそうな表情で、うん、うん、「しーっ」と頷く。

心配性で、物事をどんどん深刻に考える癖のある美保にとって、和弥のこの呑気《のんき》というかおおらかなところは、硬くなった気持ちに風穴を開けることも、いまいましさのもとになることもある。晴翔にとっては大きな救いになっているのかもしれないと、ふと思う。

昔から、父親が好きな子で、低学年の頃、父の日に描いた似顔絵は、「パパ、いつもありがとう」の後に、ハートマークをつけた。土曜日に開かれた学校公開で見たたくさんの絵の中で、ハートマークを描いているのは晴翔ひとりで、愛されてるね、照れるよな、夫婦でそんな会話をした。

「内緒だろ、晴翔。てゆーか、晴翔、でもホラちゃんと食べなって。ママが心配しちゃうだろ。それに、好きなだけ食べられるのは若い頃だけなんだからさー。すぐ腹出るぞ」

「和くん、お腹出てきたもんね」

「それ言うなって」

晴翔はもうすっかり笑いをこらえている、可愛い顔だ。その顔で、「あ！」と何かを思い出したようにちいさく声をあげ、

「ママ、今日、鍵閉まってなかったよ」

と、言った。

「え、何」

美保は訊いた。訊いたが、すぐに思い当たった。すっかり忘れていたが、そうだ、今朝、施錠したかどうかを営業先に向かう途中で思い出せず、不安になったのだった。

「本当に？　閉まってなかった？」

美保が訊くと、

「鍵開けようとしたら閉まったから、あれーって。そんなこと、今までなかったから」

晴翔が言った。

「ママ、開けっ放しで出たのか。不用心だなー。あ、もうこんな時間か」

さほど気にしていない口ぶりで和弥が立ち上がり、

「じゃ、パパ行ってくるからな。晴翔、よく寝て、明日は絶対学校行けよ」

と、晴翔の髪をくしゃくしゃと掻《か》きまわした。

美保は、心のどこかがぐにゃりと曲がった気がした。

自分が、鍵をかけずに出勤してしまったことが、信じられなかった。

和弥が出勤すると、見送った美保はなんだか落ち着かない気分のまま居間に戻り、食べたものを片付けた。それから風呂の支度をした。

翌日、晴翔は教室のベランダから転落した。

自ら鉄柵《てっさく》を乗り越えて、飛び降りたということだった。

＊

「佐久間さん？」

声をかけられ、美保ははっとした。顔を上げると、スタッフ全員の目が美保に集まっている。週に一度の定例会議中だった。

手元の資料を慌てて確認すると、

「さっきから大丈夫？」

所長に訊かれた。心配するというよりは、何か貶《けな》したいという顔である。

「すみません」

小声で謝り、姿勢を正した。

「いいけど、報告。あるの？　ないの？」

畳みかけるように所長が質問する。同年代のこの所長とは、どうにもそりが合わないと感じていたが、今日はいつにもましてあたりが強い。ぼんやりしていたのはたしかなので、

「すみません。今日は特にありません」

すみません、を無駄に繰り返してしまう。強張《こわば》った沈黙の中で所長が苦笑し、

「ベテランなんだから、集中してくださいよ。他の人たちの時間もあるし」

と言う。

「はい。すみません」

この場にいる所員たちの中で、美保の私生活が今ぼろぼろであることを知っている者は榊原だけだ。会社に伝えるべきだと言う榊原に口止めをしているのは自分で、だから所長をはじめ誰ひとり、美保の苦悩を知らないでいる。

皆の前で所長から叱責《しっせき》されるのは、普段なら耐えられないことだったが、今はあまりきつくない。目の前の景色に靄《もや》がかかったようで、人の言葉に手触りを感じない。

我が子が教室のベランダから飛び降り、踵《かかと》を骨折した。完全にギプスが取れるまでには二か月かかると言われている。今も入院中だ。

それなのに、どうしてわたしはここにいるのだろう。

できることなら、晴翔と一秒も離れたくなかった。ずっと付き添いたい。「事故」から一週間たった、これが今の一番の願いだ。

しかし、生きていくためには仕事をやめられない。いつまでも休むことはできない。

この件で、美保が会社を休んだのは二日間だけである。世界が壊れてしまうのではないかと思うほどに大きなことが起こっても、日常は何ひとつ変わらない。そのことを思い知らされている。

晴翔の教室は二階だが、現地で見上げると、想像していた以上に高く感じた。こんなところから……と目眩《めまい》がしそうになったが、応急処置が良かったため歩行障害などが残る可能性は少ないと言われている。ベランダの真下が、土を盛り上げるようにして作った大きな菜園だったことが幸いした。湿った土がやわらかいクッションとなり、最悪の事態は防いだ。菜園の並びにはつつじの植え込みがあり、横に数メートルずれていたらつつじの尖《とが》った枝に抉《えぐ》られたかもしれず、また、手前は、むき出しのコンクリート地で、あそこに落ちていたらどうなっていたか、想像もしたくない。不幸中の幸いという言葉が身に沁《し》みた。

晴翔は現在左足の踵を金属で固定する手術をし、安静状態である。

今この時間、入院先の病院で晴翔に付き添っているのは美保の母親の保子《やすこ》だ。

美保は結婚して以来、実母とつかず離れずの付き合いを心掛けていたが、事故が起こった時、彼女が一番の味方となった。というより、保子に助けを求めなければ、やっていけなかった。

実家には、膝《ひざ》を痛めて杖《つえ》なしでは歩けなくなった父がいるが、数駅先のマンションに住んでいる姉の里香が、通いで見てくれることになった。予備校で教えている里香は、午後から出勤のため、午前中に買い物や洗濯を少し手伝う程度なら協力できると申し出てくれた。父もそれを望み、できる限りのことはひとりでやると言ってくれている。実家から病院まで片道一時間で行けるので、保子は夕刻まで孫のそばにいて、夜には家に帰っている。

一方、地方で野菜農家をやっている和弥の実家には頼れなかった。和弥の父親はすでに他界しており、もうじき七十になる母親がひとりで農家の仕事をしながら、祖父の自宅介護をしている状況だからだ。

夫婦で話し合った上で、和弥側の家族には、今回のことを話さないことにした。わざわざ話して心配させる必要はないと判断したからだ。

今は保子の力を借りて、息子の入院期間を乗り切らなくてはいけない時期だ。晴翔のために。そんなことを考えていたら、またしてもぼんやりしてしまったようで、皆の視線が集まっていることに気づいた。

「聞いてた？　説明して」

所長に言われたが、話が見えない。

「プロテクトナインの件、クレームの確認されてる」

榊原が美保に囁《ささや》いた。小声だったが助けられているのは丸見えで、所長はまた苦笑し、

「大丈夫なの？」

と、訊いてくる。

「すみません、ええと耐火防盗金庫『プロテクトナイン』をお買い求めいただいた山田様から、突然扉が開かなくなったというご連絡を受けまして、調査しましたところ、プロテクトナインの一部のバージョンに基板故障が見つかりました。急遽《きゅうきょ》お取替えをしたのですが、本社に確認したところ、同様のクレームがこれまでに三件あったことが分かりまして、各営業所に周知を進めているところです」

感情をいったんどこかに押しやって事実だけを話す。榊原に事前に話していたことだったので、言葉はすらすら出てきた。

「基板故障、ねえ」

所長が顔をしかめる。

「テンキーの電子回路の基板になんらかの不具合があったと思われます。きちんと稼働しているタイプがほとんどなのですが、たまたま今回出荷した製品にそれがありまして、音や光は出ているのですが、金庫の鍵が開かないといった具合で」

「以前もありましたね、それ」

別の所員がひと言挟んだ。

「廃番にはならないの」

所長は美保にではなく、それを聞いた所員に訊ねる。

「佐久間さんが本社に確認してくれてましたけど、そういう話はないと」

「はーん」

「現場に対応を押しつけられちゃってますよね」

「じゃあ、プロテクトナインが出そうな時は、初回検査を重点的に。他に伝達事項はないですか」

所長は美保を無視して話を終わらせたが、そのことに何の感情も湧かなかった。その後いくつかの申し送りや通達を経て定例会議は終わったが、椅子から立ち上がった時もどこか水の中を歩いているような他人事《ひとごと》の気分だった。

「佐久間さん」

榊原が声をかけてきた。

「午後出る前に、軽くランチしない？」

気遣ってくれているのだと分かったが、

「すみません、あまり時間がないので。またで」

美保は短く言い、午後の営業に出る準備を始めた。

忙しそうなそぶりをすると、榊原はそれ以上声をかけることなく自分のデスクに戻ってゆく。

少し申し訳ない気持ちもあったが、皆のいるところであからさまに気を遣われるのは、つらい。

もしかしたら榊原は、詳しい話を聞きたいのかもしれない。しかし美保は息子の件に関して、これ以上会社の誰とも話したくなかった。まだ、うまく言葉にできる段階ではなかった。

「家族の事情」で連休を取った週明け、美保は仕事を肩代わりしてもらっていた恩から、榊原にだけ軽く「事情」を告げた。

最初は冷静に話すつもりだったが、「学校での怪我で入院」していると告げたとたん、榊原が大きく反応したので美保は動揺した。

「え、何、入院って。どうしたの？　大丈夫なの？」

恐ろしい話を聞かされたと言わんばかりの顔だった。

「全然大丈夫なんだけど、ちょっと事故が起こったの。それで」

「入院だなんて、一大事だよ。どういうシチュエーション？　息子くん大丈夫なの？　学校からの説明は？」

分かっていたことだが、人から「一大事」と断定されると、そんなことが自分の家族に起こったという現実の重さに押し潰《つぶ》されそうになった。要所要所をぼかしながらあらましを説明すると、弁護士を立てたほうがいいと、彼女は言った。学校で起こった事故ならば、損害賠償請求できるはずだ、と。

「うん。でも、大丈夫。学校からはちゃんと謝罪されたし、治療費も保険でカバーできるし、そこまでの大怪我でもなかったし」

なぜか言い訳のような口調になってしまった。他人に大きく驚かれたり難しいことを提案されたりすればするほど、心が弱ってゆく。「そこまでの大怪我」だったじゃないかという声が、内側からわいてきて、しんどくなった。榊原に伝えなかった「要所」の中には、息子が自ら飛び降りたという事情も入っていた。

さらに掘り下げて訊いてこようとする榊原に、

「もうこれ以上は。家族のことなので」

と伝えたところ、訊きすぎたと思ったのか彼女は、あ、ごめんなさい、と言った。こちらこそ、ごめんなさい、と美保も言い、謝り合いの変な空気の後、榊原は晴翔の事故について訊かなくなった。ただ、所長や、担当エリアのかぶる数人には、事情を話したほうがいいのではないかと言ってきた。話しにくかったらわたしから伝えてもよいとも言ってくれた。少し迷ったが、結局美保は、所内の人たちには伏せてもらうことにした。職場の人たちに同情めいた好奇心を持たれたくなかったし、それに、この件は、晴翔のプライバシーに関わることかもしれないと思っていた。

晴翔が理由や事情について、何も話さないからである。

晴翔が転落したのは先週の水曜日、昼休みだった。山田夫妻宅で金庫設営を終えた美保は、車で来ていた設営担当者と現地で別れ、駅まで戻る道でオンにしたスマホに小学校からの二件の着信と、和弥からの九件の着信が入っていたことに気づいた。その前日にもスマホに入っていた小学校からの着信にヒヤリとし、しかし結局取り越し苦労であったことを、美保は思い出した。今回もそうであろうと思いたかった。だが、確認する前から、そうではないと分かっていた。

午後の仕事をキャンセルして晴翔がいる病院に向かった。

心は潰されそうに痛むのに、ドラマでこういう場面を見たことがあるな、などと考えていた。誰かが怪我をし、その一報を受けた登場人物が慌てて駆けつける場面。まさか自分が、と思った後で、今この瞬間全ての病院に、まさか自分が、と思っている人たちがいるのだろうと考えた。そのくらい容易《たやす》くわたしたちの現実が歪み得ることを、むしろこれまで知らずに生きていられたのだ。

晴翔は手術中で、すぐには会えなかった。

待合室には重田もいた。さすがの重田も動揺しており、こんなことになってしまってどう言ったらいいか、どうしたらいいか、とおろおろと繰り返した。その姿は、普段受けていたベテラン教師の印象からほど遠く、この人は意外に脆《もろ》いのではないかと美保は思った。こちらが訊いてもいないのに、自分は昼休みに教室にいなかったと、重田は弁解した。青ざめた顔をし、申し訳なさそうな口調であったが、責任逃れのようにも聞こえた。

「ベランダから飛び降りるなんて、あいつ、何を考えてたんだろう。度胸試しでもしたかな」

事故の夜、和弥がそう言って、少し笑ったのを覚えている。

「それ、冗談だよね?」

美保の心は怒りにふるえた。

暗い雰囲気を変えたくての軽口だったにしても、我が子が大怪我をしたのに「度胸試し」などと言うのは不謹慎だと感じた。

しかし和弥はなおも続けた。

「分からないけど、俺ものぼり棒の高いところから飛び降りる遊びして、腕の骨折ったことがあったから。少し高度をあげて、どこまでなら飛び降りられるかって、友達と競ったんだよ。意外に怪我しなそうな気がするもんだからな。小五くらいの男子って、ばかだから」

「あなたがばかだっただけでしょ」

美保の言葉をちょっとしたツッコミと捉《とら》えたのか、

「ひどいな」

と、和弥がまたおどけたように言った。

美保は全く笑えなかった。それを分からせるために、抑えた声で、

「死んでいたかもしれないんだよ」

と口にしたら、肺が圧《お》されたように痛み、必死に呼吸した。

美保の白い顔を見て、さすがの和弥も黙った。のぼり棒から飛び降りる遊びと、教室のベランダの手すりを乗り越えることは、全く違う。

「誰かにやらされたのかもしれない」

美保は呟いた。

自分で言ったとたん、そうに違いないと確信した。

「……誰かって、誰にだよ」

「友達に決まってるでしょう」

「だって、あいつまだ小学生だろ」

「小学生だから、何？」

「小学生がそんなこと」

どうやら、幼さゆえそこまで陰湿ないじめにはならないと、和弥は思っているようだ。

しかし、晴翔の、学校に行くのを全身で拒否しているかのようなあの様子を思い出すと、美保の中で行きつく答えはただひとつ。

「する子はするわよ」

する子はする。

そのことをわたしは知っている。なのにどうしてあの「嫌な感じ」を、見て見ぬふりできたのだろう。

「あの子、前に、『やばいやつと同じクラスになった』って、言ってたのよ。あんなことになる直前に、わたし、そのことを思い出して聞いたんだけど、ごまかされた。それに、前にゲームで友達と揉《も》めて、泣いてたこともあった」

「ええ？　そうなの？」

和弥は驚いたような声をあげた。その反応は、事故を告げた時の榊原の様子を思い出させる。自分が思っていた以上に大ごとだったと、他者の反応によって思い知らされる瞬間だ。

「『やばいやつ』って、どうやばいの」

「知らない。最初は面白がるように言ってた気がするけど、最近はもう何も言ってない」

「怖いな。ゲーム友達は？」

「よく遊んでいた子たちだと思う。うちに来たこともあるけど、ちゃんとは知らない」

「うちに来た時の、その子たちの印象は？」

これまで晴翔の普段の様子など何も知ろうとしなかったのに、急に興味を持つのだなと苦々しく思いながら、

「普通に楽しそうにやっていたわよ」

と美保は答えたが、実際、友達が遊びに来たのは夏休みに一回だけで、その時も三階の自室でゲームをしていた。よく観察していたわけではないから、人間関係をしっかり把握してはいない。

「そうか。他に、何か思い当たることってあるの」

「ないわよ！　あったら、先生に相談してたわよ」

美保はつい声を荒らげた。

「仕方ないでしょう。わたしだって、いろいろ学校のことや友達のこともちゃんと知っておきたいけど、お母さんたちと平日にランチとかできないし、行事に行っても話せる人はほとんどいない。子どもたちを家に呼ぶとかも、普段からそんなことできないじゃない。学校にいろいろ聞きにしょっちゅう電話するのも、モンペみたいだし」

別に責められてもいないのに言い訳がましくまくしたててしまうのは、自分の中に罪悪感があるからかもしれなかった。

「いや、俺だって晴翔の学校の様子、分からないし。でも、分からないんだから、いじめられたって決めつけることもできないじゃん」

なだめるように和弥が言った。

「それはそうだけど」

「少なくとも昨日のあいつ、普通だったよな。夜めっちゃ笑ってたし」

「うん、笑っていたよね……」

「とにかく、明日晴翔に話を聞こう。もしかしたら、本当にあいつばかで、調子に乗っただけかもしれないし。学校で話し合う時に、ちゃんとそのへんのことも確認しよう」

「分かった」

決してそんなことはないだろうと思いながら、美保は頷いた。

予兆はあった。登校前に玄関でぼんやりしていたのは、靴をうまく履けなくなっていたからかもしれない。とぼとぼと学校に向かったが、足が竦《すく》んで家に戻ったのかもしれない。

そもそも一学期の歩道橋での怪我だって、見逃してはいけないことだった。あの時、本来ならばもう一歩踏み込んで訊くべきことがあったのに、楽なほうを選んだ自覚が美保にはあった。

思い返せば、自室の壁に向かってゲーム機を投げつけたこともあった。うまく勝てなくて癇癪《かんしゃく》を起こしたと思い、そんなことならもう遊ぶなとゲーム機を取り上げようとしたら、服の中に入れてうずくまり、泣きじゃくってゲーム機を守った。中毒ではないかと心配したが、あれは、もしかしたら、皆にいじめられていたのかもしれない。一体どういうやり方で遊んでいるのか、詳しいことは知らないが、最近のゲームは複数人で電話のように話しながら遊ぶようだ。耳を澄ませば晴翔の声は聞こえても、その向こうにいる友人たちの会話は聞き取れず、内容は分からない。オンライン上で皆に無視されたり、自分だけ不利なルールを押しつけられたりといった、古典的な意地悪をされていたら。

いろんな後悔がいっぺんに湧きあがり、あの子は一体どんな目に遭ってきたのだろうと考える。

「度胸試し」などと言ってのける和弥が恨めしい。きっと彼は呑気で平穏な小学校時代を送ってきたのだ。あるいは、周りのさざ波に気づかない鈍感な子どもだったのかもしれない。

する子はする。

そういう子が、ひとりいたら、終わり。

する子は、周りを巻き込んで、誰かを攻撃せずにはいられないから。

そういう子どもが世の中に存在することを思い出しかけた美保は、ちいさく首を振って、苦しい記憶を心の底に押しやった。


事故から一週間が経った今も、晴翔は、自分が飛び降りた理由を両親にも担当医にも、心理カウンセラーにも、話していない。

美保はネットの社内掲示板に「ＮＲ」と登録してから営業所を出た。

新しい金庫を設置したばかりの山田夫妻宅に様子見のお伺いをし、紹介のあった「ご近所の方々」にも挨拶がてら監視カメラの資料を渡しに行く。山田夫妻のおかげで件数を増やせて本当にありがたい。直帰すれば、五時前には家につく。定時より早めの上がりにはなるが、「ＮＲ」なら気づかれない。誰もがやっていることだ。

五時半に校長と重田がクラス内で取ったアンケートの報告をしに来ることになっていた。そこには、夜勤前の和弥と、美保の母親も同席する予定だ。

動画サイトなどを見て得た知識から、小学校の教員らと話し合う時には弁護士を同席させたほうがいいんじゃないかとも思ったが、つてもなく、費用も分からない。和弥から、最初から戦闘モードになったら晴翔が戻りにくくなるとも言われ、ひとまず今日のところは、家族三人で迎えることにした。

念のため、会話を全て録音するつもりだった。録音も、和弥に話せばやめたほうがいいと止められるかもしれないが、美保は、すると決めていた。これも、動画サイトからの知識である。子どもがいじめに遭ったことで「学校と戦った」という親が、学校との接し方を指南しているチャンネルを見つけたのだ。そこでは、「学校との会話は録音必須《ひっす》」と言われていた。

いじめアンケートの結果はどうだったろう。結果を知ることは怖いが、向き合わなければならないものだし、しっかり知りたい。晴翔はいったい学校でどんな目に遭っていたのか。

たとえば、「山根」。「やばいやつ」と晴翔が言っていたのに、聞き流してしまっていた。どうやばいのか。何かされたのか。だいたいその子の顔も下の名前も、親のことさえも、美保は知らないのだ。

それから、吉川くん、田辺くん、石館くん。オンラインゲームに時間制限を設ける話し合いをした時に、晴翔から聞き出した名前だ。夏休みに彼らを自宅に招いた。その時はなべっちとイシくんが来た。眼鏡で小柄の田辺くんと、ひょろりとした線の細そうな石館くんの姿を思い出す。佐久間、なべっち、イシくん、と呼びあっていた。あの子たちが誰かをいじめるという感じはしなかった。

「感じ」というのは、あやふやだけれど、案外重要なものだ。人をいじめそうな子にはいじめそうな「感じ」があると、自分の小学校時代を思い出して、美保は思う。

では、吉川くんは、どうだろう。中学受験の塾があるからと、彼は遊びに来なかった。彼については、「ヨッシー」と呼ばれていることと頭がいいということ以外、知らない。こうなってくると、「頭がいい」というのも、なんだか怖い気がする。受験のストレスで、友達をいじめる子もいるだろう。

そんなことを考えだすと頭がいっぱいになってしまう。病院からの帰路、「子どもがいじめに遭ったら……」といったＷＥＢサイトや動画サイトばかり見てしまう。考えすぎだと和弥には言われたが、ネットの中には、我が子が長い間いじめられて苦しんでいたことに「全く気づかなかったんです」という親がたくさんいる。母親である自分が考えなくて、誰が子どもに起こったことを真剣に考えるというのか。

この一年半、異動先の新しい仕事のことで頭がいっぱいになり、息子をとりまく環境に無頓着だった。大丈夫と思われる田辺くんと石館くんにしても、学校ではどのように振舞っているのか、本当のところは分からない。子どもは、大人と同じで、数人でいる時と集団の中に身をおいている時とで、言動が変わる。

自分もそうだったじゃないかと、美保は思い出す。

小五の頃の自分や、周囲の子どもたちを思い出すと、今更ながら美保は、身震いさえしてくるのだ。

学校関係者は定刻通りに美保の家を訪れた。

校長は真っ黒いおかっぱ頭の大柄な女性、副校長は総白髪の小柄な男性。小学校で一度話し合いをした時は、校長がひらひらとしたワンピース姿で副校長は土色のジャージを着ていたこともあり、対照的に見えたが、今日はふたりとも暗い色のスーツで姉弟のようである。重田も同様の服装で、こうやって形から入ろうとするのだなと、美保は白けた気分になりながらほとんど使ったことのない来客用スリッパを並べた。

「わざわざお越しくださって……」

保子がぺこぺこと頭を下げている。「偉い人」に反射的にへりくだる母親に苛立った。

狭い階段をぞろぞろと上がってゆく。階段はスリッパだと上がりにくい。ぺたぺたといくつもの同じ足音が重なる。

居間のテーブルは四人用だったので、簡易設置できるピクニック用チェアと、晴翔の勉強用の椅子を足して、無理矢理全員が座れるようにした。しかしその配置のせいで、大人がちいさなリビングテーブルをぎゅうぎゅうに囲むかたちになり、いくらか滑稽《こっけい》な風情になってしまう。やはりこちらが学校に出向くべきだったと和弥は思っているだろう。もはや学校に不信感しかない美保が、悪いのは向こうなのだから足を運ばせるのが筋だろうと主張して、こうなった。

「晴翔くんの御容態はいかがでしょうか」

まず最初に校長が訊いた。

心配そうにこちらを見上げるその目のまぶたに、ちいさなラメが散っていることに、美保は気づいた。

校長という立場上、年齢はいっているだろうに、つやつやの真っ黒な髪に全く乱れがないのが、どこかいやらしい感じがする。美保はこの校長に不信感を抱いている自分に気づく。今日は保護者の家に行くから濃紺のスーツを選んだのだろうが、学校でたまに見かけるこの人の服装にはいつも癖がある。どうも教育の仕事より、自分磨きや美容に力を注ぐタイプに思えるが、そのわりに緩んだ体形なのもいまいましい。

質問に答える前に、

「録音させていただきます」

勇気を出して、美保はスマホを取り出した。

えっという顔を皆がした。保子と和弥さえ何か言いたげにこちらを見た。彼らに、余計なことを言うなと念を送りつつ、

「聞き逃しのないよう、念のためです」

と付け加える。これも、ネットで知った言い回しだ。いまや頼りになるのは夫よりネットの情報だ。

「容態は相変わらずです。大きな怪我でしたから、時間がかかります」

少し空気がぎこちなくなったが、録音を誰にも止められなかったので、美保はそのまま続けた。

「そうですよね。そうですよね」

校長が囁くような声と共に頷いた。

その後、皆が黙り込む。録音されていることで身構えているのかもしれない。しかし、沈黙に耐えられなくなったのか、副校長が口を開いた。

「ええとですね、その後、ベランダに出る際の安全確保について朝礼で児童に周知しまして、

ベランダには物を置かないことと、ベランダの掃除を児童はやらないということに決定しました。先日もお話ししましたが、来週から順次保護者会等で、今回の事故のこと、低学年も含め、保護者の皆様にも学校側の安全対策についてしっかりとお伝えしていきます。その際、晴翔くんのプライバシーについてはしっかりと守らせていただきます。また、晴翔くんの怪我に関しましては、学校事故ですから医療費は全て……」

台所にいた保子が全員分のお茶を淹《い》れて持ってきた。学校側三人は大げさに頭を下げ、また黙る。全員の前にお茶が置かれるまで、誰も話さない。

お茶が届いたタイミングで、

「早速なのですが、児童にとったアンケートの結果をご報告したいと思います」

重田が持ってきた大きなバッグを開けて、膨れ上がった茶封筒を取り出した。集計結果ではなく、子どもの手書きの原本を見たいと美保は要求していた。これも、ネットの知識からであった。規則で原本は持ち出しできないがコピーならば、と重田は請け合った。

「本来はこうしたアンケート結果をコピーとはいえ持ち出して保護者にお見せすることはできないのですが、やはりですね、晴翔くんが大きな怪我をされて、これは我が校にとって本当に由々しき問題ですし、保護者様のお気持ちも本ッ当によく分かりますから、今回は例外的にと申しますか、保護者様にも見ていただこうと思いましてこちらお持ちしましたが、どうかあまり大きな声で、見たというようなことをおっしゃらないでいただきたいと申しますか……」

副校長がやけに恩着せがましい口ぶりで説明する横で、重田が束ねたコピー用紙をテーブルの上に「どうぞ」と置く。その「どうぞ」の言い方が妙にきりっとしていることが、美保は気になった。

五年三組三十二名分のアンケート用紙。三つに分けて、美保と和弥と保子が回し読みをする。

・冷やかしやからかい、悪口やおどし文句、いやなことを言われる。
・仲間はずれ、集団による無視をされる。
・軽くぶつかられたり、遊ぶふりをしてたたかれたり、けられたりする。
・ひどくぶたれたり、たたかれたり、けられたりする。

……

「え？」

美保は顔を上げる。

「この内容って、自分がいじめられているかどうかという話ですよね。晴翔のことじゃないですよね」

「ですから、自由記入欄を設けております。学校のことで気づいた点があれば自由に書けるようになっています」

そんなことも分からないのか、という口ぶりで、重田が言う。

手にしたアンケート用紙をぱらぱらめくるが、自由記入欄の多くが空欄で、書いてあったとしても「特になし」「ない」といったふうだ。

数枚、気になる記載があった。といっても、ごくちいさなマークだが。

「この子は？」
・いやなことやはずかしいこと、危険なことをされたり、させられたりする。
この項目に、うっすらとだが△をつけている子が一名いたのだ。

「たしかに、言われてみれば、ちょっと気になりますね。ただ、三角マークなので、もしかしたら、ちょっと、いやな目に遭ったのかなという気はしますね」

重田が何を言いたいのか、美保にはよく分からない。

「三角といえば三角ですけど、よく見ると角が少しまるいですよね。まるってつけようか迷った三角に見えますね。でも、この子が誰かは分からないですよね……」

美保が言うと、

「いや、分かるんじゃないか」

と、和弥が口を挟む。

「これ、記名式なんですよね」

和弥がアンケート用紙の右上を指さす。たしかに、氏名欄らしき（　）が見える。美保も自分が手にしていたアンケート用紙をぱらぱらとめくってその箇所を確認する。（　）の印があるものと、ないものがあり、おおかたその氏名欄に付箋《ふせん》か何かを張り付けて、名前が分からないようにしてコピーをとったのだろうと予想された。よほど慌ただしくコピーをとったのか、付箋が歪んでいたらしく、うすい線に見えるものもある。

「どうなんですか」

和弥が訊くと、

「これは、そうですね」

と、重田が答えた。

「いじめアンケートって、無記名でやるんじゃないんですか」

美保は訊いた。

「我が校では記名式でやっています。無記名ですと、無責任な回答がまぎれる可能性がありますし、事後の調査がしづらいということになりまして……」

と、校長が答える。

「でも、自分の名前を書くと、本当のことを答えにくくなるかもしれないですよね。だって、もし晴翔が集団いじめに遭っていた場合、そのいじめのリーダーみたいな子がいるわけですから、その子のいる教室で、こんなアンケートの自由記述欄に長い文章を書いたりとか、できないじゃないですか。だって」

見張られているのだから、という言葉を美保はのみ込む。

「いじめがあるかどうかは確認されていません」

重田が言い、「先生っ」と、校長にたしなめられた。なぜたしなめるのか、美保には分からない。どういうことか、詳しく訊きたい。しかし、重田の代わりに校長が、

「さきほど佐久間さんがおっしゃったようなことはないようにと、細心の注意を払ってアンケート調査は行いましたので、答えにくくて答えられないということは、百パーセントどうかっていうとですね、そりゃあ、子どもの気持ちが全部分かるかって言ったらあれですけども」

と、要領を得ないことを話す。

「あの」美保は話を途中で止めて、「いじめの確認ができていないってどういうことですか」

と訊いた。

「それはですね、大変デリケートなことなので、しっかり調査してから結論を出さないといけないということでして」

「重田先生はどう思っているんですか。子どもが学校のベランダから飛び降りるって、異常なことですよね？　ちゃんと調査してくださっているんですか」

美保は訊いた。

「はい。勿論《もちろん》です。昼休みにベランダ周辺にいた子たちへの聞き取りを、慎重にやりました」

と、重田が言った。

「お母さまがおっしゃっていたようなこと、あの、晴翔さんが誰かに無理強いされたり、命じられたり、といったことは、聞き取れませんでした。掃除用の椅子があったことが事故につながったわけですので、晴翔さんの責任だけではありませんが、ベランダにいた子はそこにのぼ

ろうとした晴翔さんにはっきり『やめなよ』と言ったそうです。他の子も、その様子を見ていました。中には晴翔さんがそういうことをしたことで、ショックを受けた子もいます」

「そういうこと……」声がふるえた。「晴翔のせいでショックを受けた子がいるって言いたいのでしょうか」涙がこみ上げそうになる。校長が、なんてことを言ってくれるのかという顔で重田を睨《にら》む。

「いえ、すみません、ただ聞き取りでそういう子もいたというだけのことです」

校長のほうを見ず、重田は答える。

「じゃあ、止めた子もいたのに、晴翔が自分で乗り越えたってことか……」

和弥が隣でため息をつく。なぜ「自分で」というところをクローズアップするのか。美保は和弥を睨みつける。やはり和弥は何も分かっていない。美保はちいさく息をのみ、

「おかしいと思いませんか」

反論した。

「どうしてうちの子が、そんなことするんですか？　飛び降りたら怪我をするって分からないわけがないのに……」

「ねえ」

ずっと黙っていた保子が美保の腕に軽く触れて、言った。

「はるくん、自殺したかったんじゃないの」

突然発されたその言葉に、教員三人が明らかに緊張したのが分かった。腕に触れている母の

指がふるえているのを美保は感じた。

「えっ」

「まさか」

「いや、それは」

「そういうことでは」

皆の声が重なった。

まさか、は和弥の呟きだった。思いもよらぬことを言われたという顔を、和弥はしていた。

美保も、えっ、と口には出した。だが、母が口にしたその想像は、自分の心の奥にもずっとあったのかもしれないと思った。

「だって、はるくんが自分からそんなこと……じゃあ、これまでどんな目に遭ってたっていうの。あんたたち、何も知らなかったの？」

保子は美保と和弥を責めるように言い、それから突然泣き出した。

「お母さん、黙っていて、お願い」

ふるえる声で美保は制したが、

「だってね」

と、保子は、今度は目の前の学校関係者たちに向き直り、

「『二メートルは一命取る』って言葉もあるんですよ。先生方、二階くらいじゃあって思っているのかもしれないですけど、わたし、調べました。同じくらいの高さから落ちて脊髄《せきずい》を損傷

したり、亡くなったり、そういう話、いくらでもあるんです。はるくんくらいの小学生がね、自ら命を絶とうとして飛び降りたら、それ、もしかしたら『実現』しちゃってたかもしれないじゃないですか」

保子の言葉を聞き、美保は全身の血が引いていくのを感じた。学校側の三人も明らかに動揺していた。

その強張った空気をなんとかしたいとでも思ったのか、和弥が「いや、いや、お義母《かあ》さん」と余計な口を開く。

「晴翔はまだ小学生ですから。いじめで自殺って、中学生くらいなら分かるけれど、小学五年の男子っていったら、突発的に『オレ飛べるかも』って思うような年齢だし」

この期に及んで何を言い出すのかと美保は眉《まゆ》を吊《つ》り上げた。保子も呆《あき》れたようである。

「ばかなこと言わないで」

低い声で美保は言った。学校関係者も、さすがに和弥の浮世離れした発言には反応せず、「それで」と重田が切り替える。「晴翔さんは、どのようにおっしゃっているのですか」重田も動揺しているのか、児童の晴翔に対して敬語になっている。

「晴翔は……、心理カウンセラーの方が面談してくださいますし、わたしたちも体調が落ち着いてから、ゆっくり訊こうと思っています」

美保は慎重に答えた。

晴翔がまだ何も話してくれないのだと、この人たちに言いたくなかった。

すでに晴翔は手術という大きな山を乗り越えて、ひとり部屋から四人部屋へ移っている。最初のうちは本人も負傷した部位の痛みやそれに伴う発熱により泣いたり苦しんだりしていたため、落ち着いて深い話を聞くことはなかなかしづらかったが、ようやく日常会話ができるようになった。足のギプスと体のあちこちの痣《あざ》は痛々しいが、打撲して痛いはずの手でゲームをやりたいなどと言い出すほどに快復も早い。だから美保は、すでに何度も、何度も、飛び降りた理由を本人に訊いている。

しかし、晴翔は答えない。

同じことを何度も訊かれるのがストレスなのか、その話になると、不機嫌になる。と思えば、両手で耳を押さえ、「わーわー」と大声を出して美保の声が聞こえないようにしたりする。

昨日など、急いで布団にもぐろうとし、その早急な動きが体のどこかに負担をかけたのか、「痛い！　痛い！」と声をあげて泣き、同室の人たちにも迷惑をかけた。

大きなショックで直前の記憶がまだらになっているのかもしれないと主治医は説明したが、そんなことはないと思う。訊かれた晴翔の顔が必ず強張るからだ。あの子には何か、言えないでいることがある。

美保の返答を聞き、

「そうですか……」

重田が深く頷く。校長と副校長も神妙な顔つきで頷いている。

ふと、このまま晴翔が何も言わないほうが、この人たちにとっては都合が良いのではないかという考えがわく。

「では、周りにいた子を教えてもらえますか」

美保は言った。その子たちに自分がもっと詳しく事情を聞けば、少しは分かることがあるかもしれない。

重田と校長が発言を譲り合っているように見えたので、美保は「先生」と重田に呼びかけ、「さっき晴翔のことをベランダで見てた子たちが何人かいたっておっしゃってたと思うんですけど、その子たちの名前を教えてもらえれば」と言った。

「……すみません、それはちょっと、お母さん、あれで、ですね」

副校長が割って入り、もやもやと言葉をぼかした。

「あれで、とは」

「今は、特定の児童の名を挙げるというようなことは、わたくしどもからは差し控えさせていただきたいことでして」

「なぜですか」

「それはですね、学校内での児童のご様子はある種、こう、よそで教員が話しますことは、その児童やご家族からの信頼を失いかねませんから」

「えっ。『ご様子』も、個人情報にあたるんですかね」

皮肉をこめた発言だったが、副校長が頷いたので、呆れてしまう。たしかに晴翔の入学の前から連絡網や家庭訪問といった旧来のシステムはなくなっており、児童名簿すら男女混合、カタカナのみの、簡素なものに変わっていた。学童の保護者会で、様々な性別や外国人の生徒に対する配慮らしいと誰かが言っているのを聞いた。個人情報にうるさい時代なのは知っているが、時代を盾に不利な情報を出さないこともできる。

そんなことを考えていたら、

「自分のお子さんがそばにいたことを、佐久間さんに言わないでほしいという声もあるんです」

と、重田が言い、その発言に、校長がさっと彼女を睨みつけた。

「どういうことですか」

美保は一瞬、何を言われているのか、のみ込めなかった。ただ、校長のきつい目つきから、重田が、言ってはいけないことを言ってしまったのだと分かった。

校長が、少し慌てたように、

「いえ、そういうことだけではなく、学校側としては、この子がこう言ってた、あの子がこう言っていたなんて話をね、保護者の方々にどんどん話してしまうと、誤解を生んだり、信頼がなくなってしまったりといったことになりかねませんから、さきほど副校長が述べたように、この件だけでなく、全体として、個々のお子さんの発言などを軽々によそに流さないようにしているんです」

長々とフォローするが、何の答えにもなっていない。

重田に言われたことを心の中で反芻《はんすう》し、美保はじわじわと傷ついていった。

「それはつまり、他の保護者の皆さんと先生方はすでにお話をされていて、その保護者の方々から口止めされているのですね？」

話しながら、声がうまく出せない気がした。

いったいその「目撃者」の親は、どうしてわたしに言わないでほしいと言っているのか。自分の子のことを恨まれたくないのか。わたしのことを面倒な親だと思っているのか。それとも、自分の子に非があることを知っていて、隠したいのだろうか。

「そういうことですよね？　うちの子はこんな目に遭って、今も入院しているのに、その親たちって、心配してくれてはいないのですか」

「いいえ、そういうことではありません」

重田が否定するが、耳に入らない。美保が見ている動画サイトを作ったいじめ被害者の親は、学校側はほぼ間違いなくいじめを隠蔽《いんぺい》しますと話していた。私立校などの場合は、愛校心から、他の保護者たちさえ訴えを起こした被害者側を非難することまであるという。晴翔の小学校は公立校なので、そこまでする保護者はいないと思うが、分からない。きっと、皆で、何かを隠している。どの子がいたのかを伝えたくないというのは、こちらに知られて騒がれてはならない真相があるからではないか。頭が不信感でいっぱいになる。

「皆さんとても心配されていますが、気にしやすい保護者の方もいらっしゃいますし、なにぶんまだ五年生のお子さんたちですから、自分の周りしか見えていない子も多いです。ただ、晴翔さんの今回のことで、みんな傷ついています。それまで三組はまとまりの良いクラスだったものですから」

「まとまりを壊したのが晴翔だって言うんですか！」

考えるより先に、美保は叫んでいた。

先生に向かってこんな大声を……と狼狽《ろうばい》した瞬間、もっと大きな声で保子が叫んだ。

「そうですよぉ先生！　さっきから聞いているとひどいじゃないですか！　まるではるくんが！　はるくんが！　はるくんが……悪かったみたいに。あの子、怪我して、あんなふうになってるのに……！」

保子は再び涙ぐみ、ハンカチを取り出した。

美保は、自分の母親がこんなに感情的になるとは思わなかった。記憶の中の保子は、外面重視の気取った人だった。その保子ですらこれほど取り乱すようなひどいことを、この人たちは言っているのだと改めて怒りにふるえた。

「……すみません、そういう意味ではないのですが、わたくしの言葉が足りなくて、大変失礼いたしました。ええとですね、そういうことではなく、ベランダの周りにいた子たちはみんな晴翔さんのことをすごく心配していたんです。あの子たち、悪いことするようなキャラではないんです」

「でも子どもって、裏側で何してるかなんて、大人には分からないんですよ。もしも、もしもですけど、晴翔が自ら飛び降りたのだとしたって、それもいじめられて追いつめられていたからかもしれないじゃないですか」

美保が言うと、重田が何か言いたげに口を開きかけた。それを制するように校長が、

「そういったことも含めてですね、これからも重田先生をはじめ、皆でしっかり目を配ってね、調査していこうと思っております。とにかくですね、わたくしどもは、晴翔くんのお怪我と健康の状態が良くなることを願っておりまして、お休み中の学習支援につきましても、いろいろと話し合って考えたのですが、学習内容をまとめた冊子を毎週作るっていうことになったんですよね。基本は電子版でお届けしますが、週ごとに紙のファイルにもまとめて届けさせていただきます。もし学校でテストをやるようなことがあったら、それは紙で同じものを持っていきますので、病院で解いていただければと思います。でも、まずは、体を治すことが大切ですから、ご家庭と学校とで連携しながら、まずは晴翔くんの快復を見守りたいということで」

「でも、先生」

と言いかけた美保を制し、

「どうかよろしくお願いします」

と和弥が頭を下げた。保子も、

「先生、さっきはわたし、いろいろ言ってしまいましたけど、分かっていただきたいのは、はるくんはすごくいい子だってことなんですよ。はるくん、前にうちに来た時も、足の悪いじいじに付き添ってゆっくり歩いてくれて、商店街でママにお花を買って帰りたいって……」

と、突然、同情を引くような口調で晴翔の話をする。その話に校長が涙ぐみ、ラメのまぶたでまばたきをしながら何度も頷くのがわざとらしい。

「とにかくわたくしどもは、晴翔くんの快復のためにできることは全部したい、今後晴翔くんに笑顔で戻ってきてもらえるように、しっかり居場所を作って、すぐに溶け込めるように支えていきたいと、五年の他二名の担任も含め、皆で力を合わせてまいりますので……」

うまく話をまとめようとしている副校長と、それに熱心に頷く保子とに、美保は気持ちがおさまらなくなり、

「でも、さっきから聞いていると、いろいろ隠されてばかりにしか思えなくて。周りにいた子が誰なのかも教えてもらえないなんて」

そう言うと、校長も副校長も黙る。

「さっきも、うちの子のプライバシーを守るとか言ってましたけど、学校でこういう事故が起こったこと、広めないようにしているとしか思えなくなってしまいます……」

美保のこの言葉には何も返ってこない。売り言葉に買い言葉で喋りがちな重田すら口を閉ざしている。

「何か言ってください」

彼らは録音されていることを思い出し、慎重さを取り戻したのかもしれず、

「申し訳ございません」

と、口々に返すばかりだ。

「さっき、自分の子どもがベランダにいたことを話さないように先生に頼んだ保護者がいたっておっしゃっていましたけど、その方、どうしてわたしに知られたくないんでしょうか」

美保が問うと重田が眉の間に深くシワを刻んだまま口を結ぶ。言いたいことがあって堪《こら》えているようにも、理由が分からず何も言えないでいるようにも見える。

美保は、「これ、もう切りますから」とスマホを手に取り、皆に見えるようにして録音停止ボタンを押した。

「今回のことでご存じのことがあったら教えてください」

「あの」と重田が口を開きかけた。しかし何か思い直したようにそのまま言葉を止める。代わりに校長が、「お母さまのお気持ち、すごーく、すごーくね、分かります。大事な息子さんのことですから、それはもう、少しでも状況や理由を知りたいと思うのは当然です。ですが、わたくしどもも同じなんです。知りたいのです。大事な児童ですから。これは、本当です。同じことが起こってはいけない。ですから今回誠心誠意調査をしています。これからも、し続けます。そして、わたくしどもは、まず晴翔くんの言葉を待ちたい。いずれね、いろいろと晴翔くんの中でも話したいと思ってくれるはずですから、晴翔くんが話してくれるのをね、わたくしどももお母さまやお父さまやおばあさまと一緒に待ちたいと思います」

芝居がかった、熱っぽい言い方だったが、内容は空虚に思えた。しかし保子の心には響いたらしく、

「ありがとうございます。先生方が頼りなんです、どうかよろしくお願いします」

涙を流さんばかりの口ぶりで頭を下げている。丸め込まれやすい母親の姿に、美保はくちびるを噛んだ。と同時に、妙な違和感が心をつたう。

――わたくしどもは、まず晴翔くんの言葉を待ちたい……

どうして晴翔は何も話してくれないのだろう。晴翔が話してくれないから、大事な情報が入ってこないのだ。

そう思った時、もし晴翔が先生たちも知るほどの激しいいじめに遭っていたのなら、晴翔に何かを「証言」されることに対し、学校側はもっと身構えるのではないかと気づく。晴翔の言葉を待つことで、晴翔の言葉がより重要なものになっていく、そんな事態は避けたくなるのではないか。

もしかして、先生たちは本当に、なんにも分かっていないのかもしれない。その疑念が浮かんだ時、美保は心底怖くなる。教室には、大人の知らない世界がある。あそこでは、たとえ怒られても、自分が悪者にされても、大人に知られまいとする子がいる。子どもの純なプライドほど強く悲しいものはないということを、美保は鮮やかに思い出し、これまで晴翔のいったい何を見ていたのかと考える。

学校の成績は、決して優等生とは言えないが、落ちこぼれというほどでもなく平均的。口答えもそれほどしないわりにぺちゃくちゃとお喋りをしたがるわけでもない。低学年の頃は、たまに友達を叩《たた》いたとか、友達の描いたものを破いたとか、そういう知らせが来ては悩み、叱ったこともあったけれど、反対に、友達に文房具を盗まれたり、喧嘩《けんか》になって殴られたりといったこともあって、今になれば、それもごく普通の男の子らしい成長過程だったと思える。家で揉めるのはもっぱらゲームの制限時間のことくらいで、いたって普通の子だ。そう思っていた。

おそらくは保子が自分を「普通の子」だと思っていたように。

でも、普通の子は、小学校のベランダから飛び降りたりはしない。

「『キャラ』、か……」

教員たちを送り出した後、階段をのぼりながら和弥が呟いた。

「何」

「いや、重田先生が、そう言ってたな……って」

聞き流していたが、たしかに教師の口から発するに、奇妙な響きだ。生徒をキャラ付けして見ているのか。

「ちょっとそれって」おかしいよねと言いかけた時、美保の後ろからのぼってきた保子が、

「美保。あんまりやりすぎるんじゃないよ」と、たしなめるように言ってきた。

「え？」

二階まで上がっただけで保子は息をきらしていたが、荒い呼吸のまま、

「先生だってね、いっぺんに何十人もの子を見れるわけじゃないんだし。それにあの担任の先生は悪い人には見えなかったよ。校長先生も熱心だし。わたしが昔相談に行った時の先生たちは、木で鼻をくくったような態度で、もっと冷たかった。はるくんが戻った後に学校でちゃんと見てもらえるように、先生との関係は良くしておいたほうがいい」

と、忠告してくる。昔の相談と晴翔の事故では状況も重みも違うだろうに何を言うのかと思いながらも、美保は保子にきつく返せない。疲れている母を郊外の自宅へ電車を乗り継いで帰

宅させることを思うと申し訳なかった。

保子が帰った後、和弥と話し、これ以上学校関係者に問うことはどうやら難しいだろうという結論になった。美保は知る限りの晴翔の友達や学校の保護者たちを思い浮かべたが、その数はあまりにも少なかった。

ふと思い出したのは、事故の前日に家に学級だよりを届けに来てくれた女性のことだ。

――晴翔くんは、大丈夫ですか。

と、訊いてくれた、松村柚果の母。

あの時、「大丈夫ですか」の意味を、体調のことだと思い込み、受け流してしまった。もしかしたら違ったのではないか。

「ひとまず、松村さんに学校の様子を訊いてみる」

美保がそう言うと、

「でもあいつ、本当にそんな、いじめられるような奴かなあ……」

和弥はまだそんなことを呟いている。その言葉からはいじめの被害者をどこかしら弱くて惨めな存在と捉える本音が透けて見え、「『いじめられるような奴』って？」と険のある声で訊いてしまう。「今はどんな子でもいじめられる時代だって、ネットで言ってたよ。お金持ちの子でも優等生でも人気者でもって」

「いや、何か違う気がするんだよ。去年の運動会でも、あいつ、友達とわいわいやっているように見えたし」

「いや、そもそもあいつ、体格いいじゃん。運動会の時、小柄な子の肩に手を回していたんだよな。あいつのほうが大きいから、のしかかっているようで、首絞めてるふうに見えないか？って、若干気になるくらいだったんだよな」

たまに行事の見学に行くと、たしかに晴翔は周りの子らと仲良くじゃれ合っているように見えた。特にひとりぼっちになっていたり、避けられているふうではなかった。そのせいで、息子の交友関係について、油断していたというのもある。

だが、体の大きさは人間関係の強弱に、必ずしも比例しない。そのことを、和弥に分からせなければいけない。

「前、歩道橋で転んで足を挫《くじ》いたでしょ」

話そうか迷ったが、やはり美保は言うことにした。

「病院で、『どこ見て歩いてたの』って、わたしがあの子に訊いたの。そんな怒る感じの口調じゃなかったはずだけど、携帯とか見ながら階段を下りてたんじゃないかと思って、いつも気をつけるように言っていた場所なのに、どうして転んだのって。そうしたら、『追いかけられたんだよ』ってあの子が答えた」

「えっ」

和弥が声をあげた。

「誰に追いかけられたの」

「『見えた』から何？」

「でも、違ったみたい」

「違った？」

「勿論わたしも、それ聞いた時びっくりして、誰に追いかけられたの？　って訊いたんだけど、そうしたら嘘、嘘って、あの子、すぐ否定したのよ」

「ちゃんと確認しなかったのか？」

和弥に問われ、

「何それ、わたしのせいだって言うの？」

つい、大きな声が出た。

「もしかしたら、歩道橋で転んだことをわたしに怒られないように、とっさに嘘をついたのかもしれないって思ったのよ。あの子、前にもそういうこと、あったから。金賞のこととか、すぐばれるようなちいさな嘘をつくことが」

「金賞？」

「だから前にも言ったじゃない。たまにあの子、すぐばれる嘘をつくって」

「それはそうだけど」

「話半分に聞いておいたほうがいいって、和くんも言ってたでしょ、気にするほどのことじゃないって」

「嘘の種類が違うだろ」

和弥は、美保の対応に納得していないようだった。

納得していないのは美保も同じで、かすかに残る罪悪感から攻撃的な口調になってしまう。今思えば、あの時もっと食い下がって話を聞くことも、学校の先生に様子を訊ねる電話をすることもできた。

「とにかくわたしは、あの子が脅されている可能性もあると思う」

もう間違いをおかしたくはなかった。

「脅されている?」

和弥が眉根を寄せる。

「うん。『親や先生に言いつけたら殺す』くらいのことを言われて、誰にも話せないで、ひとりで抱え込んでいたのかも」

「殺すって……小学生がそこまで言うか?」と和弥はかすかに笑ったが、真顔の美保を見て頬を引き締めた。

「言うわよ。大人が想像もつかないくらいの酷いいじめを、子どもはする」

「今の子たちは、ネットの情報も拾えるから、いろんなことがエスカレートするのかもしれないな」

「違う。ネットとか『今の子』が怖いんじゃない。いつの時代も、人をいじめるのが楽しいたちの子が、一定数いるのよ。きっと、和くんの周りにはたまたまそういう子がいなかっただけ。それか、いたとしても、その子が暴走できる環境じゃなかった。クラスのムードとか、周りの大人によって、そういう子のムーブも少しは変わるから。暴走させない何かがあったなら、ある意味、運が良かったんだよ、和くんは」

　ここまで言ってもまだ和弥の表情は薄ぼんやりしており、ゆっくりまばたきをするその目に、美保が望む厳しさは浮かんでこない。

　もどかしくなり、

「わたしの小学校には、そういう子がいたの」

　思い切って美保は言った。その瞬間、息が詰まって胸が苦しくなるのを感じた。

「いじめがあったってこと？」

　和弥が眉を上げ、こちらを見た。

「うん」

　美保が頷くと、

「何年生の時？」

　と、和弥が訊ねた。

「五年生。ちょうど、晴翔と同じ歳」

「そうか……」

　和弥が考え込む顔になる。

「わたしは、傍観者だったんだけど」

　急いで付けたした。

「ああ」

頷く和弥の表情が、少し緩んだ気がした。小学校の頃のこととはいえ、自分の妻が関わっていなかったことに、ほっとしたのかもしれない。

「どんないじめだったの」

ストレートに訊かれ、美保は、うん、と喉の奥で短い音を出した。

「暴力とか、いろいろ。今の大人が聞いてもびっくりするようなこともあったよ」

「えっ。お義母さんや、お義父《とう》さんは知ってたの？」

「知らない。あの人たちは、何も知らない」

「そうか……」

「わたしは、傍観者だったんだけど、何もできなかったことを今でも悔やんでる」

「それでずっと、美保は苦しんでいたのか。でも、しょうがないよ。美保だって、子どもだったんだし。そういうのを止めるのは、大人の仕事だから」

和弥に慰められ、美保はほっとする。そういうのを止めるのは大人の仕事。その通りだと思う。子どもの力では何もできっこなかった。あの頃、いつだって自分は怯えていたのだ。

＊

美保は「友達の多い子」だった。

それは、実母の保子が望んだ娘の姿だったが、美保自身もそうありたいと願い、わりあい幼い頃から友達に親切にすること、話を合わせることを心掛けてそうなった。

親戚《しんせき》の集まりで、子どもの様子を訊かれた保子が、「下の子は、友達がたくさんいるんだけどね」と、エクスキューズしてから姉の里香について話すのを、何度か聞いた。勉強はできるけれど友達とよく揉めて、小学校に行き渋ることもあった里香に比べて、問題を起こさない自分のほうが、価値の高い子どもであるように感じた。授業参観日や学校行事が来ると、保子の視界の中ではことさら複数の友達と集い、ふざけたり、笑ったり、楽しそうにしている姿を作った。

美保が小学五年に進級した頃、里香が、せっかく受験して入った私立の中学校に通えなくなった。ある時突然、学校に行きたくないと言い出し、朝、部屋から出てこなくなったのだ。

そのことで保子はひどく狼狽し、取り乱した。布団から出ようとしない里香の体を無理矢理引きずり、廊下に出して、「とにかく着替えなさい！」と、パジャマ姿の細い背中に中学校の制服を叩きつけたこともある。「お願いだから学校に行ってちょうだい」と、うずくまって泣きながら懇願している姿を見たこともあった。

中学校にはうまく通えなかったものの、里香は学校のはからいで附属の高校に進学した。高校もかなり休んでいたように思うが、うまいこと最低限の単位は取り、規定の年数で卒業した。そうして今、けろりとした顔で予備校に講師として勤めていることを思えば、しんどい思いをしてまで学校に通うことの対価って何だったんだろうとも感じられる。大人になれば、少年少女期の不登校のことなど誰も気にしない。

とはいえ彼女の子ども時代は、家族においては黒歴史で、面白おかしく語れるまでにはなっていない。

それに、当時は気づかなかったが、里香の不登校が妹の美保に与えた影響は決してちいさくなかった。

里香に対していつもいらいらしている保子と、その保子が始終垂れ流す愚痴のせいで不機嫌に黙り込むだけになってしまった父親との間で、美保は努めて明るく無邪気な剽軽者《ひょうきんもの》として振舞った。食卓で両親は美保を通じて会話した。

中学受験をする子どもが少ない時代だった。わざわざ私立の中学に行ったのに通えなくなってしまった里香について、保子は体面を気にした。それゆえ、姉は気難しく繊細な子だけれど、妹は友達の多い明るく溌剌《はつらつ》とした子どもであるという設定を、強調したがった。里香の不登校は、自分の子育てが失敗したのではなく、持って生まれた気質ゆえとしたかったのだろう。

しかし、「友達がたくさんいる」自慢の次女が、友達に振り回されてへとへとであることに、保子は全く気づいていなかった。

小学校生活の大半は、五十嵐《いがらし》アケミに振り回された。

小学三年で同じクラスになった五十嵐アケミは、仲良くなった子にだけ、「うちのこと、アケミって呼んでいいよ」と許可した。教室の中で、「アケミ」、と彼女に呼び捨てで呼びかけることができるのは、誇らしいことだった。なぜならアケミは、教室という弱肉強食の世界の最上位に立つ捕食者だったから。

彼女は小柄で肌が浅黒く、目鼻立ちが整っていた。きれいな子だったが、いつだって、意地の悪そうな表情を浮かべ、実際常に獲物を狙っているような残忍な目をしていた。

地元の「不良」として有名なお兄さんがいるアケミは、クラスの全員から恐れられていた。アケミもそのことをよく分かっており、高学年のお兄さんが、教室の窓ガラスを割ったことや、教頭先生に飛び蹴りしたことなどを、得意げに言い広めた。そうした話は、美保ら小学生たちには、ぎらぎらと魅力的な伝説に聞こえた。アケミの学年が上がると、お兄さんは中学生になり、バイクの無免許運転をしたり、シンナーを吸ったりと、伝説の内容をより濃くしていった。

「うちの兄ちゃん、そのうち人を殺すと思うんだよねー」

ある時、アケミが言った。気だるげな表情で、しかし皆に聞かせるように少し大きめの声で。

「あいつ、やばいからさー。先生のことも殴るし、いやな奴いたら、家に火つけるとか言ってんだもん、まじでやばい」

アケミを怒らせたらお兄さんに何をされるか分からないと、子どもたちは内心慄《おのの》いた。級友の顔が引きつると、アケミの目は獣のように光り、「まじでやばい」人間の妹であるやばさと、その誇らしさを、全身から放った。


美保がアケミにやられたのは、小学三年の時だった。

最初はちょっとした遊びから始まった。「先に歩いて」と言われて、歩いているうちに、後ろにいる子たちが消えてしまうという、意地悪なゲームを仕掛けられた。何度も同じことをやられたのだから、「先に歩いて」と言われれば、きっと後ろの子たちは消えてしまうのだろうなと予想はついた。予想はついたけれど、アケミに歩いてと言われたら、歩かないわけにはいかなかったし、いないと分かっていても、振り向いて誰もいなければ悲しかった。

友達が振り向いて、悲しい顔をしているのを、隠れたところから見ていて、あの子たちは楽しんでいたのだろうか。その楽しさを、一回や二回ではなく、五回六回と繰り返して、飽きもしなかったのだろうか。

それでも美保は、休み時間や放課後、アケミの集団にくっついていき、一緒に遊ぼうとした。自分がやられ役だと分かっていても、グループにいたかった。アケミのグループはクラスの最大派閥だったし、アケミたちの目が気になって、他の子たちと仲良くする勇気もなかった。

いろいろな意地悪をされたが、一番酷かったのは、ある雨の日のことだ。

何がきっかけだったか覚えていないが、遊んでいる時に、アケミを怒らせてしまったのだと思う。アケミは美保に、罰を与えた。百数えるまで動くなと言って水たまりの中に立たせたのだ。

「ちゃんと反省しなよ。速く数えちゃだめだからね」

アケミは言った。そこには他に数人の女の子がいたが、みんなアケミと同じ顔をしていた。美保の傘はどこかに隠された。誰かが持っていたのかもしれない。そして、全員が逃げるように、家に帰ってしまった。水たまりに立ちっぱなしの美保に向かって、校庭の遠くから、

「数えていいよー！」

アケミは大きな声で言った。

「速く数えちゃだめだからねー!」

念を押すのを、彼女は忘れなかった。

美保は、いーち、にーい、さーん、と数え始めた。皆の姿が見えなくなっても、ちゃんと、ゆっくり数えた。しーい、ごーお、ろーく……。命じられた通りに、百までちゃんと数えてから、家に帰った。泣く気がなくても涙が勝手にぼろぼろこぼれる経験を、初めてした。

びしょ濡れのランドセルのポケットから鍵のひもを引っ張り出して、玄関のドアを開けて中に入った。家には誰もいなかった。

その頃、保子はレジ打ちのパートをしていたし、里香は進学塾に通っていた。びしょ濡れの美保は、ひとりでしゃくりあげながら服を脱ぎ、濡れたものを洗濯機に入れた。風邪をひいた覚えがないから、あれは、たまたま暖かい季節のことだったのだろう。それが唯一の救いだ。アケミならば、寒い季節でも容赦はしなかっただろうから。

自力で証拠を消した美保は、素知らぬふりで家族の帰宅を待った。帰宅した保子や里香に気にかけられた記憶はない。

幸い、美保がやられる期間は、それほど長くなかった。ひと月後には、同じグループの別の子がいじめられていた。

きっかけなど、誰も覚えていない。ささいな出来事で、アケミはターゲットを次々に替えた。それは、アケミにだけ鬼が回ってこない、アケミだけがルールを決められる、アケミだけが終わらせられるゲームだった。他の子がターゲットになった時、美保はなぜだかアケミの親友のような立場になっていて、アケミから言われた通りに誰かをいじめていた。

小学三年生と四年生は、そんなゲームの繰り返しで、どう考えても相当にしんどかったはずだが、なぜだか少しは楽しかった気もしている。

子どもの心は大人に比べ、まじりけがなく、とてもちいさくて、今ここにある瞬間の悲しみや喜びだけを全力で味わい尽くす。経験も情報も少ないから、ある状況について深く考えたり、客観視したりすることが難しい。感情を言語化する力も未熟であった。

それほどに「単純だった」などと言うと、子ども時代をサバイブした自分に対して失礼だろうか。だが「単純」の「純」という文字がしめすように、そのまっさらな部分は、自分の苦さや惨めさを、そういうものだとして丸のままのみ込んでしまうほどに浸透率が高すぎて、自分が置かれた状況の異様さと不当さを疑えない。あの頃の美保は、アケミの機嫌のよい時や、誰もいじめられていない時期は、学校が楽しいと思っていた。

五年生に上がると、ふたたびアケミと同じクラスになった。アケミのゲームに疲弊していたはずなのに、美保はなぜかクラス分けでアケミと同じになったと知って、「やったー！」と声をあげて喜んだ。その時の自分の心の中に、不安や怯えや諦めは、あったと思う。同時に「やったー！」と張った声にも嘘はなかった。

クラス分けを迎える子どもは、入る箱を選べない動物と同じだ。その結果によって、将来にわたる人格形成までが決まる。それほどに恐ろしいことが、進級と同時に行われた。

新しいクラスで、アケミは野々村大吾《ののむらだいご》に出会う。

背が高く、太っており、髪がべたべたと脂っぽくて、いつも服に食べもののシミがついている野々村は、細い目で睨《ね》めつけるようにものを見た。人を見る時も、その目をした。授業中、よく、答えられないくせに手を挙げて、勝手に恥をかいては皆を気まずく、いたたまれない気分にさせる子だった。

美保は、一年生と二年生の時に、野々村と同じクラスだった。その頃、野々村は特にいじめられたりはしていなかった。彼が太っていることや、服が汚いことに気づく子はいた。からかう子や、注意する子もいたかもしれない。だが、必要以上に攻撃する子はいなかったと思う。低学年当時ははっきりとした学力差が見受けられなかったが、高学年になると野々村がびっくりするほど勉強ができないことが、皆の目にも明らかになった。

簡単な計算問題もできなかったし、下の学年が習う漢字もほとんど覚えていなかった。だから、テストがあると、彼は最後まで解けず、居残りをし、五点とか、十点とか、このテストでそれはないだろうという点数をよく取った。

とはいえ、それは野々村だけの問題であり、他の子には何も関係のないことだった。他人の服にシミがあろうが、髪がべたべたしていようが、勉強ができなかろうが、所詮他人事である。そして、他人事を目ざとく見つけ、ちょっかいを出さずにはいられない子がいる。困惑したり怯えたりするさまを見るのを楽しみ、それを味わうためだけに、周囲を巻き込んで攻撃の手をゆるめない。

そういうことができるのは、ある種の傾向というか、性質のようなものだろう。異質な誰かを炙《あぶ》り出し、捕食し、それを旨《うま》いと感じられる性質。人が悲しんでいる姿を見ても、悲しくなったり手を差し伸べたくなったりしないでいられ、さらに底へと突き落とすことを面白がれる性質。そのような性質を持つ人間がいる世界において、周りの人間たちが流されたり追従したり沈黙していたりすると、狙われた者は逃げ場をなくし、むしゃむしゃと食われるしかない。

最初のうち、野々村は、それほど酷い目には遭っていなかった。特定の友達はいなかったが、いろいろな輪に入ろうと頑張っていて、それに応《こた》えている子たちもいた。

アケミはといえば、美保を含む数人の女子を気に入り、そばに置いていた。アケミを怖がり過ぎず、しかしアケミの言うことに同意し、アケミを常に褒め、アケミのやりたい遊びで楽しく遊ぶ女子たち。美保、マユミ、エリの三人であった。

アケミとうまく距離を置く子も多い中で、新しい教室でもアケミのとりまきになれたことを、美保は名誉のように感じていた。

アケミは、とりまきの女子だけでなく、元彼のミツキとその仲間の男子たちにも強い影響を及ぼしていた。中枢メンバーはその数人だったが、他にも出たり入ったりする子たちもいて、合わせればクラスの半数に達するような大きなグループのトップに、アケミが君臨した。

その全員がアケミの機嫌を伺い、アケミの意に沿う行動を、自然にとるようになっていた。

特に、アケミの元彼のミツキは、分かりやすかった。アケミの言いなりになっているという自覚はないままに、アケミの望んだことを全てした。

アケミがよく「ミツキはわたしの元彼」と言っていたが、皆、その意味をよく分かっていなかったのではないか。しかし実際に、小四の三学期、このふたりは付き合っていたのである。当時アケミがミツキに告白するのを手助けしたのは美保だった。

あの告白の場面もまた、美保にとって、思い出したくない記憶だ。

アケミは美保に、ミツキを放課後の教室に呼び出させた。そして美保に、廊下で待機し、先生や他の子を中に入れさせないようにと命じた。

待機はさせるも、教室の中でふたりきりでいるところは見られたくないと思う彼女は、美保に、ドアから数歩離れ、廊下の真ん中に立っているようにと告げた。教室の戸にはガラスがはめこまれているので、そこから覗くことのできない場所を指定した。「ここにいて」と、美保の立ち位置の床を、足の先でとんとんと蹴って示し、「ここから動かないで待ってて」と言ったのだ。

呼び出された当のミツキは、美保が声をかけると、「はー?」と怒ったように返したくせに、アケミが待っていると言うと、急にそわそわと嬉しそうな顔をした。その顔を見て、この告白はうまくいくだろうと美保はほっとした。ミツキがアケミを振ったりしたら、大変なことになると思っていたからだ。

こうしてミツキがアケミの待つ教室に入り、何やらふたりでこそこそ話している間中、美保は生真面目に、アケミが足先でとんとんと示した床の上に立ち、そこから動くこともせず、前方と後方に交互に目をやった。指示された通り、邪魔者が来ないように見張っていた。教室の中にはストーブがあったが、放課後の廊下は換気のためか窓が少し開けられており、吹き込む外気が冷たかった。むき出しの頬やふくらはぎに鳥肌が立った。

自分の役割に忠実だった美保は、廊下の端のほうに人の姿が見えると、ひやひやした。誰かがここに来て、教室の中に入ろうとしたら、ここから動かずにどうやって止めればいいのかと考え、緊張した。従順な下僕よろしく、自分がうまく止められなかったらアケミに迷惑をかけてしまうと思ったのだ。

そんなふうにはらはらしながら一体自分は何分くらいあんなところに突っ立っていたのだろうと、大人になってから美保は思い出す。随分と長い時間だったように感じるが、もしかしたら一分程度だったのかもしれない。

やがてアケミとミツキは教室から出てきた。

指定された床の上に立ち尽くしている美保を見て、

「なんだ、みほっち、まだいたんだ！」

と、アケミが満面の笑みを浮かべて言った。

ミツキが少し恥ずかしそうな、不機嫌な顔をしたので、ふたりの邪魔になってしまったと気づき、美保は慌てて、「ゴメン、ゴメン、お先に帰りまーす」と、ちゃらけて手を振った。まだ小四の、十歳くらいの身で、とっさにそんな気の遣い方をした記憶が、美保の中には残っている。自分の感情がよく分からなかったのは、言葉を持たなかったからかもしれない。「惨め」という語彙《ごい》があれば、気づけたことがあっただろう。ならば当時の自分が、自分を惨めだと気づけなかったことを、忘れないようにしよう。同い年の少女の気まぐれな命令に従い、必死に頑張ることで、彼女の歓心を買いたいと願ったこと。彼女の機嫌が悪くなることが、一番怖かったこと。しかし翌日、アケミが美保の耳元に顔を寄せて、「告白、成功！」と言ってくれれば、泣きたいくらいに嬉しかったのだ。ふたりは「やったね」と喜び、ちいさな手を取り合った。もしも、大人がその場面だけを見たら、この少女たちは清純な友情でキャッキャとつながる幼い親友どうしと、目を細めたことだろう。

こうしてアケミとミツキは付き合い始めたが、さほど長くは続かなかった。そもそも男女で付き合うということ自体、小四の子どもには早すぎた。アケミにしても、「付き合う」はお兄さんたちの真似事に過ぎなかったようだ。特に面白いことでもないと知ったのか、または自分がミツキをそれほど好きではないと気づいたのか、五年生になる前に、アケミはあっさりミツキを振った。それでもアケミはミツキのことを「元彼」だと皆に言い、ミツキもそう呼ばれると、嬉しそうな顔をしていた。

野々村がやられることになったきっかけをはっきり覚えている。春の遠足の係決めで、レクリエーション係に立候補したからだ。

自分たちのグループでレク係を牛耳ろうとしていたアケミは、野々村に立候補を取り下げるように言った。

野々村はいったん承諾したものの、決める段になって、何を思ったのか先生の前で手を挙げて立候補した。おまけにじゃんけんでミツキに勝った。このことに腹を立てたアケミは、「なんなんだよ、あいつ」「信じられない」「許せない」と授業中なのに、ひとりで騒いだ。担任は三十手前のナカザワという男性教師だったが、小学生と友達のように付き合いたがるタイプの人だったから、「ほらほら、静かに」「騒がない。騒がない」と、苦笑いの緩い言葉を垂れ流すだけで、これを機にアケミたちの暴走が始まることを見抜けなかった。

遠足のレクリエーションは、当然ながら最悪なことになった。野々村が説明を始めると、アケミはわざと大きな声でお喋りをし、それを聞かなかった。それでいて、途中で野々村が言葉につかえると、「何言ってんですかー!」と馬鹿にした。レクリエーションの時間になると、アケミは常時非協力的で、彼女の顔色を窺う多くの子どももその態度に倣った。対してナカザワは、レクは所詮レクと思っていたのか、子どもたちがちゃんと遊ばないことについて、ほとんど注意をしなかった。

遠足後も、野々村はやられ続けた。

ドッジボールで集中攻撃されたり、絵具の水をわざと体操着袋にこぼされたり、突然後ろから背中を蹴られたりといった、物理的な攻撃を受けるようになった。

アケミは、これをやれ、あれをやれ、と具体的に命令するわけではないが、男子が何か野々村に攻撃をしかけると、手を叩いて喜んだ。野々村は、いじめられるためだけに、ミツキに名前を呼ばれた。そうしろと言われているわけでもないのに、野々村がなぜかミツキたちの友達ぶろうとしたので、より状況は悲惨になった。ミツキたちは休み時間になると野々村と肩を組むようにして歩き、校庭に連れ出した。ふたりが肩を組んでいると、大柄な野々村に対し、華奢なミツキが頼りなげに見えたが、力関係は見た目の真逆だった。最初のうちこそ皆で一緒に遊ぶのだが、途中で全員が野々村から隠れたり、野々村だけをひとりチームにしたり、野々村に永遠に鬼をやらせたりして、面白がった。美保もアケミたちと一緒にその遊びの中にいた。何をやられても、野々村だから仕方がないと、美保は思った。

そのうち皆で、野々村が睨んだら蹴るというルールを作った。おまえが睨むから悪いんだぞ、将来のためにその癖を直してやる、と。

ルールを説明すると、野々村は頷いた。睨むのが悪いという意見が大半で、グループ以外の男子もそれに乗っかった。ルールだから守らなくちゃな、と皆が言った。野々村は目が細くて、普通にしていても睨んでいるように見えるので、たびたび蹴られた。蹴ることを、睨まれた者たちの役割のようにした。時々野々村が「やめろよ!」と叫んだので、より盛り上がった。「はい、ガンつけたー」と言って、男子は背や、尻《しり》や、腿《もも》を、蹴った。アケミとマユミも野々村を蹴った。やりたくないが、ノリでやらざるを得なかった子もいたかもしれない。蹴られても野々村は笑っていた。

ある時、ミツキがいつもより強く野々村を蹴った。野々村が反射的に押し返し、ミツキが転んで頭を打った。

思い返せば体格は野々村のほうがずっと良かったのだから、本気でやれば野々村はミツキに勝てるのだ。だが、もとが気の弱い野々村は、勢いでミツキを押し倒してしまった自分に驚き、呆然《ぼうぜん》としてしまった。

一方、ミツキはやられたことにキレて、唸《うな》り声をあげて全力で野々村に襲いかかった。

殴られた野々村が転倒すると、その顔をミツキは容赦なく蹴った。野々村は鼻から血を流し、声をあげて泣いた。ミツキは容赦せず、さらに野々村の腹や足を蹴り、最後には踏みつけた。途中で、「先生が来るよ」とエリが言わなかったら、ミツキはさらに攻撃を続けただろう。野々村は抵抗せず、ミツキは加減を知らなかった。いったん動きを止めてからも、ミツキはぜいぜい息をしていた。

その顔を見て、

「ミツキ、顔赤いよー。猿みたい」

と、アケミがげらげら笑ったことで、皆の緊張がほぐれた。

他の皆も「猿、猿」と明るく同調したので、美保もなんとか笑うことができた。

アケミが教室の後ろに干してあった雑巾《ぞうきん》を、野々村の顔に向かって投げた。そして「拭《ふ》いていいよ」と言った。雑巾で顔を拭く野々村を見て、ミツキがようやく笑った。野々村は這《は》いつくばったまま、まだ声変わりをしていない赤ちゃんみたいな声で、エッエッと泣き、血まみれの泣き顔を雑巾にうずめた。美保は見ているのが苦しかったけれど、野々村がミツキを転ばせたのだから、こうしてやり返されるのは仕方がないと思おうとした。睨んだら蹴るというのはルールなのだから、蹴られたことに対して野々村がやり返すのは、ルール違反だ。

そう思おうとした自分を思い返す一方で、ひとりの子どもがあれほどの目に遭っていたのに、どうして大人たちが動かなかったのかと今は思う。

ナカザワは始業式の日に「彼女、いるんですか?」とアケミに訊かれて、赤くなるような教員だった。始業式の日、「ぼくはみんなとたっくさん遊ぼうと思っています」と挨拶した。そのわりに、休み時間にあの先生が校庭にいたのを覚えていない。


ある時、放課後の黒板に、マユミが野々村の絵を描いた。野々村が床に寝そべっている絵で、おそらくあの雑巾事件をモチーフにしたのだと思う。

気まぐれに描いたのだろうが、マユミの絵は上手だった。

その横に、「野々村だいごが死にました」と書かれていた。

新聞の見出し風に、縦書きで書かれ、枠をつけられたそれを見て、アケミはおおいに喜び、手をたたいて笑い、「野々村を呼んできて」と美保に言った。美保はこの場に野々村を呼ぶことに動揺した。「野々村だいごが死にました」は、野々村に見せるものとは思っていなかった。これを見た野々村がナカザワ先生に言いつけたりしたら、自分たちはひどく怒られるだろう。見せるならば、「死にました」の見出しは消したかったけれど、アケミが喜んでいるので、消せなかった。

「野々村、どこにいるんだろ」

美保がわざとらしくあたりを見回していると、

「昇降口にミツキたちといるでしょ」

そんなことも分からないのかという口ぶりで、アケミは言う。

「あっ、そうか」

と、美保は言いながら、さりげなくマユミとエリの様子を窺った。どちらかに一緒についてきてほしかったが、ふたりは何も言い出さない。マユミはお気楽な調子で野々村の絵の補強をしており、エリはどこかぼやけた表情でその様子を見ている。

エリに声をかける気には、なぜか、ならなかった。エリは、マユミに連れられて、なんとなくこのグループに入ってきた子だ。口数が少なく、主張もない彼女は、我の強いアケミにとって、便利な子分のひとりといったところだったか。子分といえば、マユミも自分も似たような存在だったが、アケミから一番距離があるのがエリだったと思う。自宅の場所が皆と反対の方向にあった彼女は、習い事が忙しいという理由で放課後の集まりにほとんど来たことがなく、そのせいで皆が知っている話に乗り遅れることが多かった。分からない話で皆が盛り上がっている時も、不満な顔はせず、黙って輪の中にいた。

「早く！」

アケミに急かされ、「分かったー。呼んでくるね」と、美保はひとりで教室を出た。

アケミが言った通り、野々村は昇降口でミツキたち男子と一緒にいた。遠くから見ると、野々村は皆にうまくまじって遊んでいるように見えた。だが、目をこらせば、野々村だけ服が皺《しわ》だらけで、どことなく汚らしく、そして他の男子たちが全員、野々村に対してだけ高圧的な態度を取っていることが分かった。

子どもの自分でも、ちょっと見ただけでその上下関係を見抜けるというのに、ナカザワは、よく最後までこの非対称な関係に気づかずにいられたものだ。授業中にアケミが答えると、他の子以上に褒めて、おだてる教師だった。やればできるって俺は分かってるからなと声をかけ、アケミも本気で喜んでいた。野々村のテストの解答を読み上げて、教室の笑いを取ったこともあった。あの頃二十代後半だったナカザワも、今では還暦手前くらいか。まだ教員をやっているのだろうか。一体どこで、どうしているのだろう。

「アケミが呼んでる」

昇降口で美保が言うと、彼らはその場の遊びを素直にやめて、ぞろぞろと教室まで戻った。

野々村は、黒板に描かれた自分の死体の絵を見て、「なんなんだよー、これはよー」と、にやにやしながら、大声を出した。

「めっちゃ傑作だからさー、みんなに見せたくてさー」

アケミが言った。

美保が昇降口へ行っているうち、マユミの手により絵はさらにブラッシュアップされ、いつの間にか、胸のあたりに包丁が刺さり、血が流れていた。見出しの「野々村だいごが死にました」も、さらに濃く太い文字に塗り直されていた。

「野々村だいごが死にました」

誰かが、見出しを読み上げた。

「野々村だいごが死にました！　野々村だいごが死にました！」

別の誰かも連呼した。

「やべえやべえ」

「まじで死んでんじゃんこれ」

「おい野々村、誰に刺されたんだよ！」

誰かが茶化すように訊くと、

「知らないよー」

と、野々村は笑ったまま答えた。

「通り魔にやられたんじゃね？」

別の誰かが言った。ちょうどそういう事件があって、「通り魔」という言葉を皆が知っていた。

「通り魔だったのかー」

と、野々村は、まだ笑っていた。

ミツキが、いつの間にか、カッターナイフを手に持っていた。

「通り魔って、こういうので刺すんだろ」

ミツキはカッターナイフの刃を最長に伸ばし、その部分を皆に見せるように持ち上げた。

「なんだよ！　なんだよぉ！」

野々村は、おどけながらも、一歩後ずさった。

調子に乗ったミツキが、刃をかざし、さらに野々村に近づいて、カッターナイフを振った。

そのさまに、美保は緊張した。他の子たちも、少なくともエリは、緊張したはずだ。ふざけているにしても、何かのはずみで刃が飛んだりしたら……。しかし、アケミは面白がっていて、「こいつ、まじでやばいやつ」と笑った。アケミが笑えば、マユミも笑い、ミツキはますます調子に乗る。「野々村、殺される！」とアケミがはやし立てた。「もう死んでんだろ！」と男子が言った。「死体を刺すのかよ！」別の男子も言った。美保はまずいと思った。ミツキの目が動物的に光っている。その様子に、本気で怖くなったのだろう、野々村は、さすがにもう笑えなくなっていて、「やめろよう〜」と甲高い声をあげた。その声に、まだ皆は笑っていたけれど、その笑いは、ミツキの刃のターゲットが自分ではないというほっとした笑いでもあった。「シュッ、シュッ」と、ミツキが血走ったような目で変な声を出し、カッターナイフで空気を切って見せ、その動きを速めながら野々村に近づいた。さすがに野々村に斬りつけたりはしなかったが、目の前で、「シュッ、シュッ」と、チャンバラのように、何度も何度もカッターナイフを振り回された野々村は、青ざめた顔で壁まで後ずさっていて、もう、後ろがなかった。

その時、

「先生が来るよ！」

と、エリが大きな声で言った。

やっぱり、と美保は思った。誰も指摘していないが、エリがいつもこの嘘をつくことに、美保は気づいていた。

エリの呼びかけで、ミツキもいくらか正気に戻ったのか、やめ時を見つけてほっとしたのか、にやにや笑いながら、カッターナイフの刃を仕舞った。

「やべえ、こいつ、やべえ！」

一拍遅れて、誰かが騒ぎ出した。

皆が野々村に注目した。

野々村のふくらはぎに、太い水の筋が現れていた。それが床へとつたい落ち、水たまりを作り出すまでに、時間はかからなかった。

マユミと美保は同時に「きゃー！」と叫んだ。他の女子たちも同じ声をあげた。

そこからは教室は、祭りのような盛り上がりを見せた。隣のクラスの子まで見に来た。

「汚いから脱げ！」

とアケミが命令し、男子が野々村にまとわりついてズボンを脱がせようとした。野々村はしゃがみこみ、

「いやだ」

と言った。

「脱げよ！」

「いやだ、いやだ」

野々村は泣きじゃくっていて、しゃがみこんだまま、必死に抵抗した。

「なんで、いやなんだよ！　ここはおまえにとってはトイレなんだろ！　トイレはパンツを脱ぐところなんだから、脱げよ！　な！」

アケミが言った。

ミツキがアケミの望みを見抜き、野々村の後ろに回り込んで、体をおさえた。野々村が抵抗して体を回転させようとした瞬間、他の男子が野々村のズボンとパンツをずり下げた。

「きゃああ！」

と女の子たちが叫んだ。女の子たちは両手で目を覆い、後ろをむいたり、しゃがみこんだりした。同じリアクションをしながら、美保は指と指の隙間から覗いていた。アケミがぎらぎらした目で、下半身を覆うものを剝《は》がされた野々村を見ているのを見ていた。

「先生が来るよ！」

と、エリがまた大きな声で言った。

その時の「先生が来るよ」は本当だったようだ。他の子たちも、「先生が来る！」と言い、皆がぱっと野々村から離れた。

野々村は壁に向かってしゃがみこみ、濡れたズボンをすぐに穿いた。露《あら》わになった白い尻の残像を目に残したまま、美保は慌てて黒板に書かれた「野々村だいごが死にました」の文字を消そうと動いた。マユミも気づいて、もうひとつの黒板消しを取って野々村が刺されている絵にこすりつけた。

やってきたナカザワは、まだ消しきれていない絵には気づかず、

「なんだ？　騒ぎか？」

と、寝ぼけたことを言った。

「野々村くんが、漏らしちゃったんです」

誰かが答えた。

「野々村くんが急に」「野々村くんが」「野々村くんが」皆の声が重なった。

野々村はうずくまったまま、うまく喋《しゃべ》れずに、泣いていた。

「野々村ー、やっちゃったかー。ま、こういう時のために、保健室に替えの下着があるから心配しなくても大丈夫だぞ。さ、先生と一緒に行こう」

手を差し伸べるナカザワの声には奇妙な明るさがあった。野々村の心の負担を軽くしようという、若い教師なりの気の遣い方だったのかもしれないが、これは完全な失態だった。ナカザワが皆を叱らなかったことで、安堵の空気が濃く流れ、子どもたちは図に乗った。

「ここ、みんなで掃除しておこ！」

アケミが溌剌と呼びかけた。

「お。サンキュ」

ナカザワは口角を上げ、

「モップ、モップ」

教室の後ろのロッカーまで走って行く子どもたちを見守った。モップ用のバケツに水をくみに行く子たちもいた。

「みんな、ありがとう。悪いな。じゃあ、ここはよろしく頼むぞ」

ナカザワは大学生がサークルの後輩にものを頼むような口ぶりでそう言うと、野々村と一緒に教室から出て行った。

ナカザワがいなくなると、

「セーフ!」

と、アケミが言った。

その言葉に、残った子どもたちは、はじけるように笑った。


翌日、野々村は学校に来なかった。翌々日も、来なかった。それほど日がたたずして、学級会が開かれた。

ナカザワが妙に真面目な顔をして、教壇に立っていた。彼は、ざわつく教室に向かって、大事な話がある、と呼びかけ、いったん皆を黙らせた。それからおもむろに話し出した。

「あの日、何があったのか、先生は実は、あるところから聞いた。野々村のことだ。分かる奴は、分かっているよな。先生も、だいたいのことは知っているんだ。けど、できればみんなの口から聞きたい。みんなから話してもらいたい。そう思って、今日、こういう時間を作ったんだ」

ナカザワなりに考えたのだろうその戦法も、今にして思えば幼稚であった。子どもの心が元来まっすぐで、善意に満ちたものであるとでも思っていたのだろうか。「あるところから聞いた」などと言ってしまえば、犯人捜しが始まるに決まっている。これまでずっといじめられ続けていて、それでも親にも先生にも告げなかった野々村が、今になってチクったとは思えない。

ということは、あの場にいた誰かが、大人に話したのだ。

「あの日、自分が野々村に悪いことをしたと思っている奴は、正直に手を挙げてほしい。俺は、正直に言ってくれたら、それは『強さ』だと思う。反省して、強くなろうとしている人間を、責めたりはしない。だから、勇気を出して、手を挙げてほしいんだ」

全員が注視している場で手を挙げる者などいるわけがなかった。

「みんなの前で、自分が悪かったって言うのは、勇気がいるよな。しんどいよな。でも、そうやって、みんなには強くなってもらいたいんだ。だから、あえて訊くよ。自分が、もしかしたら野々村を傷つけてしまったんじゃないかって思っていたら、手を挙げてくれ。これが、最後のチャンスだ」

「最後のチャンス?」

アケミが手を挙げずに質問した。

「ここで何も言わなかったら、どうなるんですかー?」

それを訊いたということは、アケミは少なからず不安をおぼえていたはずだ。だからナカザワはこの時に、こちらを懲らしめるような、強い言葉を使うべきだった。

しかし、ばかな教師は、

「どうもならない」

と、言った。

「だけど、みんなの前で、自分のヒを認めて、ごめんなさいって、もうしませんって、勇気を持って言えたら、大きな成長になる。これは、先生、断言するぞ。皆にとって、自分の成長への、『最後のチャンス』だ」

まるで選挙の演説のように、はきはきと、ナカザワは皆に呼びかけた。

最後のチャンスの意味が分かり、美保は安堵した。アケミも、他の子どもたちも同じだったろう。正直に話さなくても、大丈夫。そもそも美保は「ヒ」の意味も分からなかった。他にも、「ヒ」を分かっていない子はいたと思う。

「みんな、どうなんだ」

ナカザワは呼びかけたが、教室は静まり返っていた。といって、緊張感のある静寂ではなかった。ナカザワなりに出だしは頑張ったのに、せっかく締めた空気を自ら緩めてしまった。子どもたちは、互いの様子や教室の空気のゆくさきを見きわめるような、小狡《こずる》い視線を交わした。美保はマユミと目が合って、ちいさく笑った。マユミも笑った。

「そうか。それなら、ひとりずつと話すしかないな」

ナカザワが諦めたようにため息をついた。

えー、と思った。先生とふたりで話すなんて、それだけでもすごく気が重くて嫌なことだった。

しかし、そこから先は午前中をつぶして、ナカザワがひとりずつと面談することになった。ナカザワが面談をしている間、教頭先生が立ち会い、クラスの皆はカラープリントのテストを何科目分か、まとめて解かされた。ということは、学校全体が、野々村いじめについて把握して、ナカザワの指導に協力していたのかもしれない。

美保も、順番に先生が待つ教室に行って、ナカザワとふたりで話すこととなった。美保は、黒板に書かれた「野々村だいごが死にました」について、何か聞かれるのではないかと怖かった。しかし黒板の話は出なかった。ナカザワは、

「そんなに緊張しなくていいぞ」

と、美保を気遣った。

ものの数分だったのではないだろうか。「あの日、何があったのか、先生は実は、あるところから聞いた」などとナカザワは得意げに言っていたが、実は何も知らないんじゃないかと美保は思った。少なくとも、黒板の絵について、ナカザワは把握していない。

しかし、アケミとミツキが首謀者であることだけは、ナカザワは知っているようだった。ふたりだけ、面談の時間が、やけに長かったのである。

面談から戻ってきたアケミは薄ら笑いを浮かべていたが、その口元が歪んでいた。アケミが屈辱を感じていて、やりかえしてやろうと決めている時の表情だった。その証拠に、椅子をひく手が荒っぽかった。椅子の脚のガタガタッという音がとても大きく、皆がちいさく震えた。

カラープリントのテストを解きながらも、美保はアケミが放つ怒りのムードに圧されて、問題文がよく読めないくらいに動揺していた。自分は、アケミのことを誰にも話していない。先生にも言いつけたりしていない。そのことをアケミに早く話し、信じてもらいたかった。

放課後、アケミが声をかけてきた時、だから美保はほっとした。

アケミが声をかけたのは、美保とマユミのふたりだった。アケミがエリに「みほっちとマユミンと、秘密の話し合いするから絶対来ないで」と言った時、次のいじめのターゲットが定まったのを美保は知った。アケミは美保とマユミの手を引っ張るようにして、校庭の片隅に連れて行った。自分たちはアケミに信頼されていると、美保は思った。

校舎の裏手にある焼却炉の横に、ブロック煉瓦《れんが》を並べて作った花壇があった。花壇のかたちをしているが、花は植わっておらず、そこは美保たちが秘密の話し合いをする時に使う絶好のベンチ代わりとなった。

しゃがみこんだ三人の少女はちいさな声で話し出す。

「エリがさー、親に話したんだよ」

と、アケミが言った。

「え、そうなの？」

マユミが驚いたような声をあげたが、その反応をアケミは不服に感じたようで、

「絶対そうだよ！　分かんないの⁉」

と、マユミを叱りつけるように口調を強めた。

いつもならそこですぐ前のめりにアケミに同調するはずのマユミが、黙り込んだ。マユミとエリがこのクラスになる前からの友達であったことを美保は思い出した。そういえば、ふたりは親も仲が良いと、話をしていた気がする。

だが、結局のところ、アケミはマユミを引き込んだ。

「エリと、勝手に話しちゃだめだからね」

ぎらぎら光る獣の目でアケミは言った。

ああいう時、自分が何を考えていたのか、美保はもう思い出せない。小五の自分はアケミには逆らえなかった。それだけだ。


アケミはまずはじめにエリを学校の焼却炉のそばに呼び出した。そして、自分らのことを親やナカザワにつげ口していないかどうか質《ただ》した。

絶対に言っていないと、エリは主張した。絶対に、何も、ひと言も、親にも誰にも言っていない、と。そのため話はいつまでたっても平行線だった。アケミは次第に苛立ちを抑えられなくなり、立ったまま足を踏み鳴らして、品のない大人のような野太い舌打ちを、何度もした。アケミが舌打ちをするたび、美保は緊張したけれど、今この瞬間はアケミのターゲットが自分ではないということには、ほっとしていた。しかし、ターゲットは何かのはずみに入れ替わる可能性があることも、知っていた。

同じ話に疲れたアケミは、言い訳しているエリの肩をいきなりぶって、

「一回死んで来いよ！」

と、怒鳴った。

あまりにも脈絡がなかった。

「死ねよ！　まじでおまえ死ね！　死んでくれる？」

反論している時に意地でも泣かなかったエリの目に、涙の膜がはっていくのを見て、美保は、やっぱり無理だと思った。自分が絶対口にしないような恐ろしい言葉を平気で人にぶつけることができる人間に、太刀打ちできるわけがないのだ。

「おまえがいっつも『先生来たよ』って言ってみんなを騙《だま》してたの、ばれてんだよ。みんな、おまえが裏切り者だって知ってっからな。もう一回チクったら、まじでおまえ、終わるから。転校するか死ぬしかないって感じになるから覚悟しな！」

エリは涙をぼろぼろ流した。

今ここで泣いているのはエリではなくて自分だった可能性も十分にあった。

野々村の事件が起こった時、アケミのグループだけでなく、たくさんの子たちが教室にいた。隣のクラスの子たちも見に来ていた。

アケミとミツキが大笑いして盛り上がっていたのだから、誰がどう見ても、ふたりが首謀者なのは明らかだったし、下着を脱がされて泣く同級生の姿は、誰にとっても衝撃的だったはずだ。帰宅して親に話した子は、ひとりやふたりではなかっただろう。もちろん、自分が先生に言いつけたと知られたら、アケミとミツキからどんな報復を受けるか分からないのだから、どの親も学校に伝える時は、自分の子が話したということはくれぐれも秘密にしてほしいと頼んだはずだ。その匿名性ゆえ、ターゲットにされたのがエリだと思うと、あまりに哀れだし、アケミの気分で、エリではなく自分がやり玉にあげられていたかもしれないというのは、美保も、おそらくはマユミも、頭によぎったことである。

思えば、ナカザワの言い方も下手だった。誰かから聞いたとほのめかすのなら、せめて「複数の声が寄せられた」とか「他のクラスの子から声があがった」などと工夫してくれればよかったものを。アケミのグループ内に一触即発の上下関係があることに、頭が回らなかったのか。

結果的に、野々村が学校に来なくなったことで、表面上の生活は落ち着きを見せていた。だが、アケミの中の獣は次の標的をさがしていた。理由なんていくらでもつけられるのだ。アケミが決めれば的は定まる。それを許す教室だった。エリは、第二の野々村になった。

あの頃、美保は、教室の中で起きていたことを、保子に話さなかった。

野々村がいじめられていることを保子に話したら、どうして庇ってあげないのかと責められると思っていた。自分の母親はすぐにそういうことを言いたがる人間だと感じていた。子どもの言い分に耳を傾けず、正論を押しつける。教室の中の人間関係、パワーバランス、一石を投じたところでその後も永遠に続くかのように思える小学校生活、グループ作り、班決め、席替え。そうしたものを何ひとつ想像できない人間は、見えている部分だけ見て子どもを「教育」したがる。

美保は、黒板の「野々村だいごが死にました」という文字を大人たちに知られたら、ものすごく怒られると思っていたのだ。だから、その事実をなかったものにしなければならないと子ども心に決めていた。保子に何ひとつ気取られるわけにはいかなかった。先生にも知られてはいけなかった。美保はすでにアケミの共犯者だった。

親に学校のことを聞かれるたび、「普通」「みんなと遊んだ」「大丈夫」というふうにしか答えなかった。答える言葉が決まっていても、学校の話を聞かれるたびに緊張した。娘が緊張しながら通り一遍の回答しかしないというのに、母親は素直に安心した。父親はもとより関心もないようだった。

私立中学に上がったばかりの里香が、毎朝のように腹痛で登校できなくなっており、そのことで母親の心はいっぱいだった。厄介な問題を起こしてばかりの里香に比べ、不平不満を言わずに学校に通い続ける美保を、「楽な子」と思い込んでいた。美保は、母親が自分に抱く像を守りたいと思いながらも、いつも姉の心配ばかりしていて自分の緊張に勘づくことすらない母親に対し、時々心が軋《きし》むのを感じた。子どもたちの学校生活に興味を持たない父親に対しては感情の持ちようもなかった。

その少し後に、父親の不倫が発覚し、母親が家事もできなくなるほどに心を殺《や》られ、祖母と伯母《おば》に頼り出す日々が来るのだが、小学校時代のアケミ周辺の緊張感に比べ、家の中のあれやこれやは記憶が薄い。大人になってから里香に、ママがああなったのはわたしのせいだけではなかった、パパが浮気していたことが直接の原因だった、と衝撃的な事実を教えられた時、驚きながらも、心のどこかで、それが起こった時自分がすでに中学生になっていたのは不幸中の幸いだったと受け止めた。親のパンクがもう少し手前で起こっていたら、押しつぶされていたかもしれない。時期が少しずれていたおかげで生き延びられたようにも思う。

そういえば、美保を取り巻く子どもたちにほとんど関心がなかった保子が、アケミのことを「どういう子?」と訝《いぶか》るような目をして訊いてきたことがあった。皆で野々村をいじめていた頃だ。美保はひやりとした。自分の何がばれたのだろうと思った。自分がアケミ側だとばれたのか、アケミにやられていた過去がばれたのか。何が伝わっていても恐ろしくて、すぐには声が出なかった。

が、よくよく聞けばその質問は、アケミが美保に対してどう振舞っているかということではなく、主にアケミの家庭環境に対しての質問だった。

保子は、学校公開でアケミのお母さんを見たのだ。それまでアケミのお母さんが学校に来たことはなく、その姿はほとんど目撃されていなかった。昔は有名な歌手だったとアケミが言っていたから、すごくきれいな人なのだろうと思っていたが、体育の授業に現れた彼女の姿は、子どもの目にも、美醜を超えていた。アケミは小柄なのに、アケミのお母さんは、保子ら他のお母さんたちと比べて、巨大だった。誰よりも露出の大きい派手な色柄の服を着ていて、手足も顔もまるまるとし、肉の中に埋もれかけているような細い目の上に青い色を塗りたくり、おまけに金髪だった。「アケミ！」「アケミ！」と呼ぶ声の野太さで、アケミの母親なのだと皆に知られた。傍らには「さっちゃん」がいた。「さっちゃん」も「アケミ！」「アケミ！」と同じ声で、アケミを応援していた。

アケミは「さっちゃん」の話をすることもあった。「さっちゃん」は親戚で、昔はモデルだったから、芸能界に知り合いがたくさんいると言っていた。「さっちゃん」も金髪で、ふたりとも濃い化粧をし、よく似た風貌《ふうぼう》だったから、相乗効果で目立っていた。応援以外にも、あたりかまわず大声で話すから、そばを通ると話し声がよく聞こえた。

そんなアケミの母親を目にし、保子は好奇心とともにいくらかの不安を抱き、件《くだん》の質問をしたわけである。

美保は自分の答え方がおかしな波紋を呼ばぬよう気をつけて、「普通の子だよ」と、答えた。

すると、「あんな親じゃ、恥ずかしいだろうね」なんということもない口ぶりで、保子が言った。

「えっ」美保は愕然《がくぜん》とした。そんなことを自分の母親が言っていると、アケミに知られたら大変なことになる。

「校庭で煙草を吸う母親があるかね。ＰＴＡ役員が注意したのに、吸い続けたからね。あの様子じゃあ、子どももろくな育ち方をしないね。結局子どもは親に似るんだから」

「絶対、誰にも、そんなことを言わないでよ」

青ざめて美保が言うと、保子は「はいはい」と面倒くさそうに笑った。

時間が経って、母の言葉は不思議な陰影を伴って思い出される。――あの様子じゃあ、子どももろくな育ち方をしないね。

「死ね」という言葉を、平気で使えるアケミ。人の肩を突然ぶてるアケミ。

焼却炉の前でエリの涙を見ていた時、美保は彼女の姿を、水たまりの中に立たされた自分に重ねていたようにも思う。アケミに取り込まれれば苦しく怯え続けることになると、頭では分かっているのに、心がそこから抜け出せない。

運動会で多くの人にお母さんと「さっちゃん」を見られたアケミは、お母さんが歌手だったという自慢話から、あの人は昔、自分の先生を半殺しにしたり、警察と殴り合いをして逃走したりしたことがあるという自慢話へと、方向性を変えた。「さっちゃん」についても、お母さんと組んで暴走族をやっていた人ということになっていた。なるほど、芸能系の話よりは、その説明のほうが納得がいった。

「ていうかさー、野々村にああいうことしたの、全部、エリだよね？　エリがあいつのパンツを脱がせたよね？」

突然アケミがむちゃくちゃなことを言い出した。

「ね？」

と、アケミがこちらを向くと、マユミが頷き「ね」と言ったから、自分も仕方なく似たような反応をしてしまったかもしれない。

アケミは、思いつきの脅しでひとりの少女に全ての責任を負わせられるのではないかという可能性に、有頂天になった。

「ていうかさー、ずっとずっと、野々村のことをいじめてたの、エリだったよね。ガンつけルールも、砂かけたのも、教科書を破ったのも、エリに言われてみんなやったんだよね」

小鬼のように光る目で、なぜか持っていた紙と鉛筆を突きつけ、

「『野々村のパンツを脱がせたのは自分です』って、ここに書けよ」

と、命令した。

声を出さずに泣いていたエリは、もう逃げ道はないと悟ったのか、言われるままに最後には

それを書いた。

「これが証拠だからね」

勝ち誇ったようにアケミは言った。それがどういう証拠になるのかは分からなかったが、理由も論理もむちゃくちゃでもまかりとおるのが、いじめの恐ろしさで、

わたしが全部やりました。野々村くんのパンツぬがせました。ごめんなさい。


エリは、最後に自分の名前を書いて、アケミに渡した。

そうか、あれは、休み時間ではなく放課後だったのだと美保は突然思い出す。花壇に放られたエリのランドセルが土まみれだった、その映像が蘇った。そばにしゃがみこんで、そのランドセルを台にし、やってもいない悪事を、「やりました」と書かされているエリの、スカートからむき出しになった膝が、砂粒と土で汚れていた。

「ほんと、エリって最低。自分がやったのに、みんなのせいにして、ナカザワに言いつけるなんてさー」

アケミは、あの、獲物を見つけてらんらんと輝く猛禽類《もうきん》の目で、楽しげに言った。

「最低だよねー」

すぐにマユミが反応したので、自分も同じ顔をせざるを得なかった。

「ていうか、今までのこと、全部、エリのせいだからね。なんかあったら、この紙をみんなに

見せるからね。先生にも、お母さんにも、みんなに見せるし、エリがやったこと、みんなに一生言いふらすから」

アケミは満足して歩き出し、美保とマユミは従った。

エリはついてこないだろうと思ったが、彼女は慌てたように、皆と同じ速度で歩き出した。

ああいう時、どうして野々村もエリも、群れにしがみつこうとしたのだろう。明らかに自分が皆からいたぶられる存在で、一緒にいればいるほどその状態は酷くなっていくと分かっているのに、どうして離れないのか。逃げないのか。自分を下に見る子たちと一緒にいようとするのか。

「エリは来んな！」

急にアケミは言った。

「今から百数えるまで、焼却炉の前にいなきゃだめ！　ゆっくり数えるんだよ！　みほっち、マユミン、先に行こ！」

アケミは美保とマユミの真ん中で、ふたりの腕を取り、逃さないとばかりに引っ張って歩き出した。

エリは、ちゃんと百まで数えたのだろうか。ゆっくり数えたのだろうか。

振り向いたら誰もいなくなるゲームを延々とやらされた日々を思い出した。雨の中、ずぶ濡れになりながら、いーちにーいさーんと数え続けたことを。

エリと話をする子はいなくなった。

エリは最初のうち、なんとかしてアケミのグループに戻ろうとしたけれど、アケミはすぐに逃げるし、逃げる時必ずマユミと美保に声をかけて引き離したので、すぐに無理だと悟ったようだ。諦めて、自分と遊んでくれる子を探し始めた。

女子の中で最も穏やかで、最も地味な、それまで口もきいたことがなかった子たちに話しかけに行くエリの姿を、美保は見ていられなかった。それまで付き合いもなかった子たちにお世辞を言って取り入らなければならないエリは哀れだった。

アケミは、エリが新しい居場所を作ることすら許さなかった。

アケミは、エリを拒まず仲間に入れてあげようとした子たちのところに行き、野々村が学校に来られなくなったのは、エリがいじめたからなんだよ、と教えた。「証拠」の紙も、もちろん見せて、エリと遊んだら同罪だからね、と脅したようである。そのため、その優しい子たちも、エリが近づいてくると、心苦しそうな顔をしながらも、すばやく逃げるようになった。エリは状況を察し、以降は新しい友達を作るのを諦めた。

その後エリはずっとひとりで過ごした。

子どもにとって小学校は、毎日の、生活の、ほぼ全てだ。家にいる時も明日行かなければならないその場所に心が囚《とら》われ、決して自由になることはない。その途方もなく長い時間を、小五のエリがいつもひとりでいたことを思うと、心が痛む。班決めも、チーム決めも、エリの押し付け合いによって、ひりひりとしたムードが漂うようになった。アケミに直接交渉されたナカザワが、好きな人どうしで組ませるという最悪な決め方を許可したからだ。

エリを誰が拾うかで、班長たちが最後のじゃんけんをしているのを、ナカザワは見ていた。しかし彼は何も言わなかった。

小学校で、エリは笑わなくなった。授業中にあてられた時以外、話さなくなった。皆に無視されているのだから、当然のことだ。しかしアケミは、エリの無抵抗をつまらなく感じたのだろう。そのうちエリがひとりでトイレに行くと、男子たちに教科書や筆箱を隠させるようになった。隠し場所が、掃除道具のロッカーのバケツの裏だったのを覚えている。実行犯は男子たちだったが、美保は止めなかった。黙って見ていた。他の子たちも同じだ。隠す子たちは、ただひたすら面白がっていて、舌なめずりするように、エリの狼狽を待ち焦がれた。

必要な教科書が消えてしまい、エリは何を思ったのだろう。隣の席の子に何度も教科書を見せてもらうはめになったはずだ。せめてあの時エリの隣の席だった子が、わたしたちに無関係な善良な子で、そっとエリに見せてあげていたならばよかったと思う。筆箱のなかみも、周りの席の誰かが、貸してあげていたならば、と願う。美保の、そのあたりの記憶は、まだら模様にぼやけている。今思うのは、それまで忘れ物などほとんどしていなかったエリが、急に多くのものを周囲から借りるようになったことについて、ナカザワが気づいていなかったのかどうかである。席を離れるたびに何かを隠されると気づいたエリが、休み時間にトイレに行けなくなり、ぎりぎりまで尿意に耐えた結果、授業中に手を挙げてトイレに行くしかなくなったことに、その頻度が尋常ではなくなってきたことに、あの教師は気づかなかったのか。トイレに行くたび、ミツキたちに「うんこ、うんこ、うんこ」と囁かれ、戻ってきたら「くっせー」と笑われているのに、気づかなかったのか。

野々村事件の後、ナカザワはどこか、無気力になったように思う。

おそらくは誰かの「チクリ」により、アケミとミツキが野々村をいじめていたという事実を、教員たちは共有していたはずだ。だが、結局のところ、野々村ひとりを学校から追い出しただけで、状況は何も変わらなかった。

大人になった今、美保が推測するに、アケミとミツキの親たちは、子どもたちの問題にきちんと向き合わなかったのではないか。そのことに、ナカザワは絶望したのではないか。アケミの母親は、学校行事の最中に他の保護者に注意されても喫煙をやめなかった。ミツキの親のことは知らないが、彼が放課後、団地のそばの市営グラウンドでだべり、いつまでも家に帰ろうとせず、五時のチャイムが鳴っても、同じ団地に住む子たちをぐだぐだと引き留めていたのは覚えている。アケミも同じで、空が暗くなってきても、市営グラウンドで知り合った他校の子を引き留めるなどして、自宅に帰るのを渋った。

そういえば彼女は、美保のことはあまり引き留めなかった。アケミは、同じ団地の子と、そうでない子との間にうっすら線引きしていた。引き留めていい子、遠くに帰って行く子。

マユミや、他の何人かの団地の子たちは、時々、アケミの家で夜遅くまで時間を潰しているようだった。

美保も何度かアケミの家に行ったことがあった。エリがやられる以前のことだ。

アケミの住まいは団地の一階で、ドアには鍵がかかっておらず、外側の窓辺の柵に壊れたビニール傘を含む大量の傘が吊るされていた。玄関には靴がいっぱいで、置ききれず、くたくたのスニーカーが廊下にまで溢《あふ》れていて薄暗かった。短い廊下のすぐ奥は台所と畳の間で、そこに中学生がたくさんいた。男子中学生も、女子中学生も。制服姿も、そうでない子も。十人はいたんじゃないかと思う。

中学生たちは、部屋に慣れているようで、好き勝手に冷蔵庫を開け、部屋の真ん中でお菓子を食べ、堂々と煙草を吸い、当時流行っていたテレビゲームで遊んでいた。早口で喋っていて、よく聞き取れなかったが、時々誰かをからかい、笑っていた。アケミやミツキたちがやるように、人をいじめているふうではなかったと思うが、「不良」というのはこういう人たちなのだなと、美保は不穏に感じながらも、いくらかの憧《あこが》れも持って、彼らを盗み見た。

「不良」たちは、この家の娘であるアケミが帰ってきても、まるで目に入っていないかのように無視した。美保は、どの人がアケミのお兄さんなのか、よく分からなかったし、アケミに訊くことはできなかった。一階なのに庭はなく、窓の先はベランダで、そこに炊飯器や扇風機などたくさんの家電や漫画雑誌がゴミみたいに捨てられていた。

大人の視線で振り返れば、ひとつひとつが答え合わせになる。アケミやミツキの親は、ナカザワの手に負えない類《たぐい》の人たちだった。野々村の親は、息子をネグレクトしていた。もしかしたら野々村は、普段黒板がよく見えていなかったのかもしれない。いつも目を細くしてものを見ていたのも、必死に焦点を合わせるためだったのではないか。

ナカザワら学校の教員たちは、アケミとミツキの親たちになんらかの話し合いを求めただろうが、連絡すら取れなかった可能性もある。もし連絡がついたとして、彼らはどう向き合ったか、あるいは向き合わなかったか——。

絶望したナカザワは、ひび割れた教室を丁寧に接《つ》ぐことは諦めて、せめて粉々に砕けてしまわないよう、子どもたちを無駄に刺激しないことを選んだ。受け持ちの学級がいつも揉めているという印象を、これ以上、周囲に与えないように、ただ静かに学年末までやり過ごす。そのために、時おりアケミやミツキに声をかけただろう。おまえら、ほどほどにしておけよ、と、理解ある大人の顔で。

*

顔を上げると三十年近い時間が流れている。自分は小学校時代を生き延びた。二度と教室に戻らなくていい。

「……つまり、ああいう子がひとりいたら、終わりなんだよね」

と、美保は、なるべく他人事のような声色をつくり、話をまとめる。同じ教室に晴翔がいたならと想像するだけでぞっとするほど残酷な事実を、なんとか伝えられたと思う。誰かにここまで話したのは、初めてだった。

「やべぇな」

美保の話を聞いていた和弥が、吐き捨てるように言った。

「その男の子の下着を脱がせたやつら、今、どうしてんだろ。のうのうと生きてんのかな。許せないな。美保は誰かとつながってないの？」

「ううん、もう誰とも連絡取ってない」

「ほんとにいるんだな、そんなことする小学生」

「全員じゃなくて」と、どこか言い訳するように美保は言う。「周囲と変わった子を攻撃したくなる、気に食わない子をいじめたくなる、そういう子がひとりでもいると、まずいんだよ。周りがのらなければいいんだけど、そういう子が求心力を持っちゃうと、一気にみんながガーッて、引っ張られる」

「『いじめ』って言うからダメなんだろうな。表現、なまぬるすぎなんだよ。やってること、『傷害罪』だろ」

「うん。そうだね」

スマホのない時代で良かったと思う。もしあんな場面を誰かに動画に撮られていたりしたらと思うと、居合わせただけでも誤解されそうで、ぞっとする。証拠はどこにも残っていない。そんなふうに考えて、後ろ暗い安堵をおぼえた。

「それで、その首謀者の、アケミ？　そいつはどうなったの」

和弥に訊かれた。

「どうもならなかったよ。卒業するまであのまんま」

「まじか」

「六年生になって、先生が替わったの。新しい先生が結構ちゃんと怒れる人だったんだけど、アケミは本質的には変わらなかった」

「最悪だな。エリちゃんは？」

「エリは、どうだったかな。たしか、冬休み明けに来た時、すごく痩《や》せちゃってて、そのあたりからお母さんが小学校に来るようになって、授業を見守るっていうか、見張るようになった。六年生になったら、先生も替わったし、他に友達ができたみたいで、もう大丈夫になってたと思う」

「それはよかった。エリちゃんも美保も、よく耐えたな」

「うん」

「俺だったら不登校になってたよ。そんな場所、行く必要ないし」

「うん」

そうだね。でも、我が家では、不登校の椅子が奪われていたからね。心の中でそう呟く。

それに、あの頃は今と違って「不登校」って言葉もたぶんなかった。里香が学校に行かないことは、「トウコウキョヒ」と言われていた。「キョヒ」という言葉の響きがどこか怖かった。学校に行けなくなることを、道を外れることくらいに思ってしまっていた。家族でそう思い込んでいた。

「しっかしさー、その担任の先生、何考えてんだろうな。そんなことになってるのに気づかないとか、まじでやばい」

「ナカザワ先生ね。たしか、途中でどこかに行っちゃったんだよね。エリの親が見に来るようになったあたりでもう学校を休みがちになって、五年生の終わりで突然消えた」

「消えたかー」

「そ。普通は五年生と六年生は同じ先生が受け持つのだけど、わたしのいたクラスだけ、替わったの。たぶん、別の小学校に異動したんじゃないかな。公立小、中の先生の異動って、ひとつの小学校に五、六年勤めた人がするものなんだけど、中には『リセット異動』があるって、お姉ちゃんが言ってた。ある小学校でうまくやれなかった先生が、次の小学校では、やり方を変えたり人に恵まれたりして、意外に良い先生になったりもするって。会社でも、そういうことあるものね。あの先生も、別の学校ではちゃんとやれていればいいけど」

「正直、そんなクラスだったら、俺が先生でも自信ないわ」

「六年生になったら、学校で一番厳しいって言われていた先生が受け持ちになったの。竹の棒みたいなのを持って、学校を見回るような先生。ギリ体罰も許される時代だったからね。その先生、小六が始まってすぐ、アケミをめっちゃ叱って、泣かせたの」

「やるじゃん」

「何があったんだったかな。ちょっと思い出せないけど、アケミが何かやらかした時、その先生はちゃんと叱ってくれた。それで、アケミが泣いた時、わたし、やっと自由になれた気がした。よく怒鳴る先生だったから、うちの親には不評だったけど、あの先生には感謝してる。体罰はダメだけど、許せないことをちゃんと許さないのって、難しいもんね。ああいう先生って、やっぱり必要なんだと思う」

「じゃあ、それでだいぶ、状況は変わったんだ」

「うーん。どうだろ。本質的には変わらなかったけどね。あの子はいつも誰かの悪口言ってたし」

「美保はそいつらと離れなかったの？」

「離れたよ。このままこの子たちと一緒の中学に行ったら同じ生活が続くんだ、それはさすがに無理だなって思って、親に頼み込んで塾に通わせてもらった。アケミたちには、親に無理矢理中学受験をやらされて大変だー、勉強しないとすごく叱られるんだーって、めっちゃ嘘をついて、親を悪者にして、少しずつ距離をとっていった。実際は、お金がないし、お姉ちゃんに比べてずっと馬鹿なのにって、親はわたしが中学受験することに猛烈に反対していたんだけど。おじいちゃんとおばあちゃんにお金を貸してくださいって頼んで、塾に通わせてもらったの。準備期間が短すぎたから、さすがに行きたかった学校全部落ちたけど、滑り止めの、すごく遠くの学校だけ、最後の入試でギリ受かって、親には猛反対されたけど、絶対休みませんって誓って、そこに通わせてもらった」

　ぺらぺらと、言葉を並べてゆく。嘘はついていないけれど、真実でもない気がする。

「そうだったのか……。それで美保、都外の中学に通っていたんだな」

　感心したように、同情するように、和弥が目を細めて美保を見る。重たい通学バッグを華奢な肩にかけて満員電車に乗っていた中学生の美保の姿を、思い描いているのかもしれない。

「片道一時間半かかって、ものすごく大変だったし、中学でも軽い仲間外れや陰口みたいなのはあって、なかなか気は休まらなかったけど、少なくともアケミみたいな子はいなかったから、全然ましだった」

父親の不倫で母親の心が壊れたのはその頃だ。遠距離通学で毎日へとへとだった美保には、家に祖母や伯母がよく来るようになったことの意味を、それほど深く考える余裕がなかった。たしかに父は一時期家に居つかなかったが、仕事が忙しいと聞かされればそんなものだろうと容易く信じた。

結局、両親は離婚するには至らず、美保が大学生になる頃にはもとのかたちに戻っていた。保子が心の奥に何を抱えていたかは分からないが、そう多くはないもののふたりは会話もしていたし、ごくたまにだが冗談を言って笑うこともあったと思う。だが、家族四人で旅行や外食をした記憶はほとんどない。里香との会話もほとんどなかった。学校から逃げ続ける姉を、心のどこかで軽蔑《けいべつ》していた気もする。自分で思う以上に孤独な少女だったかなと、かつての自分を不憫《ふびん》に思う。

「アケミやミツキみたいなやつって、中学に入ってから、逆にいじめられたりするんじゃないの？　周りも成長して、さすがにこいつやべぇってなるだろ」

まだ気がおさまらない顔で、和弥が言った。

「さあ、どうだろ。中学に入ってからのことは知らない。今みたいにＳＮＳでつながったりできない時代だし、わたしは小学校の時のメンツをぜんぶ切ったから」

「そうか。まあ、そうだよな。それにしても、凄《すさ》まじいな。同じ時代の話とはとても思えない。俺の学校は平和だったんだなあ……」

「アケミみたいな人に一生会わない人生もあると思うけど、小学生で会っちゃう人生もあるってだけだよ」

「反乱しようとは思わなかったの。エリちゃんやマユミちゃんと、『今度はわたしたちでアケミを無視しよう』って」

和弥に訊かれ、そう訊きたくなる気持ちも分かるという思いと、なぜそんなことを訊けるのかという思いが、心の中でぶつかった。

「無理だったんだよねえ。もし自分がそんな提案をして、エリやマユミに裏切られたらどうなるか。アケミは、元彼が率いる男子軍団もしっかり手中におさめてたんだもん」

「戦国時代みたいだな」

「ほんと、そんな感じ」

とちいさく笑いながら、ふいに美保は、いじめに遭っている真っ最中のエリが自分を頼ってきたことがあったのを思い出す。いつだったたか、エリはアケミの目を盗んで美保にだけ、何か、話しかけてきたのだ。彼女の表情は硬く、その目は不安に揺れていた。何度も練習し、最後の希望をこめて、ごく他愛のないことを、必死の思いで訊ねてきた、その透き通るような圧力が、時間を超えて蘇る。

あの時、自分はどうしたか。何も答えず慌ててエリから離れ、アケミとマユミを探したのではなかったか。廊下で男子と一緒にいたアケミとマユミに合流するまで、エリの悪口を言う自分を思い浮かべていなかったか。「今、エリから話しかけられたんだけどさー、超むかつくー」明るく、苦々しげな口ぶりで言う自分を。

だけど実際は、そんなことを言ったりはしなかった。エリを傷つけたことで、自分も十分傷ついていたのだ。その時美保が考えたのは、もし今度、何かをきっかけにアケミが自分を標的にしたら、エリだってすぐに身をひるがえして、自分をいじめるだろうということだ。誰のことも信じられなかった。雨の日に、水たまりの中に立たされた時の、あの、自分の心が容易く踏みつけられる恐怖は、いつも心の底にあって、

「十一歳のキャパでは、どうしようもないことってあるんだよ」

言い訳するように美保は言う。

「あの頃、わたし、自分のクラスがおかしくなっていることを、親に話せなかった。もし話したら、もっと早く話さなかったことを怒られるかもしれないって思った。それに、家族に余計な心配かけてしまうだろうし、自分が話したってアケミたちにばれたらって思うと怖かったし。毎日、がんじがらめだった。その時のことを思うと、もし晴翔が誰かに何かされていても、それを見ている周りの子どもたちが黙っているの、理解できる。だから余計に心配」

「そうかー。そういうことかー」

和弥が長い息を吐いた。ようやく彼も、晴翔がおかれている状況を理解できたようである。

ふいに思い出したように、

「あ、でも、エリちゃんは親に話せたんだね」

と、和弥が言った。

「そうだね……」

たしかにそうだ、と今になって思った。

よく教室の後ろに立って心配そうに娘を見守るようになった中年女性がいて、「あいつ、エリのお母さんだって、ウザいよね」アケミが苦々しげに顔を歪めていたのを覚えている。その場ではアケミに話を合わせたかもしれないが、美保は、見守ってくれる大人の存在にほっとしていた。

「野々村くんはどうなったの」

と、和弥が訊く。

「どうだったかな。ちゃんとは覚えてないけど、新しい先生がしっかりしていたから、六年生ではもういじめられていなかったと思う」

「そうか、良かった。まだ小学生だったから、屈辱的な目に遭っても、割とすぐ忘れられたのかもしれないいな」

和弥が安心したように、息をひとつ吐いた。

「うん。良かった」と、美保は頷き、「良かったけど、やっぱり自分の子どもが同じ歳になると、どうしてもいろいろ思い出しちゃうよね」そう言った。

新しい中学で出会った友達には、小学校時代の話はほとんどしなかった。高校、大学、社会人になってからも、誰にも。そうやって、泥まみれの心を自分ひとりで飲みきったつもりだった。

しかし、たとえ大人になって心はとうに乾ききったと思っていても、蒸発できない泥は底にこびりついたまま、消えてはいないようである。それどころか、長い時間を経て、発酵さえしたかのようだ。雨にけぶる校舎、涙で霞《かす》む遊具、水たまりに浸したスニーカーの中にぐずぐずと入ってくるぬるい泥水のざらつき。泣きながら帰って、びしょ濡れになった服を脱いで洗濯機に入れた。乾いた服を着て、ごしごしと涙を拭いて、親や姉が帰ってくるのを待った。

あの晩、保子に何か訊かれたかもしれない。学校どうだった？　とか、今日は何したの？　とか、普段通りの質問を。

あるいは何も訊かれなかったかもしれない。保子は立ちっぱなしの仕事に疲れていただろうし、トウコウキョヒの長女の世話で頭がいっぱいだっただろうから。

晴翔のことがあってから、保子が自分に、もっと時間と心を差し出してくれたらどうなっていただろうと考えるようになった。

隠すと決めた子どもは最初のうちこそ偽の笑顔や当たり障りのない答えでごまかそうとしただろう。しつこく訊かれたら、腹を立てたかもしれない。

だけど、親がまごころをこめて寄り添って、何度も何度も訊いてくれたなら、もしかしたら、頑なな少女の心がほどける瞬間は来たかもしれない。親でなくとも、誰か、信頼できる大人が何度も何度も訊いてくれたなら。

そう思うからこそ、自分が晴翔に何度も何度も訊いてあげなかったことが悔やまれる。

自分も保子に訊いてほしかったと、今になって思う。答えられるまで待ってほしかったなとも思う。「大丈夫?」とか「平気?」といった、YESを聞きたいだけの質問ではなく、わたしの目の奥を深く深く見つめて、抱えているものに気づいてほしかった。大人たちに早くに知ってもらうことで、アケミの暴走をおさえられたかもしれなかった。対等な関係ならば、人のせいにするのは怠慢な時もあるが、子どもには、大人のせいにするしかない時がある。その目で見れば、保子の怠慢に、今更ながら腹立たしいような悔しいような思いがわく。その感情は諦めも伴っている。当時の保子は、今の自分より若く、子どもがふたりいて、上の子は問題を抱えていた。おまけに、父はよそに女を作った。そんな中で、自分も毎日のようにパートに出かけていた。

そう思った時、わたしも同じだ、と美保は気づく。

わたしもずっと忙しかった。だけど、会社の組織が変化したのも、遠い営業所に飛ばされたのも、新しい仕事にあっぷあっぷの毎日も、子どもには関係のないことだ。

一体どうしたらよかったのだろう。

大人たちは毎朝毎晩忙しく、仕事と家事で頭も体も疲れ切り、日々をやり過ごすことで精いっぱいだ。そんな日々の中、子どもの頭がアケミのような人間に乗っ取られたら、もう終わり。アケミのいる集団に配置されるかどうかは単なる運だ。親には何も選べない。そして、大人がどれほど入念に目を凝らしても、見つけられないもの、理解できないものはある。晴翔が体を張ったSOSを出すまで、多くのものを自分は見過ごしてきたのだと、今更ながら美保は思った。

今度こそ、晴翔が抱えてきたものから目をそらすまいと、強く心に決める。

ネットでありとあらゆることを検索できるこの時代に、我が子の同級生たちの住所と連絡先が分からない。

暮れてゆく住宅地を歩きながら、ため息が漏れた。

いつもより少し早めに帰れた日、晴翔の付き添いを保子に頼み、二丁目の住宅地を歩いている。数日にわたり「松村」の表札を探しているが、見つからない。

校長と副校長と担任の重田が自宅に来た日、あまりに情報を出してくれないことに絶望した美保は、我が子の身に起こったことを、自分で調べようと思った。その段になって初めて、自分が晴翔の友達の住所と連絡先をほとんど知らないことに気づいたのだった。

そういえば、保育園や学童保育では、仕事のない週末に保護者ランチ会を企画してくれる人がいたが、小学校でそういう人はいなかった。個人間のちいさな集まりはいくつもあっただろうが、少なくとも美保に声がかかったことはない。

保護者の誰かと連絡を取りたい場合、学校に一報を入れ、学校側がその誰かに連絡先を伝えてもいいかの許可を得てから、ようやく教えてもらえる。そういう仕組みだと知っている理由は、以前、学校側から美保の連絡先を知りたがっている保護者がいるので教えてもいいかと訊かれて許可したことが二度あるからだ。

一度目は晴翔が投げたか蹴ったかしたボールが女の子に当たってしまったということで、嫌味をまくしたてられ、閉口した。二度目はＰＴＡの役員をやってほしいという連絡で、もちろん即座に断った。この二度の経験で、他の保護者に連絡先を知られたくないと思った美保は、旧来の電話連絡網が廃止されて良かったと思っていた。だが、こうなってくると、横のつながりを持つことを学校に奪われてしまったとも思える。

そういえば、と思い出したのは、小学三年生の一学期の保護者会で、同じテーブルだった人たちと、メッセージを交換し合える連絡アプリの中にグループを作ったことだった。仕事が落ち着いている時期だったので、有給休暇を取って平日の保護者会に足を運んだのだ。

確認すると、スマホの機種を替えたのを機に自己紹介の履歴が消えてしまっていたが、アプリの中にグループはまだ残っていた。すでにやりとりは絶えており、「NIKIMAMA」「hiroco」「きたちゃん」といった謎のユーザー名では、誰が誰だか分からない。かろうじて「HondaAtsuko」「岩永みどり」というユーザー名のふたりは本名だろうと思ったが、名簿と照らし合わせたところ、「ホンダ」「イワナガ」という苗字《みょうじ》の子は同じクラスにはいなかった。

そこで思い出したのが、晴翔の「事故」の前日に家まで来てくれた松村柚果のお母さんだった。名簿にも「マツムラ　ユズカ」はある。晴翔と同じクラスだし、二丁目に住んでいると言っていた。この人なら情報を持っているだろう。親切そうな人だから、いろいろ話してくれそうだ。

それで美保は、昨日も今日も、グーグルマップを見ながら、二丁目の家の表札を全て見て回ったのであるが、丸二日かけて回ったのに、「松村」が見つからない。

とりこぼしがあるとすれば集合住宅だろうか。二丁目内には百世帯ほどが入っているマンションが二棟と、あとはアパートがいくつもある。しかしそのどれも、郵便受けに名前を出していない家庭が多かった。見られる限りで探したが、「松村」はなかった。

こういうこともあるのだから、町内会に入っておけばよかったと思った。

転居してきたばかりの頃、玄関前にいたら、どこからともなく高齢の女性が現れ、町内会に入るように勧めてきた。若い人が入ってくれなくて困っている、とこぼしていたので、参加は任意なのかと思い、たしかに面倒くさい近所付き合いに巻き込まれたり、厄介な係を押しつけられたりするのはごめんだと、断ってしまった。

ああいうものに入っておいたほうがいろいろと心強く、情報も集めやすかったのに。少なくとも、松村が会のメンバーならば、容易く見つけられたはずだ。

今からでも入れるだろうか。そう思ったものの、今度は入り方が分からない。美保に声をかけてきたあの女性は、たびたび美保の家の前の道路をウォーキングしていた。しかし、こちらが探し始めたとたん、その姿を全く見かけなくなった。

その日も、諦めて帰宅した美保は、晴翔のいない家の階段をのろのろと上がる。和弥が帰ってくるまでに夕食を作っておこうと思いながら、台所でスマホの連絡先をスクロールする。

「大沼麻友《おおぬままゆ》」の連絡先で指を止める。ここ数日、連絡を取るべきか迷っている名前だった。

大沼麻友は、学童保育で同じだった大沼有希人《ゆきと》のお母さんである。今は疎遠になっているが、かつて学童保育のバザーの係を一緒にやっていた。

美容師をしている大沼は母ひとり子ひとりのシングルマザーだ。母親どうしはおおむね平和に係を務めていたが、有希人と晴翔はたびたび喧嘩をしていた。

大沼は多忙のため学童保育終了時間に迎えに来ることができず、有希人は一年生の頃からいつもひとりで帰宅していた。幸い小学校からほど近い都営団地に住んでいるようで、一緒に帰れる子が数人おり、冬の暗い帰り道でもひとりぼっちにならずに済んでいたが、おそらく帰宅後は自宅でひとりなんだろうなと思った。

有希人が晴翔に嚙みついたことがあり、美保は悩んで学童の先生に頼んで有希人と晴翔を遊びがかち合わない別グループにしてもらった。その話は麻友にはしていない。だが、我が子の皮膚に人の子の歯型がついているのを見た時のショックはまだ心に残っている。以来、麻友から連絡をもらっても、多忙を理由に断るようにした。学童保育から離れると、クラスが違ったこともあり、自然と連絡を取らなくなった。

少し迷ったが、何かの手掛かりになればと思い、文章を書く。

〈こんにちは。だいぶご無沙汰《ぶさた》しているけど、麻友さんと有希人くんは元気ですかお忙しいいと思うのですが、ちょっと相談といいますか、お願いといいますか……実は晴翔が学校で事故に遭いまして、そのことで三組のどなたかに話を聞きたいのですが、

全然知り合いがいなくて、もし麻友さんがつながっている方がいたら、連絡先を教えていただけませんか？〉

以前はもっとくだけて話していた気もするのだが、一年以上連絡を取っていなかったので、少しかしこまった文体になる。この時間ならもう帰宅しているだろうか。思い切って送ってみる。

はたしてすぐに既読サインがつき、返信も来た。

〈美保さん、連絡ありがとう。晴翔くんが事故にあったことワタシ知りませんでした。相変わらずバタバタしていて学校のことに疎《うと》くてごめんね。大変だったよね。今、有希人からそのこと、少しだけ聞きました。有希人は1組だから詳しくは知らなくて。ごめんね、ワタシも全然知らなかったの。晴翔くん、怪我をしたみたい？。けっこう大きな怪我だったとか。有希人、心配してます。何かワタシにできることありますか？〉

すぐに返事が来たことに、美保は一瞬ほっとした。

顔文字だらけの賑《にぎ》やかなメッセージだったが、肝心の回答が述べられていない。三組の知り合いを、誰も紹介してくれていないのだ。

保護者たちの中では歳若いほうの麻友の、明るい髪色や、そつのない笑顔を思い出す。たぶん読み飛ばしたのだろうと思い、もう一度書いてみる。

〈心配してくれてありがとう。三組のどなたかに話を聞きたいのだけど、麻友さん、誰か知っている方とかいませんか？　もしよかったら、私に連絡先を教えてもいいかどうかを確認して

もらった上で構わないので、つないでいただけませんか〉

そのメッセージには、なかなか既読がつかなかった。おそらく、家事に忙しい時間だろう。そう分かっていても、だんだんと胃が痛くなってくる。小学校の誰もかれもが、自分と連絡を取りたくないと身構えているんじゃないかと、被害妄想に囚われる。

返事がきたのは翌日の夜だった。

〈美保さん、遅くなってごめんなさい。3組だと、去年同じクラスだった前島《まえじま》さんと山口《やまぐち》さんの連絡先なら分かります。あまり親しくなくて、PickLook《ピックルック》のアカウントしかわからないけど、送りますね〉

前島さんと山口さん。

このふたりはわたしに連絡先が伝わることを承諾してくれたのだろうか。被害妄想を引きずりながらも、連絡先をふたつ入手したことにほっとする。

名簿と見合わせてみると、たしかに三組に、「マエジマ　ユトラ」「ヤマグチ　ネア」という子がいた。「ユトラ」は男の子で、「ネア」は女の子だろうか。名簿が男女で分かれていないため、分かりにくい。

〈ありがとうございます。おふたりにどうぞよろしくお伝えください。忙しいところすみませんでした〉

そのふたりと大沼がやりとりをしているPickLookというアプリは、短い動画を発信して交流するツールで、美保には「若い人向け」という印象があった。使ったこともないアプリなので、まずはそれをインストールするところから始めなければならない。インストールし、アカウントを手に入れたところで、顔も知らない相手にいきなりどんなメッセージを送っていいのか分からなくなる。よく考えてみたら、この、ユトラやネアが晴翔をいじめる張本人である可能性もあるのだから、慎重にやらなければならない。どういう子なのか、晴翔に確認してから連絡を取ってみたほうがいいかもしれないと、美保はひと晩寝かせることにした。

翌日、仕事を早めに切り上げた美保は病院に行き、晴翔にこのふたりについて訊ねた。

このふたりの名前を聞いた時の晴翔の反応は、それほど大きいものではなかった。どういう子かと訊けば、「普通」と言う。ユトラもネアも男の子だったが、仲は良いのかと訊けば、「遊んだことがない」と言う。ならば無関係な傍観者だろうと踏んだ美保は、帰りの地下鉄に揺られながらPickLookアプリを立ち上げて、前島さんと山口さんのアカウントをフォローし、丁寧なメッセージを送った。突然連絡する無礼を詫《わ》び、晴翔が遭った事故の話をし、それから、何かお子さんから聞いていることがあれば教えてほしいと書いた。何度も読み直し、失礼なところも馴《な》れ馴《な》れしいところもない、冷静で誠実な文面であると自分なりに納得してから送信ボタンを押した。

駅につき、スーパーで買い出しをして帰宅した。

家の前に誰かが立っているのに気づいたのは、だいぶ近づいてからだった。つばの広い帽子にロングワンピース姿の女性が、庭のほうを覗いたり、二階を見上げたりしている。身構えて、つい立ち止まって見ていた美保に気づかず、女性は向きを変えて歩き出した。

「あ、すみません」

美保は慌てて呼び止めた。

つばの下にちらっと見えた横顔で、松村柚果の母親だと分かったからだ。

「押しかけちゃったみたいで、すみません」

美保の家に上がってからというもの、松村はずっと恐縮している。膝の上にポシェットと帽子をのせて、肩をちいさくして座っている。氷を入れた麦茶を出すと、「すみません」とさらにちいさくなる。真正面に座り、

「いえ、いいんです。わたしも松村さんとまた話したかったので、来ていただけてありがたいです」

そう伝えたところ、まだ不安そうな目で、

「そうなんですか」

と言うも、ひと口、またひと口と、麦茶を飲む。夕刻でもまだ外は暑く、喉が渇いていたようだ。

「学校はどんな感じですか」

美保が訊ねると、

「普通みたいです。……すみません、うちの子、あまり話してくれなくて」

と、松村はすまなそうに答えた。

「そうですか」

「はい」

世間話も長くは続かない。

「あの……。来ていただいたのは……」

美保は早速訊ねた。

「はい、その、佐久間くんのご様子、どうかなって」

と、松村は言った。真剣に案じている表情に見える。

「晴翔は無事に手術を終えて、少しずつリハビリをしています。もうじき退院です」

「そうですか」

頷いて、松村が麦茶に口をつけた。みるみる飲みほしたので、もう一杯注ぐ。それもごくごく飲んでゆく。最初は、人から何かされることに慣れていない人なのだと感じたが、もしかしたら天然というか鈍感な人かもしれない。しかし松村は、ある種の人間が持つ攻撃性や排他性はなく、総じて善良な人なのだろうと美保のセンサーは判断していた。本当に、喉が渇いていたのだろう。

「外、暑いですよね」

美保が言い、麦茶を注ぎ足した。さすがに飲みすぎだと思ったのか、

「すみません」

と松村はまた恐縮した。

「あの」

美保は唾《つば》を飲み、松村を正面から見て切り出した。

「うちの子の怪我の理由、同じクラスですから、ご存じですよね」

松村の顔が緊張した。

「どうしてそんなことしたのか、先生方が詳しいことを教えてくれなくて。晴翔も事故のショックが大きいのか、まだうまく話せない感じなんです。心理カウンセラーの先生とも話し始めているので、もうじき事実が見えてくるとは思うのですが、わたしとしては、きちんと多方面から情報を集めたいと思っていまして、何かご存じのことがあれば、教えてもらえませんか」

美保が言うと、松村はちいさく二度頷いたが、

「柚から、余計なことを言わないようにと言われているのですが……」

言い訳するようにそう言った。余計なこと？　何を知っているのだろう。美保は松村が話し出すのを待った。彼女はまた麦茶のコップを手にする。まだ飲むのかと思ったが、今度はコップのふちにくちびるを少しつけただけで、すぐにテーブルに戻し、こまめにまばたきをしている。渇いていない喉にさらに麦茶を流し込もうとしてしまうくらいに緊張している彼女の逡《しゅん》巡《じゅん》を見て、もうひと押しだと思った美保は、

「松村さんから聞いたということは誰にも言いません」

きっぱりと言った。そして、「お願いします」と、頭を下げた。

「あ、すみません、そんな。やめてください……お顔、上げてください……」

松村は慌てたように口ごもる。

美保は頭を上げた。まだ迷っているらしき松村のおどおどした目を見て、かすかに苛立ってくる。わざわざ家まで来て、様子を窺うようなことをしておいて、どうしてこんなにもったいぶるのだろう。思えば、松村の子どもが母親に「余計なことを言わないように」などと言うのもおかしな話だ。何か、子どもたちの間で統制のとれた口止めがなされている可能性が見えてきて、背筋がぞっとした。最後の賭《か》けだと思い、言う。

「どうしてみんな、そんなに隠すんでしょう。わたし、頭がおかしくなりそうなんです。子どもがこんな目に遭ったのに、誰も何も教えてくれない。わたし、仕事が忙しいせいもあって、学校にママ友みたいな人がいないんです。松村さんだけが頼りなんです。助けてください、松村さん」

自分の言葉に押されて、自然と涙ぐんでいた。

松村もつられたように目をうるませ、何度も頷く。そして言う。

「わたしもです。わたしも、ママ友とか、全然いなくて、うちの柚も、友達が少ないほうなので、本当に、そんなに詳しくはないんです。ただ、少し前に柚が、さすがに最近は佐久間くんに対してみんなやりすぎだって言ってて……」

「やりすぎ?」

「あ」

と、松村は言葉を止める。

初めてはっきりとしたものを突きつけられた。やはり晴翔は、やられていたのだ。

美保の表情の変化に、松村が狼狽《うろた》えた。

「いえ、その……柚はあまり学校のことを話さないんですが、佐久間くんを本当に心配していました。みんなも反省しているって言っていました。柚は関わっていないんですが、佐久間くんを懲らしめるにしても、あそこまでになるとは思っていなくて、柚の友達もショックを受けて、学校で泣いてしまったみたいです」

言い訳するように彼女はぱらぱらと言葉を重ねたが、言っていることがよく分からない。美保にとっては誰が泣こうが関係なかった。そんなことよりも『懲らしめる』という言葉のほうが、よほどショックだ。

「実は、柚の友達以外にも、泣いていた子がたくさんいたみたいなんです。みんな、本当に、佐久間くんがあんなことになるなんて思っていなかったんだと思います、だからすごくショックを受けていて」

「あの、ちょっと待ってください。話を整理させてください。ええと、さっきおっしゃった、『やりすぎ』、なんですけど、それってつまりクラスにいじめがあったってことですよね」

「いえ、いじめというか」

そこでなぜか松村が口ごもる。断言すると自分の子が止めなかったことを責められるとでも思っているのか。

「いじめですよね、普通にそれ。あと、『懲らしめる』というのは、どういうことですか」

美保は自分の口調が強くなるのを感じた。松村がますますちいさくなり、目を伏せる。

「すみません、そういう意味じゃなくて……」

「じゃあ、どういう意味ですか。一体、うちの子は何をして、懲らしめられなくちゃいけなかったって言うんですか？」

「ごめんなさい、そのあたりは柚も詳しくないんです」

びくびくと怯えてみせる松村の姿に、美保は苛立った。

さっきからこの人は、自分の娘は関わっていない、クラスの事情に通じていないと、それをしきりに言うばかりだ。本当にそうなのかもしれないが、何の情報にもならない。あるいは……、この人の娘が首謀者だということはあるだろうかと美保は一瞬考え、いや、それはないだろうと思い直す。もしそうだったら、柚果の名前を聞いた時の晴翔の反応は違ったはずだ。

この人は、本当は言いたいことがあるけれど、それを言えないのだ。

「誰が中心になって晴翔をいじめていたか、分かりますか」

美保は真正面から訊ねた。

松村のまばたきが速くなった。絶対に知っている。

「山根って子ですか」

口をついてその名前が出た。

するとし、松村が、

「えっ、まさか」

と、目を丸くした。虚を衝かれたような、本当に驚いた顔で、

「どうしてそう思ったんですか」

やや強い口ぶりで訊いてきたので、山根は主犯ではないのかと美保は思った。どうやら見当違いの疑いが、自分の中にあったようだ。ちいさく首を振り、

「いいえ、忘れてください」

と美保は言ったが、ひとつの名前をはっきり否定するということは、つまり、

「他の誰なのか、松村さんはお分かりなんですね」

質問自体が、初めてくっきりとした。

「はあ。分かっているというか……」

「お嬢さんから何か聞いていらっしゃいますよね。お願いします、教えてください」

「でも……、柚も友達が少なくて、学校のことに詳しいほうじゃないし、言っていることもたしかかどうか……。それに、もしわたしが誰かの名前を出して、それが間違いだったり、誤解されたりしたらと思うと……」

早く言えよ、と美保は思う。さっきから、目の前の女に対していらいらしている。さんざん自分は重要な秘密を持っているふうに匂わせておいて、肝心のところで言い渋るこの感じ。もし教室にいたら、アケミにやられていたタイプだなと、意地悪な考えがわく。

「それは大丈夫です。松村さん以外の人にも確認しますし、松村さんから聞いたとは誰にも言いません」

できる限り冷静な口ぶりで言う。すると松村は黙り込む。名前を言えないくらいに恐ろしい首謀者なのか。たかが相手は小五の子なのに。早く言って！　と心の中で叫びそうになった時、

「じゃあ、たぶん、なんですけど、飯島《いいじま》さんです」

と、松村が言った。

飯島さん。

初めて聞く名前だった。美保は急いでスマホの画像フォルダーに入れてある名簿の写真を開く。出席番号の上から二番目、イイジマ　アケミ。

「アケミ……」

ぞっとした。

「明るく生きるって書いて、あけみちゃん、て。習字で名前を見た時、男の子かなって思ったんですけど」

「女の子、なんですね。このアケミって子が、晴翔をいじめているんですね」

「それが……、すみません、柚は、さすがに最近やりすぎているとは言っていたんですけど、わたしが詳しく聞いたところ、『いじめじゃない』とも言っていて、飯島さんにも理由があると思っているみたいです」

「はい？」

「すみません」

「『いじめられる側にも原因がある』っていうやつですね」

美保は薄く笑おうとしたが、くちびるが引きつるのを感じた。

『いじめられる側にも原因がある』というのは、いじめる側が自分たちを正当化するために使う決まり文句だ。それを大人が言ってしまったら終わりだと思う。

「原因が……ある場合と、ない場合があるんじゃないかと」

おそるおそるといった口ぶりで、松村が言った。

「で、松村さんは、うちの子にも何か悪いところがあったと言いたいのですね」

松村がこうなのだから、三組ではそう思っている親たちも多いのだろうと美保は思った。だからこんなに情報が入ってこないのだ。アプリを通じて送ったメッセージに、返事はまだ来ない。うまく息を吸えなくなった感じがした。

「うちの子が……晴翔が、後遺症が残るかもしれないくらいの怪我をしたということを、皆さんは知っているのですか」

美保は訊ねながら、遠い日の水たまりを思い出していた。

あの日、美保はアケミたちから反省するようにと言われた。何を反省しなければならなかったのか、覚えてもいない。反省することなど、なかった気もする。

野々村だって同じだ。「ガンつけた」という言いがかりのもと、「懲らしめ」のために蹴られた。エリも、先生に言いつけたという理由で、「懲らしめ」を受けた。「懲らしめ」というプレイで軽やかに人を傷つけられる。

「勿論です。保護者会でその話はありましたし、柚からも聞きました。柚も心配していて、また学校に来れるかなって、言ってました。この間、エルダリープラザに見学に行った時、付き添いボランティアをした他のお母さんたちも、皆さん、心配しておられました」

「エルダリープラザ？」

「老人ホームの見学です。あ、全員がエルダリーに行くわけじゃなくて、製麺《せいめん》工場とゴミ処理場とから選べるんですが、柚がたまたまエルダリープラザを選んだので、それでわたし、付き添いボランティアが足りないって言われて、その日はパートが休めたので行ってきたんです」

美保は息を深く吸い込んだ。

要は、何やら社会科見学のようなものが、小学校側から我が家への連絡もなしに行われていたということだ。重田は、自分たち家族にそうした行事から晴翔が除外されていることを伝えなかったのだ。晴翔は学ぶ権利を奪われている。

「松村さんは、晴翔が何をされたか……。晴翔の怪我の具合を知っていてもまだ、晴翔にも原因があったって思うんですか」

美保が訊くと、

「いえ、そういうわけじゃ」

と言ってから、松村はまだ何か言いたげな顔で、「でも……」と、言葉を濁す。

「でも？　何かまだあるなら、おっしゃってください」

「はい。あの、うちの子も、佐久間くんに、どうしようかなって思った時が、あったみたいです」

「どういうことですか」

「あの、他の子の話とかは分からないですけど、柚の場合は、しゃがんで雑巾を絞ってた時に、佐久間くんが頭の上から絞ってきたって」

「えっ」

「間違えたみたいですけど、柚はそれがすごくショックだったみたいで」

急に早口になって松村は言った。

「どういうことですか？　頭の上から絞るって」

「はい。あの、つまり、柚がバケツのところでこう」

と言って、松村は椅子から下りるといきなり床にしゃがみこんで見せた。まさか実演するとは思っていなかったので美保は少し戸惑う。松村は両手を自分の頭上に上げて、その上で雑巾を絞るジェスチャーまでし、

「この辺からぽたぽたって、佐久間くんが雑巾を絞ってきたんです」

と、説明した。その声には、ほんのわずかであったが、整理されていない怒りが感じられた。

「そうですか。それは、良くなかったです。ごめんなさい」

美保は謝った。

晴翔は一体何のつもりでそんなことをしたのだろうと思った。しゃがんでいる子の頭の上から雑巾を絞るなんて。もしかしたら、晴翔は柚果のことが好きなのだろうか。好きな女の子の気を引くためについ嫌がらせをしてしまうような、不器用な年齢だ。それにしても、雑巾を絞

るなんて、怪我はしないまでも、やられたらいやに決まっている。

「いえ、いいんです、いいんです」椅子に座り直しながら松村が言った。「そのことは、佐久間くんもちゃんと謝ってくれたみたいですし、間違えたみたいだからって、中田《なかた》先生も言っていたので」

「中田先生？　四年生の時の？」

「あ、そうです」

「じゃあ、それって、四年生の時のことだったんですね」

「ええ」

「全然知らなくて、すみませんでした」

と謝りながらも、なんだ、去年のことだったのかと、美保はいくらか拍子抜けした。それならば今回の件とは無関係だろう。松村は心のどこか深いところで自分の娘がされたことをおぼえていて、たとえ間違いだったとしてもまだ赦《ゆる》せないのだ。

「じゃあ最近で、うちの子が悪かったことって何ですか」

美保は訊ねた。

「えっ、最近？……最近」

「晴翔が飯島って子に『懲らしめ』られるようになった理由って、何かあったんですか」

「すみません、わたしも詳しいことまでは。でも、ちょっと思うのは、佐久間くんが女子について、いろいろ言っちゃうことがあったのかなって。そうすると他の男の子たちも面白がるみたいで。柚も、最近は大丈夫なんですけど、前は言われたこともあったみたいで。飯島さんは結構正義感が強い子なので、佐久間くんに分かってもらおうってなったのかな」

分かってもらおう……

松村の言い方は、明らかに飯島寄りだった。おそらく、娘が晴翔に頭の上で雑巾を絞られたせいで、晴翔に悪いイメージを持っている。

「そうですね。晴翔にも、悪いところがあったのだと思います。でも、どうか柚果ちゃんに伝えてください。晴翔が骨折したほうの足、真っ黒なんですよって。とても痛い注射をして、その足に金属を入れる手術をしたのだと。運動会にも晴翔は出られない。それどころじゃない。皆と同じように走ったり跳んだりできるまでに、すごく長い時間がかかる。それまで、辛《つら》い訓練をしなければならないんですよって」

美保が言うと、松村の目に、みるみる涙が浮かんだ。

「さっき『いじめじゃない』っておっしゃいましたけど、友達をそこまで追いつめることを『いじめじゃない』と言えるのか、どうか考えてほしいんです」

「そうですよね。すみません」

松村は頭を下げた。美保は松村を玄関まで送り出すために、立ち上がった。

和弥の帰宅を待ち、松村から飯島明生の名前を聞き出したことを伝えた。美保が小学校の頃のいじめの話をしたこともあってか、和弥は以前より真剣に、話を聞いてくれた。

美保は、和弥に話すうち、自分の松村への態度が良くなかった気がしてきた。

よく考えてみれば、自分の子が目撃者だと晴翔の親には伝えないでくれと学校側に頼む保護者たちもいる中で、彼女はわざわざ訪ねて来てくれたのだ。最後にそっけなく送り出したのは、あまりにも心ない対応だった。飯島明生の名前も、彼女なしには得られなかった。

美保は松村に改めてちゃんと礼を述べたいと思った。この先も、何かと頼ることがあるかもしれない。しかし、そう思った時、彼女の連絡先を訊いていなかったことに気づく。家で話したというのに、連絡先の交換をしなかった。電話番号も、メールアドレスも、家の場所さえ訊いていない。

何やってんだ、わたしは。美保は自分に呆れてため息をついた。

とりあえず、加害者を特定できた。そこから一歩ずつ進めていくしかあるまい。

「明日学校に電話して、飯島って子のことを重田先生に訊いてみようかと思ってる」

そう言うと、気が急いて止められなくなるのを感じた。

「それはどうだろう」

和弥が慎重な目をして質す。

「どうって?」

「訊いてみるっていうのは、重田先生に、飯島さんがどういう子かを訊くってこと?」

「そうね。そう。それもある」

何をしたらいいのか分からないけれど、何かをせずにはいられない気分なのだ。こちらが動かなければ、晴翔が何をされたのかが分からない。分からないまま、うやむやにされる。

「『飯島さん』がいじめっ子だというのも、その、なんだっけ、松村さん？　が言っているだけなんでしょ。本当かどうか、いったん晴翔に確認したほうがいいんじゃないか。本当に『飯島さん』が問題だったとして、誰かが先生に言いつけたってなったら良くないし、松村さんにも迷惑がかかるかもしれない」

和弥の言葉を聞いて、彼の意見にも一理あるとは思いつつ、

「でも、早く晴翔の居場所を作ってあげないと」

美保はまだ心の中の焦りを止められないでいる。

「晴翔、もしかしたら今月中に退院できるかもしれない。頑張れば十二月には学校に戻れるかもしれない。だから、戻る前にちゃんとしておかないと。晴翔をいじめた首謀者をつきとめて、その子の親としっかり話し合いたい。人を平気でいじめるような子の親だから、話が通じない可能性もあるけど、それでもこっちがこれだけの目に遭っているんだから、向こうが何も知らないのは赦せないでしょ。あとね、ネットでいろいろ見ていたら、学期の途中からクラスに副担任をつける対策をしてもらえたって言う人がいたの。できればそれ、お願いしたい。ちゃんと見張っていてもらわないと。無理そうだったら、場合によっては、教育委員会とか、もしかしたらマスコミなのか弁護士かもしれないけど、どこかにちゃんと相談して、晴翔を守れる態勢を」

「そのことだけど」

美保の言葉を遮り、和弥が言った。

「俺、晴翔が嫌がるなら、もう学校に戻らなくてもいいと思う」

「え」

美保はびっくりして和弥を見た。

「この前、河津《かわづ》さんと真野《まの》さんに、晴翔のことを話したんだ」

職場の上司と同僚の名前だった。なんで話したのと言いそうになったが、考えてみれば、晴翔の入院期間中、和弥はシフトを調整してもらって会いに行っていた。自分もそうするべきなのだろうと思いながら、職場では榊原にしか話していない。自分はいまだに「ママ枠」という言葉に囚われているのかもしれない。

「河津さんちの息子さん、中学の頃から不登校気味で、高校、途中から通信制に切り替えたって。これまでそんな話、全然聞いていなかったから驚いた。河津さんも、奥さんも、結構悩んでいたらしいけど、通信制が合ったらしい。通信制っていっても、校舎はあって、部活もあって、授業も対面かオンラインか選べるシステムなんだって。息子さん、ずっとオンラインだったけど、最近調子が良くなってきて、自分で通いたいって言い出して、大学受験もするって言ってたな」

「へえ」

「あと、真野さんの姪《めい》っこも、事情は聞いていないけど、以前、フリースクールに通っていたらしい。そういう施設、今どんどん増えているんだな。現に、ちょっと話しただけで、周りにふたりもそういう子がいたんだから、世の中、どんどん変わってきているよ。俺たちが子どもの頃には、逃げる場所、なかっただろ。いや、あったかもしれないけど、俺は知らなかった。当時って、学校に通わないっていう選択肢が、かなりやばいことみたいに思われていたじゃん。けど、今は、河津さんの息子さんは『不登校』ってSNSのプロフィールにも書いていて、仲間も多いらしい。そういう感覚みたいなものが、少しずつライトな感じになってきてるって、言っていた。それって、良いことだよな。学校に通うことが苦しくなったらどんどん外のそういう場所を利用して、また行きたくなったら戻るっていうふうに、フレキシブルにすればいいよな。そういう子たちに居場所があって良かったよ」

我が事のように嬉しそうに語る和弥を見て、職場で好かれているのだろうなと感じた。健やかに少年時代を送り、誰かを憎んだり誰かに疎まれたりすることもなく、社会人になってからも屈託なく周囲と交わっていく。世の中、こういう人のほうが多いんだろうな、と思う。

美保は、途中から相槌《あいづち》を打てなくなっていた。

胃の奥にこびりついた泥が、ごわごわと喉もとにせりあがってくるのを感じる。

通信制の学校や、フリースクールの大切さは、言われなくても分かっているし、そういう場所が世の中に存在していることは、和弥に言われなくとも「良いこと」だと思う。だけど、どうしていじめられている晴翔が、大怪我をした上、居場所を奪われなければならないのだろう。

すでに晴翔は老人ホームなどへの社会科見学にも行けなかった。もうじき運動会もある。晴翔を痛めつけた子どもたちが運動会の練習をしているのかと思うと、肺のあたりが痛くなり、呼吸がしづらくなるほどだ。そいつらは、全身をのびのび動かして、走り、跳び、応援するのだろう。絶対におかしい。納得がいかない。晴翔は入院を強いられ、授業も受けられないのだ。いずれ退院してからもリハビリが続く。重田がたびたび持ってくる教材のプリントを保子経由で晴翔に渡しているが、五年生にもなると勉強の内容も難しくなり、ちゃんとついていけているか心配だ。こっちが被害者なのに、一方的に損をしている。

「とにかく、晴翔の気持ちを優先しよう。『飯島さん』についても、晴翔に確認してから、学校に相談すればいい」

和弥の言葉に美保は頷く。だが、どうしても納得できない。やられたほうが損する世界であることが悔しい。

この気持ちを訴えようにも、吐き出し先が閉ざされている。ユトラとネアの母親の、どちらからも返事が来ず、大沼に確認したところ、アプリの中で相互フォローにならない限り、個人的なメッセージは届かないのだという。宣伝目的などのフォロー申請もたくさんくるから、埋もれてしまい、気づいていないかもしれないと、大沼は言うけれど、「気づかないふり」をすることもできる。松村の話にも、ヒントはあった。教室の中には、どうも、晴翔にも非があるという空気もあるようだ。女子対晴翔になっている。そのことについては、先生に話をちゃんと聞きたい。そんなふうになるまで放っておいたのは無責任ではないか。

一方で、母に手伝ってもらうようになって以来、姉の里香からしばしば、メールで連絡が来るようになった。晴翔の様子を気遣う内容が続いていたが、今日はいくらか違った。

〈美保には言うなと言われてたんだけど、お母さん、実は前から目眩と肩のしびれがあったんだよね。連日だと疲れるみたいだから、洗濯物とかも、誰かヘルパーさんに頼めるといいけど、むずかしいかな。私も行きたいけど、お父さん、最近は家の中でも転びかねないしね。和弥さんのご家族に頼める日とかないのかな〉

読んだとたんに気が滅入《めい》った。

たしかに、保子には毎日のように病院に通ってもらっている。今のところ、疲れた様子を見せないが、洗濯物の持ち運びも頼んでいるし、負担になっていないわけがない。

自分も和弥のように晴翔の入院について職場にきちんと話せば、休暇や半休を取りやすくなるだろうが、それでなくとも所長には嫌味を言われることが多く、どうにも話を切り出しにくい。何が大事なのか、何に対して意地を張っているのか、分からなくなる。来週もアポイントや、社内研修などが連日入っており、うまく休めそうなタイミングが見あたらない。


気まぐれな紅葉が季節を先取りし始めて、最近は晴天が続いている。薄いジャケットだとさすがに冷えるけれど、コートを着て歩きまわると汗ばんでしまう、そんな季節の変わり目に、病院所属のカウンセラーとの「フィードバック面談」が予定されていた。

その日美保は仕事を早めに切り上げて、病院へ向かった。

カウンセラーは深山《みやま》という三十手前の女性である。初めて会った時、小柄な彼女は、若いというよりは幼く見えた。スクールカウンセラーとしての経験が数年はあるらしいが、それでも三十歳には届いていないだろう。病院側からの説明でも、このカウンセリングは入院中の「心のケア」のためということで、おそらくは気晴らしの会話程度だろうと美保は思った。

最初のフィードバック面談をした時に、改めてそう確信したのだった。深山は、晴翔がいじめの被害者であることすら把握していないようで、特に同情の言葉も発さず、事故の原因を探ろうともせず、淡々としていた。結局その日は、晴翔がじょじょに入院生活に馴染《なじ》んでいるといった程度の「フィードバック」しか得られなかったので、今回もどうせそのようなものだろうと思っていた。

前回と同じく病院の相談室で、美保は深山と向き合った。窓が広く、居心地のよいソファもある。ここで晴翔も深山と話しているのだろう。

最初深山は、晴翔との会話の内容——最近読んでいる漫画や、病院の理容室で髪を切った感想や、病院食の好きなメニューと苦手なメニューなど——他愛のないことを丁寧に報告してくれた。親や祖母以外ともこうして会話をし、自分の考えや意思を伝えているのだということだけでも美保はほっとし、深山に感謝を伝えた。すると彼女は、穏やかな口ぶりのまま、

「それから、晴翔くんは、ベランダから飛び出したことについては、自分の意思ではなかったと話してくれました」

と、いきなり言った。

「はい」

と、美保は頷いてから、「はい？」と聞き直した。

「そのことについて、親御さんに伝えたいという晴翔くんの考えもありましたので、お伝えしました」

深山は落ち着いた声で言った。晴翔が自殺をはかったわけではないと言いたいのだと気づいて、そんなことは当たり前だ、分かっている、と思った後、美保の鼓動は速くなった。

ということは、つまり……

「つまり、誰かにやらされたってことですね。晴翔は誰にやらされたと言っていましたか。飯島さんですか」

訊ねると、深山のまなざしが一瞬、緊張した。

「飯島さんですよね」

確認すると、

「お母さまはそうお考えなのですか？」

と、はぐらかされる。

「わたしのことはいいんです。うちの子は、飯島さんにずっとやられていたらしいんです」

「お母さまはそのように思われているのですね」

埒《らち》のあかないやりとりの中で、なぜか美保は、やはり飯島明生がそこにいると確認できた。急に体の奥が沸騰したように熱くなった。役に立つような情報を得られる時間ではないと思い込んでいたこの「フィードバック」で、突然大きなヒントをもらえた気がした。赦さない。飯島明生を絶対に赦さない。いてもたってもいられない気分になる。重田ら学校の教師たちに、いち早く伝えたい。先生たちは、晴翔が調子に乗ってやったというふうに思っている節すらあった。和弥だって、最初はそのようだった。保子にいたっては、晴翔が自殺を試みたとまで想像していた。

しかしいまや、病院の心理職から、晴翔が同じクラスの他の子に強いられたという「証言」を引き出したのだ。これを伝えれば、学校も動かずにはいられないはずだ。学校が動かない場合、警察に届けても良いかもしれない。学校はトラブルをもみ消そうとすると、ネットにも書いてあった。

怒りと動揺で呼吸が浅くなってきた美保を見据え、

「お母さま。自分の意思ではないからといって、誰かに強いられたと決めつけることもできないと思います」

と、深山が静かに話しかけた。

「どういう意味ですか」

「お母さまに分かっていただきたいのは、基本的に、セッションの中でのやりとりは、晴翔くんとわたくしのふたりだけの話だから、と最初から晴翔くんに伝えているということです。そうでなければ、晴翔くんは心を開いてくれません。つまり、晴翔くんとは時間をかけて構築しているものがあるということです。どの子もそうですが、子どもが全てを保護者様に話したいわけではないですし、話すべきかどうかも分かりません。そして晴翔くんには、晴翔くんの気持ちが」

「それは、子どものプライドですよ」深山を遮り、美保は言った。「いじめられている時って、いじめられていることを、親には話したくないものなんです。自分が女の子にいじめられていたなんて、晴翔はきっと、すごく惨めな気持ちになったはずですから」

「お母さまは、晴翔くんがいじめられていて、すごく惨めな気持ちでいたと思われているのですね。お母さまが息子さんを心配される気持ちはとてもよく分かります。お母さまが晴翔くんを大切に思っていることも分かります。ただ、子どもたちの心の中というのはとても複雑で繊細なものですから、大人の考えで関係性を単純化したり決めつけたりせず、絡まった糸をほぐすように状況を見ていくことが大切だと思います。ご理解いただきたいのは、わたくしが、普段はクライエントに意見や助言をすることはほとんどなく、クライエントが自らの心の中の最良の答えを見つけ出す手助けをしているということです。今回、晴翔くんがわたくしに話したことについて、他の人に伝えるという選択肢もあると、わたくしから伝えました。伝えたほうがいいと言ったわけではありません。ただ、そういう選択肢もあるね、と話したところ、晴翔くんは、自分なりにしっかり考えて、お母さまにだけ、自分の意思ではなかったことを伝えてほしいと言いました。自分の体を大切に思っているということを、親御さんに知っていてもらいたいという晴翔くんの希望です。

その時自分がそうしてしまった理由については、晴翔くん自身の中にまだ整理のついていない部分があり、本人がまだ望んでいないと思いましたので、わたくしとしましては、もう少し時間をかけたいと思います。晴翔くんは、もう二度とこのような痛い思いをして、お母さまとお父さまを悲しませたくないということです。晴翔くんのその言葉をお伝えしたく、ご報告させていただきましたが、そのことで晴翔くんを追及したり、原因を調べたりする段階までには、もう少し時間が」

「時間、時間、時間って。一体どれだけ待てばいいんですか。こんな怪我をさせられていて。自分の意思でないなら、命令されたに決まっているのに。もしかしたら、誰かに体を押されたり、何人かに、持ち上げられたりしたかもしれないのに！」

想像したら涙が込み上げてきた。

「今、申し上げましたように……」

と、深山が言うのを遮り、さらに声を大きくした。

「そういうのって、警察に言うしかなかったんですかね！　警察に、ちゃんと取り調べをしてもらわないと分からないことなんですかね！」

「お母さま。落ち着いてください」

「落ち着いてなんていられません！」

美保の頭にはすでに血がのぼっていた。

「お母さま」

深山がやわらかな口ぶりで言った。

「晴翔くんは、今現在、安全な場所で、自分の力で自分の体を治そうとしています。食欲も旺《おう》盛《せい》と聞いていますし、手術をしていないほうの足のリハビリを頑張っていて、全体的にとても快復も早い、と。晴翔くん、すごく頑張っていますから、まずは体を治すことに専念しませんか」

「晴翔は仕返しが怖くて怯えているんだと思います」

「お母さまは、晴翔くんが怯えているとお考えなのですね。晴翔くんが心と身体の両方、できる限り健やかに復学するためには、たしかに大人による下支えは必要になってくるとわたくしも思います。晴翔くんが、自分の意思ではないのに、そういうことになったというのは、重要なことですから。復学の際は、バックアップ態勢について、大人たちで考えていきましょう。どちらにしましても退院後しばらくは松葉杖の生活になるでしょう。現実に、付き添いが必要かもしれません。この自治体では放課後に学習補助の教室があるとも聞いていますから、そうした場所で学習のキャッチアップもできるかもしれません」

深山は終始やわらかい口調だが、物事の詳細な説明や具体的な提案は何ひとつしない。話せば話すほど、会話が霧に包まれていくようで、視界が閉ざされたまま終了時刻になる。

すると、

「お母さま。わたくし、できれば晴翔くんともう少し、セッションを重ねたいと思っています」

と深山が言う。

は？　と思う。規定の回数以上に、面談を増やしたいということだろうか。そのために追加の料金が発生するのか。

きれいな部屋でただ向き合って喋るだけのカウンセラーに息子を守ることなどできないと美保は思う。もっと、しっかり聞き出せる人に、経験豊かなカウンセラーに、担当を替えるべきかもしれず、

「考えさせてください」

と、美保は伝えた。


病室に行くと、晴翔はのんきな顔をして、保子と一緒にテレビを見ながらフルーツを食べていた。

保子が好きな刑事ドラマの再放送をやっている。音声はイヤホンで保子だけが聞き、晴翔は字幕を追っているようだ。子どもには難しいものに思えるが、食い入るように見ている。保子が付き添っている間は、いつも同じ番組を見ているからおおよその内容が分かってきているのかもしれない。

こうした難しめのドラマを見るようになったのは、ちょっとした副産物かもしれなかった。晴翔は幼少の頃から本や漫画などの創作物にあまり興味を示さなかった。気に入っていたアニメはいくつかあったが、それよりはゲームのほうを好んだ。大人も見るようなドラマの筋を、文字だけで追えるようになったのだなと感心しながら、美保は売店に行き、保子の好物のあんパンと、晴翔が好きそうなスナック菓子の小袋を買った。健康に良い食べものではないかもし

れないが、特に食事制限はされていない。たまには気晴らしも必要だろう。

買い物を終えて戻るとテレビドラマは終わっており、晴翔は携帯ゲーム機で遊んでいた。やはりゲームが一番好きなようだ。隣で保子は雑誌を読んでいる。

「ああ、美保。はるくんはね、ご飯の後に宿題をやるって言うから、今はちょっと自由時間」

顔を上げた保子は、ゲームをやらせていることに気がとがめたのか、言い訳する口ぶりだった。その目が少し落ちくぼんでいるように見えて、美保は一瞬どきっとしたが、黙っていた。テレビを見たり、雑誌を読んだりと、楽にしているように見えても、往復二時間の病院通いは、七十歳の保子の体力をじわじわと奪っている。

自宅の環境が整い、家族の強い希望があれば、退院して通いで診てもらうことも可能なくらいには、晴翔は回復した。

なにぶん、晴翔の部屋が三階、居間が二階、トイレと風呂が一階という、縦長に造られた家だ。一階に収納用の小部屋があるので、階段の上り下りがしづらいうちは、晴翔にはそこで生活させることも考えているが、上部に換気用の小窓がひとつついているだけの部屋に押し込むのはかわいそうに思う。どちらにしても、食事のたびに居間のある二階まで上がらないとならない。医師と病院職員に、自宅の間取り図を見せ、帰宅させると危険も手間も多くなることを伝え、できるだけ長く病院に居させてもらうよう手はずを整えた。通学について、早急な展開は望ましくないと深山から指摘があり、和弥も登校を無理強いしないよう言い続けた。そのようにして皆で晴翔の心と身体を守ろうとしていたのだが、里香の話と合わせると、入院期間を延ばすしわ寄せは毎日通っている保子に来ているようである。

「そうそう。午前中、リハビリもやってたもんね、はるくんは」

美保が何も言っていないのに、保子が晴翔を庇うような口調で言った。

「そっかー。はるくん、リハビリ、いい感じで進んでるってね。今日はどうだった？」

美保は訊ねた。松葉杖で歩く練習の他、体力を落とさないように軽い筋トレもしていると聞いていた。

「ちょっと待って」

と、晴翔はゲームを続けている。

画面を見ると場内のできるだけ多くのエリアを自陣の色に塗りつぶしてゆく流行りのシューティングゲームをやっている。ちいさな画面を見続けなければならないので、視力が悪くなるのではないかと心配になる。

「ねえ、はるくん。ママがせっかく来たんだから、少し話そうよ」

「だから、ちょっと待って」

晴翔は顔を上げない。

「ねえ。カウンセラーの深山先生って、どんな先生」

構わず美保が訊ねると、

「待って」

と言う。

今、深山先生と話してきたんだよと言いたくなったが、そこはぼかして、

「はるくん、いつも深山先生と、いろんな話をしているんだってね」

と言ってみると、

「深山先生が何か言ったの」

晴翔がようやくこちらの質問に興味を持った。

「ううん、何も。ただ、どんな先生なのかなーと思って」

「いい先生だよ」

「これからも時々深山先生と話したい？」

「うん」

と、頷く。晴翔は深山を、少なくとも恐れたり嫌ったりはしていないようだ。しかも、

「次のセッションいつだっけ」

と、訊ねてくる。声に、明るさがあった。

「いつだろ。あとで看護師さんに確認してみるね。じゃあ、はるくん、リハビリの先生はどんな感じなの」

そう訊くと、今度は、

「普通」

という答えだった。

「普通って？」

「あ、待って」

「厳しいの？」

「だから、待ってて」

晴翔の指と目はゲーム機に吸いついたまま離れない。画面に気を取られている分、繕えない表情は、心の中をより正確に伝えてくれる。

ならば、思い切って訊いてみようと美保は心を決めた。

「同じクラスの飯島さんってどういう子」

その瞬間、晴翔の指の動きがぴたりと止まった。それまで滑らかな動きで順調に獲得していた陣地が次々に奪われてしまう数秒間を経て、

「なんで」

と、晴翔は横顔で訊いた。

「なんでって……、どういう子なのか、ちょっと訊いてみたかっただけ」

指はゲーム機に貼りついているが、晴翔はもう、画面を見ていない。

「ママ、何か聞いたの」

さりげなさを装って訊くその耳に、全ての神経を集中させている。

ちいさな画面の中で、晴翔が獲得していた陣地があっという間に奪われてゆく様子は衝撃的なほどで、逆転負けし、ゲームオーバー。

美保は深く後悔した。ゲーム中に隙を突くようなやり方は、卑怯《ひきょう》だった。

ただならぬ気配を感じたのか、いつの間にか保子も雑誌から顔を上げて、ふたりの顔を見比べている。

「ママ、なにか、聞いたんでしょ。それとも、誰かになにか、言われたの」

美保は、松村から聞いた話を晴翔にするべきか迷ったが、それを言ったら松村との約束を破ることになるし、晴翔のプライドを傷つける気もして、言葉が出ない。深山の名前も、当然出せない。出口のない質問を、考えもなしに、最悪のタイミングでしてしまったことを悔やむ。

「はるくんは、ママが誰から何を聞いたと思うの？」

困った美保がそう訊き返すと、

「知らねえよ！」

晴翔は急に怒鳴った。負けてしまったゲーム機を、それだけが命綱のように強く強く握っていて、その指先は白く、代わりに耳たぶが赤くなっている。

追いつめられた表情の息子を、これ以上見ていられなくて、

「ママが聞いたのはね、その飯島さんていう子が、すごく気の強い、元気な子だって話。たまたまお母さんたちの集まりで、そんなふうに聞いたの。だから、そうなのかなー、って思ったの。それだけ」

急いで取り繕ったが、晴翔の顔は晴れない。指先は白いままだ。

「それより、ねえ、晴翔。今日のリハビリはどうだったの」

話題を戻した。

「歩く練習だけじゃないんだってね。腹筋とか、やるんでしょ。もう大丈夫なの？　この辺も怪我したのに、痛くないの？　よく頑張っているんだね」

明るい声で話しかけたが、晴翔の顔は強張ったままだ。

その気持ちが、美保には分かる。教室の中に、迂闊《うかつ》に名前さえ出しにくい子がいることの耐えがたい恐怖を、わたしはちゃんと覚えている。

いたたまれなくなった美保は、

「あ、そうだ。仕事の電話をかけてこなきゃ」

と言い置いて、その場を離れた。

エレベーター前の通話可能エリアまで来ると、すぐさまスマホを出して、小学校の代表電話にかけた。

校長か副校長か重田か、誰でも良いので話したいと告げ、電話口に出た副校長に、息子は五年三組の飯島明生のせいで飛び降りたようですと一気に伝えた。それは事実なのですかと副校長に確認された。ある保護者からそう聞きました、と嘘をついた。松村の話、深山の話、晴翔の様子。全てを組み合わせれば事は明白だ。学校関係者に真剣味を持ってもらうために話を盛ることへの罪悪感はなかった。

「晴翔の学校復帰に際して、こちらからの希望はふたつあります。特にふたつ目につきましては、準備に時間のかかることだと思いますので、早めに伝えておきたいと思って、本日電話をさせていただきました」

ひとつ目は、飯島明生の保護者に、自分の子どもがやったことと晴翔の現状を伝え、きちんと謝罪をしてほしいということ。

そしてふたつ目は、晴翔が復帰する時に、クラスを替えてもらうこと。それができないのならば、せめて飯島明生やその一派と晴翔が一切接触しないよう見張ってくれる人員を、副担任としてつけてほしいということ。

「なるほど」「うーん」「そうですねえ……」と、副校長の受け答えはどうにも間延びしており、もどかしい。これだけのことを言っているのに、なぜ、はっきりとした返答を渋るのか。さすがに学年の途中でのクラス替えまでは求めすぎかもしれないが、これほどの事故が起こったのだから、副担任はつけるべきだろう。

学校側の煮え切らない態度に美保は次第に苛立ち、以上の要求がかなわなければ弁護士をつけて警察に行きますと、はっきり言った。マスコミにも話しますと付け加えた。すると、副校長はさすがに慌てたのか、早急に対応させていただきますと言った。

電話を切った後で、自分が、血が出そうなくらいにきつくくちびるを噛んでいたことに気づいた。

面倒くさい親だと思われただろうが、子どもがこんな目に遭って面倒くさくならない親のほうが情けないだろう。もはや、どう思われようが、構わないという気持ちでもあった。

病室に戻ると晴翔は漢字のプリントをやっていた。保子が促したのだろう。飯島の名前を聞いた時の緊張はいくらか解けたようだったが、美保を見る目には警戒心が残っていた。それでも「仕事の電話」と言ったためか、何も聞いてはこない。以前から、仕事があると言えば夜でも静かに離れていてくれる、晴翔にはそういうところがあった。

帰宅した美保は今日の電話と同内容のものを文章にし、小学校の公式ホームページに出ていたメールアドレス宛に送付した。電話だけではだめだと、いつも見ているネットの人が言っていた。メールは日時も記されているので記録になる。飯島明生から「強要されて飛び降りたと聞いた」とまで未確認の情報を文章にするのは控え、「晴翔の事故に飯島明生さんが関わっていると聞いた」と、書いた。松村から聞いた話と整合性が取れるだろう。ついでに怪我の診断書のPDFファイルも添付する。こちらは訴えを起こすに十分すぎるほどの証拠である。ここまでのものを送っても動こうとしなければ、弁護士を雇うしかない。学校、トラブル、弁護士、などと入力すれば、ネットの中に専門の弁護士事務所はいくらでも見つかる。学校関連のトラブルを手掛けた経験のあるいくつかの弁護士事務所のホームページにアクセスし、相談窓口の電話番号や、入力フォームなどを確認したことで、少しは気持ちが落ち着いた。今週中に行動に移そうと決める。

その日の夜九時を過ぎて、学校から電話があった。重田からだった。

「本日は副校長のほうにお電話をいただいたようで」

と重田が切り出した。妙に硬く、静かな声だった。

「はい」

美保は短く答えながら、時計を見て、こんな遅い時刻まで職場にいるのかと思った。

「副校長から聞きましたが、飯島さんにそういうことを命令されたとか」

「そうです。飯島明生さんです」

答えながら、ここから先は学校との戦いの様相を呈してくるだろう、と気を引き締めた。

「それを、どなたか保護者の方から伺ったということですが、晴翔さんは何か言っていませんか」

重田はなぜか、晴翔の言葉を知りたがった。

「晴翔はわたしには直接言いません。もしその子を庇って言わないのだとしたら、恐ろしいことだと思います。脅迫されているのかもしれないので」

「ああ……」と重田が深刻げに嘆息をもらす。

「病院のカウンセラーからも、晴翔が学校で、自分の意思ではなく飛び降りなければならない状況に追い込まれているから注意してほしい、学校にも伝えて対策を考えてもらいたいと言われましたから」

深山の話も、だいぶ誇張して伝えた。誇張ではあるが、嘘というほどではあるまい。

「つまり、晴翔さんはまだあまり話せないままだということですか」

重田がもう一度確認した。

その声がやけに落ち着き払って聞こえたため、美保は若干の不安をおぼえた。

「晴翔は、そうですね。カウンセラーに少しは話しているようですが、よほどショックだったのだと思います」

「そうですか。分かりました。あのですね、実はこちらに飯島さんの保護者様から佐久間さんとお話をしたいという提案がありました」

「えっ」

美保は驚いた。謝罪を受け入れろということか。

「分かりました。ですが、いったん、夫と相談します」

「それは勿論、そうしてください。もしよろしければ、一度学校で、わたくしどもの立ち会いのもと、話し合いの場を持とうと思うのですが、いかがでしょうか」

会ってもいいが、そう簡単に丸め込まれるとは思わないでほしい。謝罪を受け入れるかどうかは向こうの出方次第だと、美保は思った。もしかしたら、裁判になる可能性もある。

電話を切った時、暑くもないのに自分が脇に汗をかいていることに気づいた。

一体どうしてこちらが緊張しなければならないのだろう。怖気《おじけ》づいてはいけない。向こうは夫婦で来るかもしれない。和弥には絶対に同席してもらおうと思う。


話し合いは土曜日の放課後に行われることになった。

和弥とともに美保は学校へ向かった。こちらの本気度を見せるために、仕事に行くのと同じスーツ姿にした。長袖でも暑くはない日だった。普段スーツを着ない和弥にもジャケットを羽織らせた。

南側にある正面玄関に比べ、裏側の来客用玄関は薄暗い。スリッパが並べられている。事務室に声をかけると、すでに話は伝わっており、ふだん職員会議に使われているのだろう広い会議室に、スムーズに案内された。

予定時刻の七分前に開けた扉の向こうに多くの大人たちがいるのを見て、美保たち夫婦は少したじろいだ。校長、副校長、重田、その他に保護者と思われる男女が四名。保護者の男性ふたりはスーツ姿、女性はひとりが淡いグレーのワンピース、もうひとりは深緑色のニットにチノパンという普段着ふうの服装だ。飯島明生の親だけが来ると思っていたので、相手はひとりか、せいぜいふたりと思っていたのだが、他の保護者にも声がかかっていたのだろうか。

隣を見ると、同じことを思っているのか、和弥も目を泳がせている。向こうの男性ふたりは和弥よりひとまわりは年上に見える。ひとりは細身でひとりは大柄、どちらも眼鏡をかけ、表情にはどこか隙のないものを感じる。スーツの着こなしといい、落ち着いた表情といい、和弥よりずっと「大人」な佇《たたず》まいだ。アケミという名のせいか、いじめの首謀者と聞いたせいか、何となく親からきちんとしつけされていない野蛮な少女をイメージしていたのだが、どちらが父親だとしても、エリート層の子どものように思われる。そういう視点で子どもを区別することは卑《いや》しい気もし、美保は視線を落とした。経済的に恵まれた子どもでもストレスを抱えていたり悪質ないじめをしたりするということは十分に考えられる。

重田が、和弥と美保に席を勧めた。四人の保護者と向き合うように座る。

会議室に入る前にスマホの録音機能をオンにしていた。ひと言断るつもりだったが、大人数を相手に、なんとなく気圧された気分で黙っている。隠し録《ど》りになるが、もしかしたら何かの録《ど》りになるが、もしかしたら何かの役に立つかもしれない。音を録りやすいよう、スマホをテーブルに載せた。隠し

まず、副校長が挨拶をした。

「本日は、お忙しい中、お集まりいただきまして、ありがとうございます。先日の、その、なんといいますか、起こってしまった佐久間さんの息子さんの大変な事故のことについてですね、学校側でもいろいろと原因を調査していたのですが、こちらの力不足で子どもたちからはなかなか十分に聞き出せない部分が当初はあったのですが、それがようやく、最近少しずつですが、分かってきたことがありましたので、本当に、残念な事故で、佐久間さんの息子さんは大怪我をしてしまって、学校内で起こったことですから、これはもう、いろいろと考えなければならないことではあるのですが、まだ小学五年生の子どもたちが起こしたことですので、佐久間くんが無事に復帰してくれたあかつきには、楽しい学級を……」

いつまでも句点をつけない副校長の話を遮って、

「まずは、紹介していただけませんか。時間も限られていることですし」

と、ワンピース姿の女性が言った。よく見るとワンピースには小花の柄が散っている。こんなフェミニンな見た目に反し、声はきりりと通る。

「はい、それでは」と重田が受けて立ち、「こちらが佐久間晴翔さんのご両親の佐久間さん。こちらが飯島明生さんのご両親の飯島さん」手を裏返し、それぞれを示しながら説明した。そして最後に、深緑色のニットの女性を、

「山根純《じゅん》さんの保護者様」

と、紹介した。

えっ、と美保は心の中で思った。

ヤマネの名前は知っていた。以前「やばいやつ」と晴翔が言っていたからだ。しかし、いつかの松村の反応から、晴翔のいじめには関係のない子だと思っていた。その子の母親が、なぜここにいるのか。

「それから、こちらの方が、ええと」

重田が言い淀《よど》むように手前の男性の前でその手を止める。紹介された細身の男が立ち上がり、

「弁護士の河合《かわい》と申します。よろしくお願いいたします」

と名のった。そこから和弥のところまで歩み寄って名刺を差し出した。

弁護士。名刺を受け取った和弥も、その様子を見ていた美保も、すぐには言葉を発することができない。

「……ええと、はい？」

受け取った和弥が間の抜けた声を出したせいで、美保は恥ずかしくなる。

「ご依頼がありまして、勝手ながら同席させていただきます。かたちだけのことになるとは思いますが、失礼します」

河合は簡潔に言うと、するりと自分の席に戻る。名刺を美保には渡さなかった。

「分かりました。では、早速本題に移らせてください」

美保は言った。なぜ弁護士がいるのかはまだ分からないけれど、動揺するな、受けて立とうと心に決めて、話し始める。

「うちの息子が学校のベランダからの転落で大怪我をして今も入院中だということはご存じですよね。原因が分からずにずっと悩んでいましたけど、今回、ようやく飯島さんのお嬢さんの名前を聞き出すことができました。約束しましたので誰とは言えませんが、同級生の保護者の方が教えてくださいました。また、晴翔はまだ怯えている状況ですが、専門の心理職の方からも、晴翔が自分の意思ではなく、あのような飛び降りを、させられたと聞き出してもらいました」

コツコツコツと音がした。飯島の父親がまるめた指先でテーブルを叩いていた。しかし特に何も言ってこないので、美保はそのまま話し続ける。

「学校のことで、子どもたちの世界のことですから、わたしたち保護者には何が起こっているのか分かりません。しかし、飯島さんのお嬢さんとうちの晴翔の間でなんらかのトラブルがあり、その結果、晴翔があゝいったことになったのではないかと推測しています。少なくとも」

美保は心で息を吸った。

「うちの子が飯島さんのことをひどく怖がっているのはたしかです」

思い切ってそう言った時、自分たちこそ弁護士をつけるべきだったと思った。あちらは弁護士をつけてくることで、こちらを威嚇しようとしているのかもしれないが、本来ならこちらが訴える側なのだ。和弥が及び腰になったせいで、初手からしくじった。しかし、今からでも遅くはないだろう。納得のいかない話をされたら、こちらもすぐに手配すればよいのだ。

重田が、

「そのことで、飯島さん本人に聞き取りをしまして、それから保護者様との面談もしまして、その上で、飯島さん側のお話をですね、佐久間さんにお伝えできればということで、今日はお集まりいただきました」

と、言った。

「ざっくばらんに言いましょう」

飯島の父親が、そこで初めて口を開いた。

机をコツコツ鳴らすことでなんとか抑え込もうとしていた感情が、喋り始めたら一気に溢れてきたのか、分厚いくちびるの端に唾の粒が光り出す。

「『ひどく怖がっている』とか言って、うちの子を恐ろしい子のように言ってますけどね、明生はごく普通の子ですよ。普通の子から見て、恐ろしいことをしたのはそっちなんだよ。明生は、おたくの息子が山根さんに対して言うことやることが、あまりに酷いもんだから、注意せずにはいられなかったって言っている。証拠だってある。ベランダから飛び降りたのは、そっちが勝手にやったことで、うちの娘には関係ないことだ。そのことについては、妻が他の子たちの親にも確認して、ちゃんと証言を集めている。誰がおたくに何を吹き込んだのかは知らないけれど、言いがかりをつけて、うちの子の将来に悪影響を及ぼすようなら、こっちもしっかり対処させてもらいます」

「飯島さん。佐久間さんは今治療中なのですから」

重田が言葉を挟むと、コツコツと激しくやりながら、

「だからそれがうちの娘と何の関係があるのかってことで」

と、飯島の父親ははっきり言った。

美保は、あまりの衝撃に、心臓が早鐘を打つのを聞いた。

――飛び降りたのは、そっちが勝手にやった……

――それがうちの娘と何の関係があるのか……

なんと恐ろしいことを言うのか。

自分の娘と同じ学級の子どもが、一歩間違えば死んだかもしれない事故に遭ったというのに、我が子の快復を待っている保護者に面と向かってこんな言い方をする大人がいるということが、美保には本当に信じられなかった。これは、いったい、自分の娘が責められないための予防線なのだろうか。このような、思いやりもなく、感情を抑えることもできない人間に育てられた子どもが、人の気持ちの分からない冷酷な人間になるのは当然だ。

そう思った時、美保はアケミのやり口を思い出す。こちらが使わない言葉を使って怯《ひる》ませるあのやり口を。

わたしはもう大人だ。ここで口をつぐんだら、相手の思う壺《つぼ》。晴翔のためにもちゃんと言うべきことは言わなければならないと自分に言い聞かす。しかし、よく考えると自分たちの「言うべきこと」とは何なのか。美保は晴翔に起きたことを全て把握しているわけではなかった。

気がかりなこともあった。目の前の男が放った「証拠」や「証言」といった言葉を、美保は当然、聞き逃してはいなかった。まさか、大怪我をして入院している我が子が責められるとは思っていなかったが、いったい目の前の人間たちが何を考えているのかが分からない。さっきから胃壁がめくれあがっているかのように腹のあたりがずっとふるえていて、心を強く持とうとしても、抗議の言葉がすぐには出ない。

静まった場で次の言葉を発したのは、意外にも和弥だった。

「けど、それっていうのは飯島さん側の見解ですよね」

見ると、和弥はいつになく険しい顔で、飯島の父親を睨みつけていた。

「あなたの娘さんは『晴翔が勝手にやった』と言っている。だけど、学校には『飯島さんがやりすぎた』と言っている子もいる。どちらも子どもたちの話だ。本当に何があったのかは、自分たち大人には分からないじゃないですか。起こったことだけを見れば、うちの息子が小学校の教室の窓から飛び降りたっていう事実が残る。うちの晴翔は大怪我をして、入院している。だけどもこちらは、子どもらの間で起こったことは大人には分からないこともあるから、お互いに話し合って、何が起こったのか理解しようと言っている。それなのに、そちらからそんなふうに喧嘩腰で一方的にうちの息子が悪いと決めつけられたら、いい気はしませんよ」

理路整然と話す和弥に、美保は感心した。飯島がコツコツと指を動かしている。いらいらしてきたのだろう。しかし和弥もまた、話しているうちに興奮してきたようで「もし、うちの晴翔が死んでいたら」と、いきなりひやりとすることを言い出した。

「考えたくもないことだけど、そうなっていて、遺書にあなたのところのお子さんの名前が書いてあったら、知らぬ存ぜぬじゃあ済まなかった話でしょう。晴翔がお子さんの名前を遺書に書いて死ななかっただけ、感謝してもらいたいくらいですよ。そうなっていたら、俺たちは、どっかに載せてやりましたからね」

「何を言っているんだ！」

飯島の父親が声を荒らげた。

「まあ、まあ。今はそういう話はやめましょう」

副校長が取りなした。

「すみません。言い過ぎました。自分たちは、そちらを一方的に責めたいわけじゃない。何があったかを知りたいだけなんです」

和弥も素直に頭を下げた。

しかし飯島は、顔を赤くし、

「おまえんとこの息子は何も悪くないとでも思っているのかよ！」

と怒鳴った。

「ちょっと待ってくださいよ。あなたたちは病院でリハビリしているうちの息子をディスりに来たってわけですか」

和弥が言った。

美保は、普段決して弁が立つとは言えない夫が息子のために一生懸命に話す姿に心を打たれたが、同時に言いようのない不安をおぼえた。

――おまえんとこの息子は何も悪くないとでも……

「いったい、誰が言ったんですか」

ワンピースの女が言った。飯島の母親だ。全員が彼女を見る。

「『やりすぎた』って、いったい誰が言ったんですか」

美しく整った顔立ちだが、目の下のふくらみや頰のあたりのもたつきから、自分よりだいぶ年上かもしれないと思う。

「そうだよ、誰が言ったんだよ、うちの子のことをそんなふうに」

飯島の父親も訊く。

「言えません」

考えるより先に、きっぱりと美保は言った。

「言えないんじゃ、話にならないな。そちらの作り話の可能性もあるだろう」

飯島の父親が呆れたように、弁護士の河合に笑いかけた。

侮蔑するようなその笑みに、美保は一瞬迷ったが、晴翔のために涙を浮かべてくれた松村を思い出したら、この感情の振れ幅の大きい飯島の父親にだけは、絶対に名前を伝えてはいけないと思った。そういえば、前島と山口のどちらからもいまだにフォロー申請に答えてもらっていない。大沼も、彼らに強く働きかけてはくれない。誰も彼もが飯島の娘を恐れているのかもしれない。飯島の娘と、この両親とを。

「作り話ではないです」美保はきっぱりと言った。「重田先生はご存じかと思いますが、わたしは仕事の関係でほとんど学校に来られないため保護者の皆さんと横のつながりがありません。作り話をしようにも、飯島さんのことも、名前を聞くまで知らなかったくらいです。今回の事故の件で、これまで交流のなかったある保護者の方が、わざわざ我が家を訪ねてきてくださって、『飯島さんがやりすぎている』と教えてくれました。その保護者の方の名前を言えないのは、その方が『絶対に自分の名前を出さないでください』と強く言ってきたからです。それほどに、そちらのことを、恐れているのかなと思いました。その上で、息子の前で飯島さんの名前を出してみたら、明らかに顔色が変わって、緊張したんです。お嬢さんは、そんなふうに息子から怖がられていると分かったので、言いにきてくれた方のお子さんも」

「言いがかりだ！」

途中で耐えられなくなったのか、飯島の父親は大きな声を出した。

「名前を出してみろよ！　出せないだろ！　嘘ついてるから言えないんだろ！　名誉棄損だぞ！　おい、ちゃんと録音しているな」

飯島の父親は、最後に妻に確認した。どうやら飯島側もこのやりとりを録音しているようだが、自分は不利になるようなことは言っていないはずだと美保は思う。それにしても人は見た目では分からない。大企業に勤めているふうにも見えるこの年配の男の内面は、ただのチンピラだ。妻も自分の夫の暴言を止めもせず、険しい顔でこちらを見つめてくるあたり、似たもの夫婦なのかもしれない。親が日常的にこのような高圧的な態度で子に接していれば、子は萎縮《いしゅく》し、ストレスを抱えたまま学校に来て、より弱い誰かを食い物にもするだろう。

「まあ、まあ、まあ」

と、今度は河合が割って入った。

「佐久間さんがさきほどおっしゃった通り、子どもの世界のことで大人どうしがああでもない、こうでもないと言い合っていても埒があかないんですよ。今のところ、こちらが把握していることは、晴翔くんが山根さんのお嬢さんに対して加害したことを、飯島さんのお嬢さんが『庇った』という点です。……あ、ちょっと待ってくださいね、最後までお話しさせてください。実はこのことで、山根さんのお嬢さんから、僕も話を聞きました。山根さんのお嬢さんは、大人に囲まれると、ちょっと緊張してしまってうまく喋れなくなるということでしてね、僕が代わりに話をして、その時の映像をですね、佐久間さんにちょっと見ていただこうと思いまして、今日は山根さんにも許可をいただいて、こうして持ってきたわけですが」

河合は頬骨のあたりに薄笑いのつやを浮かべながら、タブレット端末を操作した。

そのさまを眺めながら、美保は戸惑い続けている。まず、「加害」という言葉。それから「山根さんのお嬢さん」。お嬢さん。山根は女の子だったのか。飯島も重田も当然のようにそれを受け入れている。そういえば、どうして自分は、山根を男の子だと思い込んでいたのだろう。誰かに山根は男の子だと言われたことがあっただろうか。思い出せなかった。

河合が操作するタブレットから、

――佐久間くんはどういう子？

と、河合の声がした。

画面をこちらに向けられる。ひとりの女の子がいた。口元に笑みを残したまま考え込むように首をかしげるその顔は細長く、どこを見ているのか捉えにくいまなざしがこちらを落ち着かない心地にさせる。

——学校の子。

もじもじと体を左右に動かしながら、山根は答えた。

——そうじゃなくて、どういう子かって訊いてるの。

画面に映っていない誰かが言う。抑制のきいた、低い声。母親のものか。

——じゅんちゃんが、この前お母さんに言ったのと、同じことを、おじさんにも教えてくれる？

河合が丁寧に訊ねると、

——んー。

言いにくそうに、山根は体を揺らし、言わなきゃだめ？　と母親に訊く。

——ゆっくりでいいよ。

河合に言われると、

——ちょっとだけ、こわい時がある。

と、言ってから、申し訳なさそうな顔をした。

——こわいんだね。佐久間くんにどういうことされる時がこわいの？

——んー。叩く時……

——佐久間くんはじゅんちゃんを叩くんだね。ほかには、どんなことされたの？

——んー。

前を見た後、右上を確認するように見る。

——スカートの話をしたら。

と声がかかり、思い出したというふうに、山根の表情が翳《かげ》る。

——しゅかーとを、ぎゅうって。

と言った。

——ぎゅうって？

——お腹を痛くされた。

——痛く？

——ぎゅうって、しゃくまくんが。ここ。

——どういうことか、もう少し詳しく話せるかな？

河合に訊かれると、んー、と言って、山根は照れたように笑う。辛いことを思い出させる質問を重ねる河合に対し、怯える様子もなく、大人に愛されて育ったのだと感じられた。

——佐久間くんはじゅんちゃんのお腹をどういうふうにするの？

——んー。

口ごもる山根を支えるように、

——うちの子のスカートのゴムを後ろから持って、引っ張るんだそうです。こう、ここのゴムを後ろから、しめつけるくらいに、ぎゅうって、こう。

母親の声が入った。おそらく彼女が、自分の服や体を使って、分かりやすく説明したのだと思われる。河合が頷き、

——それは、痛かったねえ。じゅんちゃんは、佐久間くんにそれをされた時、誰かに言った？　そのこと。

と、山根に訊く。

——んー。みんな、笑ってた。

——先生に言ったんだよね。

母親が口を挟む。

——先生に言ったら、どうなった？

——先生が、しゃくまくんと、話した。

そう言うと、山根は、甘えるようにちょっと笑った。うすいくちびるの間が少し開き、小粒の歯が覗く。

——先生が佐久間くんを叱ってくれたんだね。

——ん。

——それで、佐久間くんはもう、じゅんちゃんがいやがることをしなくなったのかな？

——うん。

——でも、蹴られたんでしょ。トイレの前で。

母親に言われ、画面の中の山根の顔が、また翳る。

——トイレの前で蹴られたって聞いたけど、そうだったの？

河合が山根に確認すると、山根はちいさく頷いた。

——どうしてトイレの前だったの？

その質問に答えない山根の代わりに、母親が言う。うちの子が逃げたんです。いつも、佐久間くんに何かされたら、女子トイレに逃げるようにって、わたしがこの子に言っていたので。

思い出すだけで辛くなったのか、母親の言葉は途中で詰まる。

——そっか。それで、佐久間くんから逃げたのか。

表情を変えずに淡々と、だけども優しい声で、河合は山根に確認する。

——佐久間くんから、いつも逃げていたんだね？

画面の中で山根が頷くのを見て、

「分かりました。もういいです」

と、美保は言った。

証拠として録るためか、河合は佐久間くん佐久間くんと何度も名前を繰り返した。そのたびに美保の心は圧されるように痛んだ。最初は、息子の名前を繰り返される苦しさゆえの痛みであったが、画面の中の山根の笑顔が少しずつ強張ってゆくのを見ていることもきつくなった。

しかし、

「待ってくださいここからが大事ですから」

と、河合は言い、その声がタブレットの中の、

——歩道橋の上で言われたことを訊いてもいいかな。

という河合の声と、重なった。

歩道橋？

——学校からの帰りだったよね。佐久間くんは、歩道橋の上で、じゅんちゃんに、なんて言ったんだっけ？

河合はタブレットに指をあてる。わざわざ動画を少し巻き戻して、少し音量を上げて、そうまでしてこちらに聞かせようとする。

——佐久間くんは、歩道橋の上で、じゅんちゃんに、なんて言ったんだっけ？

河合は、答えを知っているのだ。山根の母親はもちろん、飯島夫婦も知っている。

もういいです、と美保はもう一度言いたかった。わざわざ録画を見なくても、うちの子が何と言ったのか、直接皆さんの口から教えてくれればいいので、もういいです。この映像を、もう終わりにしてください。

だが、言葉を出せなかった。隣で和弥がどんな顔をしているのかを窺うこともできなかった。

画面の中では山根が上半身を少し揺らしている。丸まった背をさらに歪めて、前のめりの姿勢になっている。この子にとっても、それは思い出したくない言葉なのだろう。言われた者を竦ませる、太刀打ちできない言葉なのだろう。

――言っても大丈夫だよ。

画面の中で、河合が山根に優しい声で言っている。

それでもまだ少し、不安が残るのか、体をゆらゆらと揺らす。目が合わないのに、彼女の迷いと怯えが伝わる。母親が、

――話してごらん。大事なことだから。

と優しくうながし、それで安心したのか、山根が何かもごもごと言う。

――死ねって……

美保は目を閉じた。滑舌は良くなかったが、はっきりと伝わった。目を開けると、

――そうか。佐久間くんは、『死ね』って言ったんだね。

河合が、これはしっかり録っておかねばとばかりに声を大きくし、そのせいで、山根が怯えた表情になり、それでもなんとか微笑もうとしていた。

――何回、言ったのかな。

――分からない。

――何回も言ったのかな。

――……うん。

――じゃあ、佐久間くんはいつもそういうことを言うのかな。

――うん。歩道橋から飛び降りて死ねって。

山根のその言葉に、美保は心臓が止まるかと思った。和弥が息を止めたのも分かった。

——佐久間くんは、君に、歩道橋から飛び降りて死ぬように言ったんだね。

いや、ちがう。何かがおかしいと美保は思う。晴翔がそんな酷いことを言うわけがない。この子が母親に、言わされているのではないだろうか。怪我をしたのは晴翔なのだ。晴翔だって苦しんでいたのだ。晴翔だけが悪者であるはずがない。

そう思った時、画面の中で山根の垂れ下がったまぶたがふくらんだ。そこからひとつぶの涙がこぼれ落ちるのを、美保は見た。山根は涙を落としながらも、笑った。黒目がちいさく揺れて、習慣で笑顔をつくりだしている健気《けなげ》な表情筋は、いっぱい溜《た》めていた涙がぽろぽろこぼれだすのまでは止められない。

——佐久間くんにそう言われて、じゅんちゃんはどうしたの？

そう訊く河合もさすがに辛そうな表情である。

——ちょっと、やだった。

と、泣き笑いの顔で答える娘を見てたまらなくなったのか、うっという母親の低い呻《うめ》き声が、映像の中に記録されていた。

——そうだよね。嫌だよね。その時、じゅんちゃんを、誰かが助けてくれたんだっけ？

——アケちゃん！

——アケちゃんというのは、同じクラスの飯島明生ちゃん？

——ん。

——飯島明生ちゃんがどうしてくれた？

――アケちゃんが、しゃくまくんを怒った。

――飯島明生ちゃんが佐久間くんに、じゅんちゃんのことをいじめないようにって言ってくれたんだね。

――それで、アケちゃんが、傘で、しゃくまくんを追いかけたんだけど……

そこで山根の顔が暗くなった。山根が何かを言おうと口を開きかけた時、映像が静止する。その視界がぼやけていたことに、美保は気づく。とっさにうつむき、膝をおおうスカートの皺を見た。他に見るものがなかった。その皺もまた、涙で滲《にじ》んだ。

「証拠」と飯島の父親が言ったのを思い出した。

これが、「証拠」か。ならば彼らは今、勝ち誇った顔をしているのかもしれない。「証拠」そのものに立ち会った河合は、冷たい目でこちらを見ているだろう。教師たちは、自分の息子に全く非がないと信じる愚かな夫婦にようやく現実が伝わったと溜飲を下げているのではないか。

テーブルの上に並ぶ顔を想像し、目の奥に涙を引っ込める。

美保は顔を上げた。「でも」と口を開く。

「うちの子が、本当にそんなことを言ったという証拠はあるんですか」

＊

朝晩ぐっと冷えこんで、さすがに通勤時にコートが手放せなくなった頃、晴翔は無事に退院した。その後自宅でしばらく安静にしていたが、年内に荷物を移し、年が明けた今は美保の実家で過ごしている。

家族三人で暮らしていた家は、階段ばかりで不便が多かった。共働きの夫婦のために保子が通いで面倒を見に来てくれていたが、いかにもしんどそうだったし、里香からも案ずる連絡が何度か来た。夫婦で相談し、美保の実家に母子で居を移した。

こちらで仮住まいを始めてみれば、晴翔が階段を使わず安全に生活できるようになった上、美保の通勤も楽になった。それまで都心の家から地下鉄と路面電車を乗り継いで勤務先の営業所へ一時間以上かけて通っていたが、今は自転車で十五分の距離である。

こうした利便性に加え、この家なら晴翔がさびしい思いをしなくて済む。日中、そばにじいじもばあばもいるし、近くに住む里香も訪ねてくる。美保の父親の六朗《ろくろう》は足を悪くしてから家にこもりがちであったが、晴翔とだとちょうどいいペースで歩けるらしく、散歩もするそうだ。将棋の相手にもなると喜んでいる。予備校講師の里香は、受験シーズン真《ま》っ只中《ただなか》のこの時期、「晴翔と会うと癒《いや》される」と言ってくれる。

今日も、美保が帰宅すると、下着姿の晴翔が片手をあげて、脇の下の痣を里香に診てもらっているところだった。そばには六朗もおり、テレビがつけっぱなしで賑やかだ。昔からインテリアにこだわることもなく、出しっぱなしの物に溢れた雑駁《ざっぱく》な居間だったが、美保と晴翔の私物が増えて、ますます色の統一感がなくなった。料理の名残のような、古い毛布のような、謎の「実家のにおい」はどこからくるのか。そのにおいの構成要素のひとつでもあるのだろう、十年前に預かった縞々《しましま》の保護猫コムギが、バラエティ番組を流すテレビの下のお気に入りの場所で眠っている。

「あ、おかえり美保。今日はね、晴翔とじいじと、三人でお散歩したよ。晴翔、新しい松葉杖に慣れなきゃだしね」

里香が明るく言った。

「ほら、もういいから、パジャマを着なさい」

六朗が言い、はーい、と晴翔は素直に従う。暖冬とはいえ隙間風に晒される木造建築だ。暖房は効いているが、薄着で過ごせるような室温ではない。

「でもまだ晴翔、汗かいてるんだよね」里香が言う。「前の松葉杖だと脇が痛くなっちゃって、それでこの間、ここがやわらかいタイプの松葉杖に替えてもらったんだけど、まだ少し痣が残ってるの。でも今日結構歩いて、だいぶ慣れたね。だって上水公園まで、頑張っちゃったんだもんねー」

「里香ー」

台所から保子が顔を出し、里香を呼んだ。

「ああ、美保、帰ってたんだね。じゃあ自分たちの洗濯物を持っていってちょうだい。里香、こっちを手伝って」

保子に呼びかけられ、

「はーい。今行くね」

里香が立ち上がり、

「よっこらしょ」

と、六朗も腰を上げた。

晴翔が、

「じいじ、大丈夫？」

と、手をのばした。

そのなにげない言葉ととっさの動きに、急に目の奥に熱いものが込み上げてきて、美保は気づかれないようにまばたきをする。

今見たものはじいじを案ずる孫の表情、聞いたのは晴翔の口から自然にこぼれた優しい言葉だった。

こんなに思いやりのある子がどうして……。美保には今も分からない。


小学校の会議室で山根の動画を見せられたあの日の衝撃を、いまだに忘れてはいない。

——うちの子が、本当にそんなことを言ったという証拠はあるんですか。

美保がふりしぼるようにそう言った直後、飯島の父親が「ふざけんなよ！」と怒鳴った。それればかりか彼は身をのりだして美保に殴りかかろうとした。美保が身をのけぞらせると同時に飯島の父親ののばした足がテーブルにあたり、母親が持参していたペットボトルが倒れた。ふたをしていなかったため、中のお茶が勢いよくテーブルに広がる。何やってんだよ！　と飯島の父親は母親に軽く手をあげ、空気が一瞬にして引きつり、さすがの父親も自分の挙動をきまり悪く感じたのか途中で黙った。

ある意味、飯島の父親の愚かな行動のせいで、美保の、口にすべきではなかった発言が薄まったともいえる。どこかから布巾を入手して戻ってきた重田と、ハンカチを取り出した飯島の母親とがテーブルを拭いた。美保も持っていたティッシュで拭いた。仕切り直しとなったテーブルの上で、学校関係者たちが、咳払《せきばら》いをしつつ気難しい顔を作り直し、いじめ防止だの今後の指導上の注意点だの、会議で決まったとかいう内容を順に述べ、話し合いはお開きとなった。

最後、和弥がわざわざテーブルを回って山根の母親に近づき、声をかけて頭を下げた。

申し訳ありませんでした、本当に、申し訳ありませんでした、ちいさな声で何度も繰り返す和弥の真正面で、山根の母親は目を真っ赤にしていた。和弥の顔は、周りにいる学校関係者たちには見えていたが、美保からは見えなかった。山根の母親が何度も頷いていたところを見ると、和弥は泣いていたのかもしれない。

一方、美保は決して頭を下げず、下げないことで先生たちに愚かな親だと嗤《わら》われているだろうと思ったが、よく見れば重田の顔は痛々しいほどに青ざめており、その目は山根の母親同様に真っ赤であった。校長と副校長も同じく沈痛な面持ちだった。学校関係者が誰ひとり晴翔や自分たちを責める様子でないことに、美保は虚を衝かれたが、彼らの表情を見ても、頭を下げたりはできなかった。大怪我をしたのは晴翔なのだ。入院したのも、手術したのも、リハビリに耐えているのも晴翔だ。これは大人たちによって仕組まれたものではないかという考えが、拭《ぬぐ》えなかった。

もしかしたら晴翔は何か誤解させるような行動をとったのかもしれない。そもそも、言われていたような酷いことを、晴翔が自らやったとは思えない。誰かにやらされていたのならば話は別だが……。彼らが一方的に晴翔だけを悪者にしたことに、どうにも納得がいかず、美保はどうしても謝罪できなかった。

「分かりました。顔を上げてください」

山根の母親が和弥に言った。

許すはずだった自分たちが、許されるかたちになって、話し合いは終わった。

和弥の真摯《しんし》な謝罪により、もはや美保の感情は用済みとなったかのように扱われていた。

会議室を出る時、

「佐久間さん」

と、美保は呼ばれた。

すぐ後ろに飯島の母親がいた。

「息子さんが退院したら、どうかちゃんと、抱きしめてあげてください」

彼女はそう言った。美保はなんとか平静を保って頷き、はい、と、喉の奥を鳴らすように軽く答えたが、無言のまま帰宅して靴を脱いだ後、上がり框《がまち》に腰を下ろしたまましばらく立ち上がれなくなったのは、結局のところ最後のそのひと言が原因だったと思う。

「美保のせいじゃないよ」

狭い玄関で、美保と視線を合わせるようにしゃがみこんで、和弥は言ってくれた。

「もしも誰かのせいだというなら、俺の責任だ。美保が仕事で忙しいって分かっていながら、子育てのほとんどを美保任せにしていた。あいつに、そういう、弱い者いじめをするようなところがあると、もっと早くに気づいていたら、俺だって……」

「違うの」

美保は言った。

「違う？」

和弥に訊かれる。

「どうして和くんは、あんなに簡単に謝ってしまったの」

美保の言葉に、和弥の表情が固まった。

「どういう意味」

「よく考えてみたら、まだ分からないじゃない。はるくんだけが悪いなんて、まだ分からないじゃない。飯島明生の母親に、なんでわたしが『お願い』されなきゃなんないの？　ばっかみたい。あっちにこそ、絶対、相当問題があるはずなのに」

「飯島さんが正しいとは言わないけどさ、晴翔におおいに問題があったことも、今回分かっただろ」

「だってわたしははるくんをちゃんと抱きしめて育てたつもりだよ。家族旅行もいろいろしてたじゃん。ＵＳＪとかマザー牧場とか、北海道にも行ったよね。人んちのこと、何も知らないくせに、勝手にあの子を放置していたみたいに決めつけられるの、耐えられない。それに、あの人たち、はるくんのこと、一方的に悪者扱いしていたけど、はるくんが何もしない子に対して意地悪をすると思う？　むしろはるくんが、何かされたのかもしれない。歩道橋のことだって、怪我をしたのははるくんなんだよ。大人は誰も現場を見てないのに、どうして、あんな動画が証拠になるの」

「美保、待てって。おまえもあれ、ちゃんと見たよな。映ってた子のこと、見たよな。山根さんだっけ？　あの子が嘘をつくと思うのか？」

言いながら、和弥のしたまぶたは涙でふくらむ。らくらくと、そんな顔ができる夫が憎い。

「和くんこそ、なんで決めつけるの。ああいう子こそ、大人に言われて、嘘をついたり、作り話をするんだよ」

「ああいう子？」

和弥が訊き返した。信じられないものを聞いてしまったというような、愕然とした顔をしている。その表情を見て、何か良くないことを言ってしまった気がしたが、虚《むな》しく動くくちびるを止められない。

「あの子なりに、はるくんのことを悪く言えば、大人たちに褒められるって思ったのかもしれないね。それか、もしかしたら、リハーサルしてたかも。台詞《せりふ》が決まっていたのかもしれない」

「やめてくれよ」

「だって！　怪我をしたのははるくんなんだよ。はるくんは被害者なんだよ。はるくんが飯島明生か誰かに山根さんをいじめるように命じられたのかもしれないでしょう」

「もうやめろって！　美保。親だからこそ晴翔をちゃんと知るべきじゃないのか？　晴翔が俺たちの子なのと同じように、山根さんだって、あのお母さんの大事な子だろ。晴翔じゃなく、他の子の話だと思って山根さんの言葉を聞いてみろよ。女の子のスカートで腹をしめるとか、歩道橋から飛び降りるように言うとか、どんな子だ？　そういうことを平気でする奴は、将来犯罪者になるんじゃないかと、俺は思うよ。『そういうことを平気でする奴』が、俺たちの子なんだよ。あいつとちゃんと向き合うべきは、俺たちなんだよ」

「和くん、ひどい。はるくんのこと、そんなふうに言うなんて」

見せられたものをまっすぐに見て、容易く丸め込まれた夫が悔しかった。

絶対にまだ、わたしたちが知らされていないことがあるはずだ。大人にとっては思いもよらない、しかし晴翔にとっては切実な、何か、重要なものを見落としていると思えてならない。


その後、夫婦は話し合い、この件で晴翔と話し合うのは退院してからにしようと決めた。問題はあったにしても、あの子は一度学校のベランダから飛び降りている。親から叱責された晴翔が、ひとりきりの時間に、何をするか分からない。また同じことをしたら……。想像するだけで肝が冷えた。

体の快復を待ってから、家族全員がそろった場で、時間をかけて丁寧に彼の言い分を聞こう。

山根のこと、飯島のこと、自分のこと。晴翔の口からしっかり話を聞き、事実を知ってから、今後のことを考えよう。それが夫婦で決めたことだった。

飛び降りた理由を頑なに隠すのはなぜか、美保にも分からない。会議室での話し合いの後で重田から「調査の最終結果」の連絡をもらい、誰かが晴翔に命じたわけではないというのが結論だと教えられた。ならば、晴翔は自発的に飛び降りたということになるのか。そこだけは、晴翔はカウンセラーの深山に、直接否定している。そのため美保は、小学校からの最終結果には不信感をおぼえた。しかし、話し合いの場であの動画を見せられた以上、調査のやり直しを強く求めることはできなかった。

こうなったら、晴翔自身に話してもらうしかないのだが、それについても不安はある。和弥には言っていないが、自分が息子のことをちゃんと信じられるのか、自信がない。なぜなら、晴翔にはこれまで何度となく嘘をつかれているからだ。

それらの嘘は全て、他愛のないものである。誰かを貶《おとし》めたり、事件を引き起こしたりするような、深刻な内容ではなかった。だから、あまり気にもとめていなかったのだ。

記憶に新しい嘘は、去年の秋。展覧会で自分の絵が金賞を取ったと晴翔が言った。すごいじゃないのと美保は褒めた。展覧会が平日だったので、見に行けないことを伝えた後のやりとりだった。

当日、運よく仕事が早めに終わったので、ぎりぎり入場時間に滑り込むことができた。美保は晴翔の絵を探したが、その途中で別の子の絵に金賞のマークがついているのを見た。担任の教師にそれとなく確認したところ、晴翔は何の賞も取っていなかった。美保は何かの勘違いだったのだろうというくらいにしか思わず、その件で晴翔を問い質すこともなかった。

しかしその夜、「展覧会に行ったよ」と美保が伝えると、晴翔の顔色が変わった。まばたきが速くなり、焦りながら必死に頭を回転させている。

最初は自分が金賞に選ばれたけど、その後、下書きに鉛筆を使っていることが分かって審査がやり直されて金賞ではなくなったのだと晴翔はまくしたてた。何も聞いていないのに、一方的に晴翔はその話をしてきた。なんだかよく分からないが、そうなのかと美保は半信半疑で頷いた。しかし、「このことを先生に訊いたらだめだよ、その話はもうしないことになっているから」と晴翔が不自然な文言を付け加えたため、「嘘でしょ、それ」と、美保は少し笑ってしまった。「最初から金賞じゃなかったんでしょ」問い詰めるつもりではなく、金賞だろうが、そうでなかろうが、別にそんなものはどうでもいいのだという意味を込めて、軽く言ったつもりだった。

しかし、「嘘じゃないよ」と、晴翔は真顔で返した。

どう考えても嘘でしかないことを認めようとしない晴翔に、それなら先生に確認するよと試せば、泣かれた。泣きながらも、絶対に嘘ではないと言い張る晴翔の意地の意味が分からず、嘘をつくと人は離れて行くよ、とか、信頼されなくなるよ、といった、常識的な範囲内の正しい注意をした。怒鳴らなかったし、手をあげもしなかった。あくまで冷静に、美保は諭した。

しかし晴翔は声をあげて泣き続けた。

この件を美保がよく覚えているのは、晴翔が嘘をついたこと以上に、あんなに激しく泣くのが珍しかったからである。だが、今思えば気にしなければならないことは他にあった。それは、晴翔が最後まで自分の話を嘘だと認めなかったことだ。

美保は、これまで真偽を確かめなかった晴翔の自慢話を思い出していった。親切な人コンテストで一位になった。理科のテストで学年一位になった。遠足で班長になった。オリエンテーリングで一等賞になった。……晴翔は時々そのようなことを言った。

だが、学期の終わりに配られる「あゆみ」に書かれている先生からの評に、晴翔が話したことは全く書かれていなかった。班長になったと言っていた遠足については、先生から「副班長として頑張りました」とコメントされていた。そのことについて晴翔に訊いたら、先生が間違えたんだ、と言った。思えばその時のやりとりも、金賞の話によく似ていた。先生は間違えたが、そのことを先生に確認してはいけないと言うのである。なぜこんなに分かりやすい嘘をつくのだろうと美保は不思議に思った。嘘はいけないと説教したが、晴翔は認めず、そのままうやむやになったやりとりが、他にもいくつかあったように思う。どれも悪意のない他愛もない、ちいさな自慢話だった。大人だって、場を盛り上げるためにちょっと話を大きくすることはある。そう思って、深刻にとらえずにいた。嘘だと分かればそれなりに注意をしてきたつもりである。だが、晴翔がこれまで、自分が嘘をついたと一度も認めていないことについては、ちゃんと考えていなかった。

週末、美保は和弥のいる自宅に戻った。先週はレンタカーを借りて晴翔と一緒に帰ったのだが、両親が家事や片付けばかりやっていたので退屈だったらしく、この日晴翔は実家での留守番を希望した。

買い出しと片付けを終えた後の遅めの昼食で、

「そういえば『グリーン舎』の話、あいつにしてみた？」

と、和弥に訊かれた。

グリーン舎は、和弥の同僚の親戚が通っていたというフリースクールだ。たまたま、美保の実家の最寄り駅からふた駅の場所にあり、保子が付き添えば通えそうだった。

「うん……退院前にちらっとはね。でも、全然乗り気じゃなかったから、それ以降はしていない」

「真野さんが、晴翔が入舎を考えるなら自分の名前を出していいって言ってくれたよ。舎長にも話しておいてくれるって」

「えっ。和くん、真野さんにどこまで話したの」

「晴翔が今、学校に行けてないことを相談したよ」

「行けてないって……、だってそれはまだ怪我が治っていないからでしょ」

美保が語気を強めると、和弥は、不思議そうに美保を見た。何を言われているのかよく分からないという顔だった。

「晴翔はまだ不登校になっているわけじゃないのだし」

言い訳するようにそう続けながら、自分がなんでこんなことを言っているのか美保も急に分からなくなった。

冷静に見て、晴翔も家族も、ものすごく追い込まれている状況なのに、自分はまだあの子は不登校ではないと思おうとしているのか。夫の同僚に対して、何の見栄《みえ》をはろうとしているのか。この先どうしたらいいのか分からないまま、実家に仮住まいをしているあやふやな身であるのに。

黙り込んだ美保に、

「じゃあ、ホームページだけでも見せてやってよ。あいつが興味を持たなければ、別にいいし」

と、和弥は言った。久しぶりにふたりで会ったのだから、夫婦の会話をしようと気を配ってくれているのだろう。美保は、気持ちよく仕事をできている客の話をした。以前、美保の提案で金庫を替えた家の山田夫妻だ。最近、電話で防犯カメラの追加の依頼があった。

「その家って、すでに何台かカメラついてたんじゃなかったっけ」

前に話していたのを覚えていて、和弥が言った。

「うん。だから、急ぎじゃないんだけど、娘さんの指摘で死角に気づいたから、追加したいって言ってくださって」

「死角?」

「最近の強盗のニュースを見ていたら、そのやり口が、電柱を使って二階の窓から忍び込むものだったらしくて、娘さんから二階にもつけたほうがいいんじゃないかって」

「強盗は怖いけど、すぐ対策してくれるのはありがたいなあ」

「ありがたいよね」

この夫妻の仕事を初めて受けた時に、「安全を、知識とお金で得ていく時代」なのだと思った。決して安くはないカメラを「いくらあっても困ることはない」と複数台設置してくれるこの夫妻と親思いの娘さん。前回訪ねた時、夫妻は娘さんと防犯カメラの映像をアプリで共有しているのだと嬉しそうに報告してくれた。

「本社にいた頃は、結局数字の処理みたいな仕事がメインだったから、全体的に漠然としてたんだけど、こっちに移ってきて、アイズオンが守っている人を目の当たりにするようになったのは大きいよ」

「直接、感謝もされるしね」

「うん。仕事はきついけどね、ドタキャンする客もいるし」

「こっちも、呼び出されて行ってみたら誤作動だった、は珍しくない」

「そこはペイされるでしょ」

「うん。それに、誤作動のほうがほっとするからな。自分たちが暇なら、安全なわけだし」

「それだよね」

部門は異なるとはいえ同じ会社に勤める者同士としての会話は久しぶりで、なんだか気分が明るくなった。

その夜、美保が実家に戻ると、和弥が早速美保のスマホに「グリーン舎」のホームページのURLを送って来た。美保は晴翔に声をかけ、一緒にそれを見た。

だれがきてもいいよ
毎日じゃなくてもいいよ

丸みをおびた優しいフォントで書かれたトップページの言葉を見て、

「学校なのに、行く曜日が決まってないってこと？」

不思議そうに晴翔が訊いた。

「どうなんだろうね。フリースクールっていうくらいだから、自由なのかもね」

答えながら、美保は、ホームページの下のほうにちいさな文字で書いてあった、「不登校の定義」という文言を読み直していた。

【なんらかの心理的、情緒的、身体的あるいは社会的要因・背景により、登校しないあるいはしたくともできない状況にあるために年間30日以上欠席した者のうち、病気や経済的な理由による者を除いたもの】

これが、文部科学省が定めている「不登校の定義」なのだという。

和弥から最初に話があった時、美保はひとりでこのホームページを見ていた。不登校に定義があると、これを読んで知ったのだ。

その時美保は、晴翔には骨折というれっきとした理由があると思った。だから「病気や経済的な理由による者を除いたもの」という記述には当てはまらない。まだ不登校とはいえない。そう思った時、まだやり直せるのではないかという考えが湧いた。本物の不登校になる前に、普通の子に戻れるのではないかと。

「『おにぎり会』だって」

晴翔の声がした。

「これ」

画面をスクロールしていった晴翔の指先に、子どもたちの写真があった。顔にはふんわりとしたぼかしが入っているが、小中学生と思われる五人の子どもがエプロンをつけておにぎりを作っていて、ぼかされたその顔が、笑顔であるのが伝わった。

「へえ。楽しそうね」

同じくらいの歳の子たちと交わって、語り合ったり学んだり作業をしたりすることがどれほど大切か、その笑顔から伝わってきた。

グリーン舎に行くことにすぐ踏み切れなかったのは、根っこに、晴翔がこのまま小学校に通えなくなることへの怖さがあったからかもしれない。不登校になることが、普通の子ではなくなることのように思えてしまった。我が子が学校であんなに大きな怪我をしたのに、何に拘《こだわ》っているのかと自分でも呆れる。

こんな状況になっても、いつか晴翔が元に戻って楽しく小学校に通えると信じたくなってしまう理由の奥には、里香の「登校拒否」が根深く残っているからかもしれないと、ふいに思った。

子どもの頃、泣き叫ばんばかりに里香にきつい言葉を浴びせていた保子の横顔を、今も思い出せる。

——どうして学校に行けないの。熱もないのに、なんで。他の子はみんな行っているのに。美保だってちゃんと通っているのに。あんたはどうして怠けているの。情けない。恥ずかしい。

あれを聞き続けることで、学校に通うこと、友達とうまくやること、それが子どもとして最上の状態であると、自分は長いこと植えつけられてきたのかもしれなかった。たとえいじめの順番がいつ回ってくるかと常にはらはらしていても、友達に操られるようにして人をいじめることに慣れてしまっていても、学校に通っていて、表向きだけでも友達がいる状態のほうが、「登校拒否」をしている姉よりもずっとましだ、と。

いつの間にか、晴翔の膝には縞々猫のコムギがいた。怪我をして以降、正座をすることができなくなり、晴翔は斜めに座っている。そこにコムギが丸くなっていた。晴翔はごく自然に、優しい手つきで撫《な》でている。コムギはすっかり安心している。

「ママ」

と、晴翔が顔を上げた。そしてはっきりとした口ぶりで、

「ここに行ってみたい」

と言った。

美保は自分の心が久しぶりに上向くのを感じた。

晴翔が新しい希望を告げたのは、いつ以来だろう。骨折というれっきとした理由がある？　だからまだ不登校とは定義されていない？　普通の子に戻れる？

自分がとてもくだらないことに拘っていたと気づいた。


晴翔がグリーン舎に通い始めて二週間が経った。

美保は件の山田夫妻の家で、新しいカメラ設置箇所の写真を撮った後、費用やスケジュールの説明をしていた。併せて二階の窓ガラスを、割れても飛散しにくい複層ガラスに変更することになり、見積もりの金額は当初の予定よりもだいぶ大きくなった。

一通りの説明を終えて、そろそろお暇《いとま》しようかと思った時、ドアホンが鳴った。美保の勧めで設置した自動録画機能つきの画面で来客を確かめた夫人が、

「きょうちゃんが来たわ」

と、明るく声を弾ませて、いそいそと玄関へ向かっていく。

「娘が近くに住むようになってから、こうして時々いきなり孫を連れて来て、ご飯だけ食べてくんですよ」

やれやれといった口ぶりの夫も、顔をほころばせている。

「お孫さんもいらっしゃったんですね。賑やかでいいですね」

「婿さんも結構遊びに来るんですよ」

夫の自慢気な苦笑いに、絵に描いたような幸せな家族だなと思いながら、

「では、わたしはそろそろ失礼しますので、ご挨拶だけさせてください」

美保は荷物をまとめ、トレンチコートを手にして立ち上がった。

廊下から、

「今ね、ちょうど『アイズオン』の方がいらっしゃってるの。前に話したでしょ、金庫をいいものに替えてくれた佐久間さん。えっちゃんが心配してくれたカメラの件でも……」

と説明する山田夫人の声と、何やら小動物が走ってくるようなとことこという愛らしい足音が聞こえてきて、居間のドアが開いた。美保よりいくらか若そうな母親と、幼稚園児くらいの男児が入ってきて、家の中が一気に気ぜわしく明るくなる。

「じいじ！」

と、声をあげた男児は知らない人がいることに気づいて動きを止める。代わりに母親が前に出たので、

「佐久間です。お邪魔しております」

美保が一礼すると、母親は頭を軽く下げたが、男児がふたたび走り出したので、きょうちゃん待って、とすぐに追う。

「お孫さんですか、可愛いですね」

美保は言った。そうでなくともお世辞は言うつもりだったが、くりっとした目にさらさらとした髪の、本当に可愛らしい男の子だった。

「腕白ざかりなんで、大変」

山田夫人も嬉しそうに目を細めている。

「ではわたし、このまま失礼しますね」

美保はいそいそと玄関に向かった。

「佐久間さん、いつもありがとうございます」

夫人に笑顔で送り出され、朗らかに頭を下げてから駅へ向かって歩き出した美保だったが、すぐに気が重くなった。事務所に戻って、所長に報告を上げなければならないからだ。

このくらいの時間に終わったら普段は直帰するのだが、今日はそういうわけにもいかない。また何か嫌味を言われるのではないかと思うとうんざりする。この歳になってまだこんな思いをしなければならないなんて、情けないが、どうしても所長が苦手なままだ。

事の発端は先週金曜の夕方だった。夕方のアポが先方の都合でキャンセルになったので、美保は、グリーン舎に晴翔を迎えに行って一緒に帰ろうと考えた。送迎を里香に任せており、美保は現地を訪れたことがなかった。

ホームページにあった地図を頼りに訪れたスクールは、こぎれいなビルにあった。中心スペースに机や椅子やホワイトボードが配置されていて、そこは塾の一室のようにも見えたが、すぐ隣の部屋にはソファやテレビがあり、壁一面が棚になっていて書籍やボードゲームが置かれるなど、レクリエーションスペースとなっている。

通っているのは小学生から高校生まで計三十人ほど。部屋は全て出入り自由、週一、週三、週五とコースが分かれており、費用も異なる。午前中は自習がメインだが、中高生には勉強のキャッチアップのために希望制のミニ授業もある。午後は主に部活動と団欒《だんらん》に充てられる。常勤の先生以外に、曜日によってはチューターが来ていて、質問することもできるし、一緒に遊ぶこともある。校則にがんじがらめにされて疲れてしまった子も少なくないので、ゆるく自由な雰囲気を前面に出しているそうだ。

晴翔は週三回のコースで申し込みをしたのだが、里香が車で送迎できる日にだけ通うことにしたため、入舎して二週になるこの時も、まだ数度しか通えていなかった。

美保が初めて迎えに行ったその日、晴翔は笑顔を見せた。

「あれ！　ママ、来れたんだ！」

と、大きな声で言い、先生やチューターに「ママが来た！」と何度も報告した。

美保は、晴翔を引き取ったら近くのファミレスで待ち合わせて、里香の車に乗せてもらって帰ろうと思っていたが、珍しく晴翔が電車で帰りたいと言った。里香に連絡し、晴翔と一緒に電車に乗った。晴翔にとっては、退院後、初めての電車だった。ほんのふた駅だったが、美保は緊張していた。だが、晴翔は体を支える松葉杖の使い方にだいぶ慣れ、思った以上に歩みは速く、揺れる電車の中でもうまくバランスを取って立とうとした。途中で席を譲ってもらうと、しっかり礼を言った。なんだか成長したなと思い、そう伝えるとはにかみ顔で横を向いた。それから、休み時間に上級生とボードゲームをしたことや、復習テストで満点を取ったことなどを、話してくれた。最寄り駅から実家までの途中、コンビニに立ち寄り、どら焼きを買って帰った。晴翔とこんなふうに和やかに話したのは久しぶりだった。

週が明けて昨日、定例会議も終わりに近づいた頃、そういえば、と所長は美保を名指し、金曜の直帰の理由を訊ねた。

「十六時からの打ち合わせ、キャンセルになっていたでしょう。それも、直前じゃなく、午前中の連絡だったってね。先方からリスケの連絡が来て、事情を聞いたんだよ」

隠し玉を出すかのように、所長は突然突きつけてきた。

「あ、はい」

「『あ、はい』じゃないでしょ。先方があなたと話したいって言うから、こっちはあなたに連絡したけど出ないしね。それでスケジュールを調べたら、ひとつ前のアポは十四時で、現場確認だけなら十五時過ぎには終わっていた。どうして事業所に戻らなかったの。体調でも悪かったわけ?」

美保はとっさに榊原を見たが、彼女は何かの資料に目を落としており、顔を上げない。

その日は、直帰する旨、榊原にだけメッセージアプリで伝えていた。晴翔と一緒にいる時に会社から着信があったことに後から気づいたが、すでに定時を過ぎていたし、着信が残っていただけで留守録が残されていなかったため、あまり気にせず、そのまま今日まで忘れていた。

「自宅で報告書を書こうと思って帰宅させていただきました」

「あなたの判断で?」

「はい、すみません」

「だからね、すみませんはいいけど、あなたみたいな年長者が勝手にそういうことをやってると、他の所員も『そういうズルしていいんだー』ってことになるでしょ」

ズル。頬が熱くなった。

「直帰が悪いわけじゃないの。けど、定時が五時半だっていうのは、決まりでしょ。ルールでしょ。勝手な判断で、俺に連絡もなくさ、キャンセルになったっていう報告だって、たまたま先方からリスケの確認があったからこっちが知ったわけで、連絡がなかったら、誰も知らないままだったわけじゃん。それ、どう考えてもズルでしょ。本来なら、早退じゃないの」

榊原に伝えていたことをこの場で話そうか、一瞬迷ったがやめた。それでは榊原を責めるように聞こえてしまう。彼女は自分の監督者の立場ではないし、どのみち定時前に帰ったことも、会社からの着信を無視したことも、事実だった。

「分かりました。すみません。では、早退ということにしてください」

「え、なんか俺、おかしなこと言ってる？　どう思う？」

「本当に申し訳ありませんでした」

皆の前で頭を下げた。他の所員たちにいたたまれない思いをさせていることが辛かった。

以前から、歯を食いしばるようにして愛想良くしても、営業成績を上げても、状況は変わらなかった。所長は何か少しでも美保の上に立てる機会があれば見逃さずにつまみあげ、皆の前であげつらう。なるべく丁寧に受け流すようにしてきたが、心は少しずつ踏みにじられた。

以前、榊原から、所長は美保が本社採用だということをいまだに妬《ねた》ましく思っているんじゃないかと言われた。人間って、まさかそんなに分かりやすく嫉妬《しっと》するものなのだろうかと思うが、本当にそうかもしれない。

幸い、所員たちは美保に同情的だ。所長に意見できないことを皆が申し訳なく思っている雰囲気も伝わってくる。だが、誰ひとり所長に対して真っ向から意見したりはしないし、美保を庇ったりもしない。結局は皆の安心材料にされている気がしてくる。

会議の後、所長の目のないところで、保育園児の父である所員からは「ドンマイですっ」と慰められた。帰り際に独身の女性所員からは「大丈夫ですか?」と心配された。どちらの言葉もありがたいものだが、美保を助けはしない。

事業所採用のその女性所員からは「とりあえず、顧客との重要なやりとりは所長に『CC』を付けておくといいですよ」と言われた。「あの人、全部自分が把握しておきたいタチなんで」アドバイスのつもりなのかと美保は内心でいらついた。自分のやり方を責められているような気がしたからだ。でも、そんな気持ちは顔に出さない。慎重にやっていこうと、自分に言い聞かす。

のらりくらりとやっていくのだ。分かりやすいミスさえしなければ、所長だってむやみに自分を貶めることはしないだろう。自分は近々本社に戻る身なのだし。

そう思いながら、美保は営業所へと向かう。だが、所長に報告をあげなければならないことを考えるだけで足が竦む。契約を取れた報告なのだから、萎縮する必要など全くないのに、面と向き合うことが怖い。定例会議の時、榊原はなぜ、自分に連絡があったことを所長に伝えてくれなかったのだろう。考えたくないのにどうしても考えてしまい、止めようもなく心が重たくなる。

今日も晴翔はグリーン舎に通っていることを考える。大怪我をし、入院していたあの子が、今、嫌がったり怖がったりせずに行ける場所がある。金曜日にお迎えに行ったのは良いことだった。正しい判断だった。もう一度同じチャンスがあったら、わたしは同じようにすると思う。「ママが来た!」と、先生とチューターに報告した時の晴翔の顔。無事に乗り降りできた電車。帰り道で買ったどら焼き。あの時間のために、働いているんだ。自身にそう言い聞かせて、マフラーの中でくちびるを嚙み締めた。

思いもかけないメールの受信に気づいたのは、翌朝のことだった。

会社のメールアドレスに届いたそのタイトルは「ご連絡」というもので、妙に当たり障りがなく短いその文言は、かえって異質な感じで目についた。

タイトル:ご連絡

本文:

佐久間美保様

お世話になっております。お名刺のメールアドレスへ個人的にご連絡する失礼をお許しください。

昨日は防犯カメラの件で私の実家へ御足労いただき、ありがとうございました。

以前より佐久間さんのことは両親から聞いていましたが、苗字が変わっていたので母も私も気づいておりませんでした。佐久間さんはお気づきだったかもしれませんが、大変失礼いたしました。覚えていらっしゃるかわかりませんが、私は同級生の山田江梨子です。昨日お会いした時、私からはすぐに声をかけられず、その後、家族で話し合いまして、やはり担当を替えていただいた方が良いのではないかということになりました。無論、クレームという形ではなく、貴社の営業担当者が家族の旧友だったことがわかり自宅の内部等を詳しく知られるのは恥ずかしいためと、貴社のカスタマーサポートセンターへは別の理由をお伝えしております。今後の工事の予定等が迫っていることから早めに対応した方が良いと判断したため、佐久間様へのご連絡が遅くなりましたことをどうかご容赦ください。

それでは失礼いたします。返信は不要です。山田

読み終えた美保は、束の間ぽかんとした。

山田江梨子。

エリ?

小学五、六年生の二年間だけ同じクラスだった少女。短い期間ではあったがアケミにやられていた、あの子。

突然担当を替えるというのは一体どういうことだろう。昨日、何か、失礼なことをしてしま

ったのだろうか。それとも、まさか……

小学校の時のことを恨まれているのだろうか。

きっとそうだという思いと、なんでわたしまでという思いとが、心の中で交わった。たしかにアケミの圧力には逆らえず、彼女を仲間外れにした。助けを求められても、味方をすることができなかった。

そのことについては、本当に申し訳なかったと思っている。いじめの雰囲気にのまれてしまって、どうすることもできなかった。わたしも皆と一緒になってあの子を無視した。仲間外れにした。

だけど、と美保は言い訳をしたくなる。すでに三十年近くが経った今、それは、こんなふうに突然担当を替えられるほどのことであろうか。周りの力関係に抗《あらが》えず流されただけの少女を、今になって責めるのか。野々村はともかく、江梨は、少なくとも暴力をふるわれたりはしていなかった。大人になり、こちらは仕事でたまたま彼女の両親と関わった。時間をかけて信頼関係を築いてきた。それを、突然担当を替えるだなんて。反応が、あまりにも子どもっぽいではないか。

美保はあの家で挨拶をした時の、彼女の姿を思い浮かべようとした。居間に駆け入ってきた子どもと、そのお母さん。一瞬だった。挨拶をしたはずだが、子どもの様子に気をとられ、母親の顔を注意深く見なかった。彼女は、江梨は、子どもと一緒にすぐに部屋から出て行った。あの時、失礼だったのは、どちらかといえば江梨の態度ではないか。それとも……

あの一瞬でこちらがかつての同級生だということに気づいたのか。背筋がひやりとした。わたしに気づいて、すぐにその場を離れたのか。

メールボックスを見ると、新担当にあてられた所員からもメールが来ていた。こちらは引継ぎを乞《こ》う連絡だった。文面は若干そっけなく、仕事を増やされたと思っている節さえ伝わってくる。形式的な礼を書きつつ必要なデータを添付ファイルで送った。

江梨からのメールをそのまま放置しようかとも思ったが、やはりそういうわけにもいかない。どうしても気が治まらない。美保はひとつ深呼吸してから、山田夫妻の家へ電話をかけた。担当交替の連絡と、これまでの礼を、社会人として淡々と伝えようと思ったまでだ。

夫人はすぐに電話に出た。しかしこちらが名前を告げたとたん、ちいさく息をのみ、黙る。ヒュッという彼女のその息が聞こえた瞬間、美保のくちびるは固まり、うまく話せなくなった。

この人は、娘から何を聞かされたのだろう。あることないこと大げさに言われ、娘可愛さに信じたのだ。そう思うと悔しさのあまり顔が熱くなったが、それでも美保は仕事として、できる限り丁寧な口調で引継ぎの話と今後の予定を伝えた。

向こうからプツッと音を立てて強めに電話を切られた時、想像していた以上にショックを受けた。これまではいつだって通話を切るタイミングを探すのが難しいくらいに饒舌《じょうぜつ》な人だったのに、ここまで態度が変わるとは。

やはり恨まれている。夫人の切り方で、よく分かった。それほどまでに、江梨にとって小学校時代は黒歴史なのだろう。

分かってもらいたいのは、江梨のその気持ちの、一番の理解者がわたしだということだと、美保は思った。江梨はきっと、美保がアケミの被害者だったことを知らない。自分だけが悲劇のヒロインだと思っている。その誤解をこんなふうに仕事にまで持ち込んで、一方的に仕事を取り上げるとは。

美保は江梨に向けて急いで返信を書いた。

タイトル：Re: ご連絡

本文：

お世話になっております。

メールを拝読しました。

ご指摘いただくまで気づきませんでしたが、山田さんの御宅は江梨（昔の呼び方をさせてね）の実家だったのですね。ご両親様には大変お世話になりました。金庫に不具合があって取り替えさせていただくなど、色々とご迷惑もおかけしましたが、その後は弊社の商品に問題はないでしょうか。何かお困りなことがありましたら遠慮なくお聞かせください。

いただきましたメールの件ですが、私としましては、まさか江梨とこのように再会できるとは思っていなかったので、拝読して本当に驚き、懐かしくなりました。

小学校時代は色々と大変なこともあり、私は中学から私立に行きました。（そのあたりのお話を、いつかさせていただきたいです。当時は私にも色々なことがありました。）

もし宜《よろ》しければ新担当への引継ぎの際に、改めてご挨拶に伺わせていただければと思います。その時にお目にかかれますと幸いです。どうぞよろしくお願いいたします。

佐久間美保

返信不要と書かれているのに、なぜこのような文章を書いているのか、自分でも分からなかった。このまま離れてしまえば、このわけの分からない苦々しさを一生抱えることになる。

そう思って送信ボタンを押すと、その日の夕刻に返信が届いた。

タイトル：Re:Re: ご連絡
本文：
佐久間美保様
わざわざ来ていただくには及びません。ベランダのカメラ設置につきましては細かいところまで全て決まっていると聞いておりますので問題ないかと思います。失礼いたします。返信不要。

文章の硬さから、相当恨まれていることが分かった。

しかし、誤解されたままこの関係を終わらせるわけにはいかない。自分なりに真剣に向き合い、誤解を解きたいと思った。美保は何度も推敲《すいこう》し、時間をかけて書き上げたメールを送信した。

タイトル：Re:Re:Re: ご連絡
本文：
お世話になっております。
お返事ありがとうございます。
返信不要と書かれているのに、たびたびの連絡を、ごめんなさい。ですが、最初にもらったメールをもう一度読み直して、江梨は、少し誤解しているのかもしれないと思い、どうしても返事を書きたくなりました。勿論、江梨が誤解するのも仕方ない状況だったと思います。でも、これだけはお伝えしたいと思いました。
小学校時代の私たちは、途中までは仲の良い友達だったよね。そして、あえて名前は出しませんが、同じグループにとても怖い子がいて、私たちはみんな言いなりだった。その子が始めたいじめで、クラス中が荒れていました。正直私はその子のことが怖くて、江梨から距離を置かざるを得なかった時期があった。そのことはちゃんと覚えています。反省もしています。あの時は、私もいじめられるのが怖かったため、怯えながら学校に通っていました。江梨が同じクラスになる前に、私もその子にいじめられたことがありました。ずっと辛くて私もあの場所にはなじめなかったため、中学から私立に行きました。こうした事情を知ってもらいたい、いつかお互いの辛さなどを話し合えたらと思いました。

江梨のご両親様は本当に素晴らしい方で、担当中にはお世話になりました。どうか宜しくお伝えください。そして、すぐには無理だと思いますが、いつか会って当時のことなどざっくばらんに話せたら嬉しいです。佐久間美保

すぐにメールが返ってくるかと思ったが、翌日も翌々日も、江梨からの返信はなかった。

二月に入り、久しぶりに雪が降った。と思ったら、その翌週は春のようにあたたかくなり、昼間に散歩した六朗と晴翔から、上水公園の桜が早咲きしたと報告があった。

受験シーズンのため、毎日のように来ることはできなくなっている里香だったが、ある日、晴翔と両親が寝た後、ウォーキングをしようと言ってきた。夜に歩くなんて久しぶりのことで、なんで、と笑いながらも、少しなら悪くないと思った。たまたま内勤の日で、それほど疲れていなかったし、里香がそんなふうに誘ってくれるのは珍しかった。

少女の頃から夜型だった里香にとって、予備校の仕事は天職のようである。出勤が午後からなので、学校で働いていた時よりもずっと頭が回ると言った。今年は模試の作問を多く引き受けた分、受験生の受け持ちを減らしたので、入試の時期である今も、割と落ち着いて過ごせているという。最近は、昔に比べて浪人生の割合が減った一方、現役生の推薦入試の割合が増えて、年明け前に進学先が決まっている子も多い。わたしたちの時とはだいぶ違うねと、そんな世間話をしながら馴染みの道を歩いてゆく。夕方うっすら雨が降ったせいで、アスファルトの一部はまだ濡れていて、街灯があたると白く光った。雪には変わらなかった。

「晴翔と最近話してる？」

比較的明るい国道を駅のロータリーまで歩き、Uターンして家へと向きを変えた時、里香に訊ねられた。

「はるくんと？　話してるよ」答えてから、なんだか解せぬ気分になった。「なんでそんなことを訊くの」

「昨日、晴翔がちょっとグリーン舎で友達と揉めたの聞いてる？」

「え、揉めた？」

「うん」

ふたりの歩みが同時に遅くなった。姉は最初からこの話がしたかったのだと分かった。

「やっぱり、晴翔から聞いてないよね」

「何、あの子。友達と喧嘩したの」

不安を隠すように、美保は軽い調子で返す。

「喧嘩っていうか……。この話は、美保にはしないようにってお母さんから言われたんだけど」

「お母さんに？　なんで」

「そりゃあ、お母さんなりに美保を心配しているからでしょ。お母さんは、美保に余計なストレスをかけたくないんだよ。晴翔以上にあんたを心配してるんだもの」

「わたしを？」

「そうだよ。最近少しましになってきたけど、実家に帰ってきた頃の美保、げっそりして、やばかったもん。わたしも心配でさ、手伝いに来る日を増やしたんだよ。晴翔のほうは病院で太って、顔色もいいくらいだけど」

意外な指摘に美保はすぐには言葉を返せなかった。

居候してからしばらくの間、仕事から帰宅すると保子がテーブルいっぱいに料理を並べて待っていた。孫のために頑張ってくれているんだと感謝していた。里香がしょっちゅう来ていたのも、甥《おい》っ子に会いたいからだろう、と。

「ごめん。ふたりにそんなに心配かけていたの、知らなかった」

「それは別に構わないんだけど、わたしが話そうと思ったのは、晴翔のこと」

自宅に到着した。しかし姉妹は玄関前で立ち止まったまま、どちらも目の前の戸を開けないでいる。そう広い戸建ではない。玄関の横が晴翔の寝ている和室だ。壁も薄い。室内では話せない内容を、今から聞かされると分かり、美保は緊張する。

「最初から説明するとね、グリーン舎の初日に晴翔にいろいろ教えてくれた男の子がいたの。その子、中学生で、背も高いんだけど、どことなく弱っちい感じがあったんだよね。なんていうかさ、自分に自信がないっていうか、何もしていないのに先回りしてぺこぺこ謝ってしまうような。分かるでしょう？　そういう感じ」

なんとなく、嫌な予感がした。

「その日、わたしが迎えに行った時、晴翔はその中学生と机で向き合って自習していたんだけど、ちょっと見てたら、晴翔が顔も上げないで『定規～』って言ってさ、そうしたら中学生の子がすぐに立ち上がって、机の周りをぐるっと回って、文房具が入れてある棚のほうに取りに行って持ってきてくれたんだけど、晴翔、その子にお礼も言わないで当然のように受け取ったの。わたしが注意したら、は？　って感じで、なんで注意されたのか分からないようだった。その後、中学生にお礼はちゃんと言ったけど」

「あの子、ちょっと空気読めないところがあるから」

「そういうことじゃなくて」里香はため息をついて、「あのね、わたしが言いたいのは、晴翔は、なんていうか、舐《な》めていい相手を見抜くとこがあるってこと。そういうの、危ういなってわたしは思う。だけど、その危うさを本人にどう伝えればいいのか分からない。結局、誰にでも親切にしなさいとか、何かしてもらったらお礼を言いなさいとか、そういうざっくりした注意しかできなかった。

それでね、昨日お迎えに行ったら、グリーン舎の先生から晴翔がしぼられてたの。

話を聞いたら、中学生の子のバッグについてたキーホルダーを晴翔が引っ張って壊しちゃったんだって。なんかね、ゲームのキャラクターのもので、限定品なんだってさ。晴翔、自分のカバンに一回だけつけてみたかったって言うの。取ろうとしたけど外し方が分からなかったからつい引っ張っちゃったって。でも、中学生の子が泣いてたから、わたし、その子にとってすごく大事なものを、晴翔が雑に扱ったんだろうなってぴんと来た。それで、先生に頼んで、晴翔はしばらく先生のいるテーブルで、勉強することにしてもらった」

「えっ、なんでそんなこと勝手に頼んだの。せっかく晴翔が通えるようになったのに」

美保が言うと、

「そういうところだよ」

にこりともせず里香が返した。

「わたしは美保に、晴翔を厳しく叱ってほしいわけじゃないんだ。ただ、晴翔をちゃんと見てほしいって思う。今だから言えるけど、晴翔がまだちいさかった頃、晴翔を全然叱らない美保に甘やかしすぎだってわたしが言ったら、美保、すごく怒ったよね。『はるくんはいつも保育園でいろんなことを我慢しているんだから、家にいる時くらいリラックスさせてあげたいの』って。それでわたし、美保に晴翔のことを何も言えなくなった。お母さんは、美保は心のどこかに自分が働いていて子どもに時間を割けないっていう負い目があるんじゃないかって、言っていたけど……」

「何それ。わたしの知らないところでふたりでそんな話をしていたの」

頭にカッと血がのぼる感覚があった。しかし美保の様子を気にすることもなく、里香は「すごく不思議なの」と静かに話す。「美保は普段、わたしよりずっとちゃんとしているし、頭も良いいし、バランスのいい社会人なのに、晴翔について何か言われると、すぐむっとするでしょ。子どもがいないわたしには、分からない感情なのかもしれないけど、自分の子どものことを人に指摘されると、そんなに傷つくものなの？」

「知らないよ。ていうか、お姉ちゃん、ひどい。晴翔がこんな目に遭って、わたしもボロボロなのに、どうしてこのタイミングでそんなこと言ってくるの」

「それは、ごめん」

「晴翔はまだリハビリ中なんだよ。もしかして、晴翔に悪いところがあったからいじめられたっていうの？　ベランダから飛び降りさせられても仕方ない子だったっていうの？」

美保が言うと、「しっ」と里香はあたりを窺うように声を低くした。静かな夜闇の中でもくっきり聞こえる囁き声で続ける。

「そんなこと誰も言ってないじゃない。晴翔はたったひとりの甥っ子だもん、わたしだって可愛いよ。可愛いから、幸せになってもらいたいと思うから、そのために美保の協力が必要だと思うんだよ。本当はお母さんだって同じ気持ちだけど、お母さんは晴翔以上に美保の体調を心配しているから、何も言わないでいるだけで」

「キーホルダーのことは、悪かったと思うけど、その子、中学生でしょ？　晴翔はまだ小五なんだよ」

「相手が中学生なら何してもいいというの？」

「そういうわけじゃないけど」

「わたしはただ、人を見て態度を変える人間に、晴翔にはなってほしくないんだよ」

「でも晴翔は今こんな状況だからストレスがたまっていて……」

と、そこまで言った時、何か心の奥を過《よぎ》るものがあって、美保は途中で言葉を止めた。

隣にいる姉を、改めて見た。ずっと目を合わせながら話していたはずなのに、街灯の薄明りの中で、彼女の顔が青白く、そのまなざしがどこか不安げなことに、気づいた。姉が、姉妹の仲に亀裂《きれつ》が入ることを覚悟の上で、この話をしてくれているのだと分かった。

——自分の子どものことを人に指摘されると、そんなに傷つくものなの？

その質問は美保の心の中から響いた。

そうか、晴翔を悪く言われると、こんなにわたしは傷つくのだ。

自分について何か言われた時よりもずっと、いたたまれなくて、苦しくて、まるで背中じゅうに針を立てるハリネズミみたいに、じっとしながらも心を逆立て、誰の意見も聞けなくなる。

「お姉ちゃん」

じゃあどうしたらいいの？　という質問が喉のあたりに込み上げる。でも、それを空気に触れさせることはできない。

妹の気持ちをくみとったかのように、うん、と里香はちいさく頷いた。

「晴翔だけじゃなくて、子どもって、学校の人間関係の中で自然にもたらされる欲や恐怖で精神状態がちぐはぐな感じに尖ってしまうことがある。わたしは、子どものそういうところを怖いと思う子どもだったから、よく分かるんだよね。どの子も、ひとりひとりは普通の子なのに、集団になると怖くなることがある。だからわたしはいつも、普通の子が怖かった。でもさ、『普通』ってなんだろうね。みんなも怖かったのかな。わたしは学校に行けない時期があったよ」

その時期のことを、美保はよくおぼえていた。里香は、母親に泣かれても、脅されても、頑なに学校を休んでいた。あの世界から里香は逃げ、あの世界に自分は馴染もうとした。

「今もまだわたしの心の中には、その頃のわたしがいるの。子どもが怖かった子どものわたしが。何食わぬ顔で高校生を教えていても、そういう生徒が、時々怖い。わたしはもう大人だし、講師だから、気取られないようにはしているけれど。そういう怖さが、晴翔にあってさ。わたし、この間の晴翔を見て、怖いと思ってしまったんだよ。赤ちゃんの頃から知っている、たったひとりの甥っ子を、怖いと思ってしまった。グリーン舎で、中学生に定規を取りに行かせたとこ。それから昨日のキーホルダーの件。現場は見てないけど、中学生の子が泣いてる横で、晴翔、むくれてて、仕方なかったんだって言い訳ばかりして、その子の気持ちが全く分かっていないみたいで、わたしはやっぱり怖いと思った。迷ったけど、あの子のそういうところを、美保はちゃんと知ったほうがいい」

学校の会議室で見せられたタブレットの中の山根を思い出す。あの時の話は、姉にも母にもしていない。和弥とも、あの日以来、話題にしていない。だからといって、なかったことにはならない。山根は晴翔を怖がっていた。そして今、姉が教えてくれた。晴翔は誰かに怖がられる子だと。姉が自分の心の奥底を見つめて、そこにいるちいさな少女をてのひらにのせて、そっと差し出してくれた大切な言葉だと分かった。

「美保はいいお母さんだと思うよ」

里香が言った。

「だけど、退院してから、腫れ物に触るように晴翔に接しているところがあるよね。肝心なことを、晴翔に何も聞かないでいる。もしかして、晴翔がまた自分で自分を傷つけるかもしれないと恐れている？　わたしは、もうそんなことはないと思うよ。晴翔は大丈夫。強い子だし、じいじやばあばに優しいし、それにあの子、美保と和弥さんのことが大好きだから。あの子、いつも夕方になるとそわそわする。ママが帰ってくるって思って、嬉しくなっちゃうんだよ」

ふいにあたりの空気が少し明るくなった。

ちょうど雲間から月が顔を出したところだった。少し欠けたその月は、乾き始めたアスファルトを静かに照らし始めていた。雨上がりの湿り気のある空気の中で、地面が小刻みに揺れながら光っているのを、きれいだなと美保は思う。少し涙ぐんでいるのかもしれなかった。焦点が合わないまま、姉妹で夜の住宅地の光を眺めている。

「寒いよね。入ろ」

里香が、姉らしい優しい声で言った。

「お姉ちゃん、中でお茶でも飲んでく？」

誘ってみたが、里香は大丈夫と言い、靴を脱がなかった。「明日早いから、もう帰らなきゃ」そう言うと、玄関先に出しておいた自分の荷物を肩にかけて、そのまま自分の車で帰って行った。

両親も晴翔も、皆が寝静まった静かな家。軽めのウォーキングのはずが、思いのほか長くて、重かったなと思う。けれども美保は自分の心の奥に何かやわらかく灯《とも》るものを感じていた。聞かされた話は決して楽しい内容ではなかったし、覚悟を迫るものでもあった。それでも最後に里香は、晴翔が強い子だと言ってくれた。両親を愛している子だと言ってくれた。里香が嘘をつかない人だということを、美保は知っていた。嘘をつかない人だから、学校に行けなかった。一度、家族でゆっくり話そう。和弥、晴翔、わたしの三人で。

とっても痛くて苦しい振り返りにはなるだろうが、いつまでも逃げてはいられない。時期は来たのだと思う。

今思っていることを和弥にも伝えようとスマホを起動した。

「あ……」

と、ちいさい声がもれる。

ずっと音沙汰のなかった江梨から、再会に応じるメールが届いていた。


江梨に告げられた店は、彼女の実家からも美保の事業所からも遠く離れた都心のターミナル駅直結のビルの飲食店街に入っていた。

昼休憩の一時から二時までという時間帯をピンポイントで指定したことは、昔の同級生のために割ける時間はここしかないという強い意志の表れのように感じた。それでも、会ってもらえることにほっとした。美保は江梨との約束のために、前もって半休を申請した。この機会を逃したら、もう会えないかもしれない。なぜかそんな気がした。会わなければ誤解を解くことができない。

遅刻をしてはいけないと思って、かなり早めに行った美保は、満席と告げられて店の外で待つことになった。待っているのは美保ひとりだったので、すぐに順番が回ってくるかと思ったが、しばらく待っても席はあかなかった。このままずっと座れなかったらどうしようかと思っていたら、一時少し前に、いっせいに客が出て行き店はすいた。オフィス街の昼休みの時間だった。

すっきりと広くなったそのレストランの、窓ガラス越しに線路を見下ろせるとても良い席に案内されたけれど、約束の時刻を十分過ぎても江梨は現れなかった。連れが来たら食事を頼みますと言って、先にセットのアイスコーヒーだけ頼んだ。

江梨に会ったら、あの時期の自分もとても苦しかったんだと、告白しよう。江梨ならきっと分かってくれる。自分の苦しみに理解を寄せてくれる。ふたりでアケミの悪口で盛り上がってもいい。わたしたちはあの子にさんざん苦しめられたのだから。

そう思った時、スマホにメールが届いた。

タイトル：Re:Re:Re:Re:Re: ご連絡
本文：緊急の仕事が入ってしまい、そちらに伺えなくなりました。お時間を取っていただいたのに申し訳ありません。

美保はつい「ええー」と声に出してしまった。

もう少し早く連絡をくれていれば……と思った。こちらは半休を取ってこんなに遠くまで来たのに。

緊急の仕事と書いてあるが、そういえば江梨が今どこでどのような仕事をしているのか聞いていない。これまでのメールを見直したが、フリーアドレスから送られてきており、社名付きの署名などもなかった。

ちいさくため息をついてから、美保は江梨にキャンセルを承知した旨を書き送り、再調整の候補日も添えた。昼食を注文し、ひとりで食べ終え、思いつきでレジ前にあったクッキーを買って店を出た。

昼過ぎの電車はすいていた。座席にすわり、何度もメールをチェックしたが、仕事が忙しいのか、江梨から返信はこない。保子に家の様子を訊ねると、晴翔は問題集の課題を解いてから、じいじとテレビを見ているという返信がくる。それならば、実家に帰る前に、自宅に寄って行こうと考えた。

商店街で、以前よく買っていた総菜を買う。日持ちしそうな、火の入った中華だ。

週末のたびに帰っているので、格別懐かしい感じはないが、開錠すると玄関に和弥の靴があるのが見えたので、音を立てないように気をつけて閉めた。おそらく夜勤明けで睡眠をとっているはずだ。身を滑らすようにしてそっと中に入る。

玄関の水槽では、デストロイヤーが相変わらず逞《たくま》しく泳いでいる。ただ、水槽の水が濁っているのが気になった。餌のやりすぎかもしれない。

この水槽には、最初、五匹の金魚がいた。去年の夏、祭りで晴翔が巧みに掬い捕ってきたのだ。出目金、赤白、赤、赤、黒。飼いたいとせがまれた。

生き物を育てるのは教育になるだろうと思い、大きめの水槽を買った。水を入れたら大人でも簡単に持ち上げられないくらいの大きさだったが、魚五匹がストレスをためずに生活できる最低限の大きさだとペットショップの店員に勧められたのだった。その中に、晴翔がペットショップの水槽の見様見真似で砂や石や水草などを入れた。柄も大きさもばらばらの五匹はひらひらと美しく泳いだ。

飼い始めて数日後に赤いのが一匹死に、間をおかずに黒いのも死んだ。残った出目金と赤と赤白の計三匹は、ふた月ほど生きたが、年越しを待たずに出目金と赤が死んで、気づけば赤白一匹だけになった。

水槽は、「魚五匹がストレスをためずに生活できる」大きさのはずだったが、それなりにトラブルはあった。赤白が最初から、周りの金魚をつついて回っていたのだ。

金魚にも性格があるのだろうか。見たところ他の四匹は他の金魚に対してそんなことはしない。赤白だけがやるのだ。

その赤白が最後に残ったのを見て、魚の世界はシビアだなと夫婦で話した。攻撃的なやつが残るんだな。その話の流れで和弥が冗談半分に赤白を「デストロイヤー」と呼んだ。直訳すれば破壊者という意味だが、かつてアメリカに同じ名のプロレスラーがおり、見た目が似ていると言う。金魚に似ているプロレスラーなどいるのだろうかと思って調べたら、たしかに金魚っぽいマスクをかぶっており、美保もつい笑ってしまった。

大きい水槽に一匹というのはあまりにもがらんとしていて、デストロイヤーとはいえ寂しいかもしれないと思われ、和弥が晴翔を連れて、魚を取り扱うペットショップへ行った。

こうして年明けから新しく加わったのは、ヒレが長めの可憐《かれん》な赤白三匹だった。「コメット」という種だそうで、デストロイヤーによく似ていた。和弥と晴翔は、同種の魚なら、さすがのデストロイヤーも仲良くするだろうと考えたのだ。

しかしそんなことはなかった。すでに水槽の主になっていたデストロイヤーは、新参者たちが入るなり、次から次へと追い回した。餌をきちんとやっても、その習性は治らなかった。

よく見比べると、デストロイヤーは腹がまるく、尾びれが短く、コメットたちとは若干異なる見てくれだった。画像検索すると、どうやらデストロイヤーは「更紗和金《さらさ》」のようである。専門家に見てもらったわけではないから定かではないが、そんなきれいな名前の魚でありながら、つねにコメットたちをつつく性質は、種によるものなのか、個体差なのか、美保たちには分からなかった。

結局、そのコメットたちも長生きできなかったので、ならばと同じ更紗和金を二匹足したが、夏休みを待たずに彼らは弱り、別の水槽に移したりしたものの、傷つけられた体では長生きできなかった。

それきり他の金魚を買ってはいない。デストロイヤーはまるまると太り、今もふてぶてしくもゆるゆると、濁った水の中を泳いでいる。

しばらく水槽を見ていた美保は視線を玄関に移した。

今はほぼひとり暮らしであるというのに、和弥の靴がいくつも転がっていて、きれいとはいえない玄関だった。隅のほうには晴翔や自分の靴も置いてある。靴箱がいっぱいで、入らないのだ。古くなった靴をなんとなく捨てないでいるからだ。

靴を端に寄せて、少しは玄関を整えたものの、人を迎えるための気配りが全く窺えない廊下に埃《ほこり》がたまっているのを見て、げんなりした。階段も同じだ。ポケットティッシュを取り出して、一段一段拭きながら二階へ上がった。

居間はすっかり冷え込んでおり、驚くほど暗い。すぐに暖房のスイッチを入れた。

住宅密集地に建っているペンシルハウスは、周りの建物も似た構造、同じ高さであるため、あたりの壁に阻まれて窓から日がさす時間が限られている。冬の午後は、なおのこと暗い。普段はこの時間に美保は家にいなかったし、休日は電気をつけていたから、居間の暗さには無頓着だった。

こんなに暗い部屋だったのかと、なんだか心がしめつけられるようで、時計を見ると、まだ午後四時前。晴翔が毎日ひとりで帰宅してきた時間だ。

床の真ん中に、取り込んだまま放置されている洗濯物の山があった。和弥の荷物も放り出されたままだ。台所に回ってみると、そこは片付いてがらんとしている。これは和弥が自炊を全くしていないからだろう。

それにしても、週末に予告して帰るのと、平日に突然訪れるのとでは、家の空気が全く違う。

毎日ここにひとりで帰ってくる和弥もしんどい日々だろうなと思いながら、窓を開け、空気を入れ替えた。洗濯物を畳み、溜まっていた発泡酒の空き缶をまとめる。床の埃が気になって、からぶきしていたら、あっという間に夕方になり、

「あれー？　来てたのか」

ドアが開いて部屋着の和弥が現れた。眠たげな目だが、美保を見るとその顔はぱっと明るくなった。

「うん。もう帰らなきゃだけど。和くんはこれから夜勤だよね？　あ、そうだ、『ムーラン』で麻婆豆腐《マーボードーフ》と回鍋肉《ホイコーロー》買ってきた」

「お。助かる」

「ていうか、冷蔵庫空っぽじゃん。発泡酒だけめっちゃ増えてるけど？　わたしが買ってこなかったら、ご飯どうするつもりだったの」

「まさに少し早く出て『ムーラン』で弁当買ってくつもりだった」

それじゃ同じじゃん！　とふたりでちいさく笑い合った。

空腹だと和弥が言うので、彼がシャワーを浴びている間に、買ってきた料理を電子レンジで温めた。眠気覚ましのお茶を淹れる。久しぶりに主婦らしいことをしている感じがした。

実家暮らしの今は、保子もおり、里香も来てくれるため、家族三人でここで暮らしていた時に比べて、随分と楽なのだった。通勤時間が短くなったのも大きい。

今思うと、あの頃の自分は、思っているよりたくさんのものを抱えていた。キャパオーバー

だったのかもしれない。ほんの少し前のことなのに、なんだか懐かしいような、遠い気持ちにさえなって、当時を振り返りつつ、こうして和弥とふたりきりでいることを新鮮に感じる。

子どものいない日々もあったなと、ふいに美保は思い出した。

結婚してから晴翔が生まれるまで、二年足らずか。妊娠した時点では家族が増えることや生活が変わる未来への現実味がなかったけれど、晴翔がこの世界に誕生してからは、自分をとりまく景色がガラッと変わった。育児休暇が明け、保育園に預けて働き出してからは、いつも水面に顔を出してあっぷあっぷしているような、忙しない毎日だった。しんどい状態であると自覚する余裕もなく、きれぎれの息で、どこともつかぬ岸を目指して泳ぎ続けていた気がする。

夏や冬には家族で旅行をしたり、夫婦の休みが合った週末には遠い公園までピクニックに行ったりと、それなりの余暇も過ごしていたのだけれど、平日のほうがずっと長いから、やはり全体的にはあっぷあっぷだったろうと、どこか客観的に振り返る。

冷蔵庫を開けた。さっき点検し、ご飯が小分け冷凍されているのは見ていた。以前からそれは和弥の役割で、ひとり暮らしになってからも変わらずやっているのが微笑ましい。まるいかたまりがひとつの棚にごろごろと並んでいるのも可愛らしい。その一膳《ぜん》分を取り、レンジでチンする。

白米が温まらないうちに風呂場から出てきた和弥に、

「そういえばデストロイヤーの水槽、汚れてない？　餌のやりすぎ？」

そう訊くと、

「あー、ろ過装置が壊れ気味なんだよ。買い替えなきゃと思ってるんだけど」

と答える。買い替えるとしたらペットショップの入っている大型ホームセンターに行くことになるので、レンタカーを借りることになる。それならば、と思ったのか、

「晴翔も連れていこうか。美保の実家に回って、乗せていってやるから、それでまた新しい魚、買う?」

和弥が訊いてくる。

「そうだねえ」

濁った水の中で悠然と泳ぐデストロイヤーの姿を思い浮かべる。

「うーん」

美保はなんとなく気乗りしないまま、生返事をした。

「ろ過装置はいいけど、また死んだら嫌だから、新しい魚は当面やめておこう」

「そうだなあ」

「それより晴翔、リハビリ頑張ってるんだよ」

と、話を変えた。

「お。だいぶ歩けるようになったのか」

「うん。すごいよね、子どもは。同じ怪我をした大人と、全然違う治り方をするって。くっつき方が旺盛だから」

「旺盛?」

「お医者さんがそう言ってたの」

「旺盛かー」

「旺盛なのよ」

晴翔の治りが思いがけず早いことが嬉しくて、ふたりは旺盛、旺盛、と医者の言葉を繰り返した。

温めた料理を皿に盛って、ご飯、お茶とともに出すと、

「わー、ありがてえ……」

和弥がしみじみと言う。

美保がいなくなってからどんな食生活をしているのかが偲《しの》ばれるような、感に堪えないその口ぶりに、なんだか少しかわいそうにもなった。

「ちゃんと食べてよね？　肉と野菜を焼くくらいなら、大学生だってできるんだから」

お母さんみたいなことを言ってはみるが、そんなものはポーズにすぎず、仕事から帰ってきた後は肉と野菜を焼くのだって面倒くさいということを、誰よりも美保がよく知っていた。

自分がここにいた頃も、主婦としてきちんと食事を作って出してやっていたかというと、そんなことはなかった。もとより、共働きで、生活リズムがずれまくっていたのだから、和弥にそれを望まれたこともない。話し合いで家事をきっちりと分けたりはしておらず、やれることをやって補い合う夫婦だったから、自然と夕食作りは美保の担当となった。

食べ始める和弥の正面に座ると、自然と小腹がすいてきて、

「ちょっとちょうだいねー」

と、温めた回鍋肉を箸《はし》でつまんだ。

随分と懐かしい味だった。仕事帰りに、この店のものをよく買っていたなと思い出す。

料理があまり好きではなく、まとめて作って冷凍しておくといったまめさもなく、これまでの日々、おおよそ行き当たりばったりの夕食作りで、出来合いのものに頼ることも少なくなかった。この中華店の斜め向かいで売っているコロッケも定番のひとつだったなと思う。スーパーの総菜コーナーもよく利用した。麺が固まってくっついてしまっているような焼きそばや、白く冷めた脂が浮かんでいるような安売りの唐揚げなど、よく買ったが、それらをパックから皿に移してチンして取り出す作業でさえ疲れるものだった。流しに洗い物をためることもしばしばで、知らぬ間に和弥が洗っておいてくれたことも多い。生活空間を整え続けるのは至難のわざだった。

――晴翔のほうは病院で太って、顔色もいいくらいだけど。

里香の言葉を思い出す。

なにげない言葉だったが、ふいに心を刺してくる。

「そうだ。和くん。今度まる一日ふたりで仕事を休んで、晴翔と過ごさない？」

なぜか急き立てられるような気分になって、美保は和弥に声をかけた。

「んんん」

麻婆豆腐と白米を同時に口に入れ、忙しなく咀嚼《そしやく》している和弥が、目だけこちらに向ける。

賛成のまなざしで、もぐもぐしながら、大きく二度頷く。

「一日じゃ足りないかも。久しぶりに家族で旅行にいかない？　晴翔、無理しなければ移動もできるようになったし、わたしたち、夏休みも年末年始も、どこにも行けなかったじゃない。家族で過ごして、晴翔の話をしっかり聞く日を作ったほうがいい」

美保が言うと、口の中の物をのみこんだ和弥は、

「そうだね」

と、スマホを取り出し、「いつにしようか」と言う。

こうやってすぐにスケジュールを調整しようとしてくれるのが和弥の良いところだと思いながら、美保も自分のスマホを開いた。

夫婦で予定を調整する作業は、久しぶりに愉《たの》しいものだった。家族旅行なんて、長いこと頭になかった。

日を合わせ、スケジュール管理アプリを閉じて、なにとはなしにそのすぐ上のメールアプリを開く。差出人の中に江梨の名前があり、結局まだ彼女に会えていないままだと思い出す。

「ねえ、和くん。前に、わたしの小学校時代のことを話したの覚えている？」

なにげなく話してみた。

「あー、うん」

決して楽しい話ではなかったので、和弥の返事は短めだ。

「最近、ひょんなことで出会いがあって、今度江梨に会うかもしれない。っていうか、本当は

今日会う予定だったの。江梨に緊急の仕事が入ってしまって、別の日になったんだけど」

美保はなぜか少し早口になった。

「え、そうなの」和弥がこちらを見る。「エリちゃんて、最後にいじめられてた子だっけ」

「うん。わたしと同じ立場だった子」

「今、元気にしているの」

「うん、元気そうだった。結婚してて、子どももいる」

良い関係を築いていたあの山田夫妻の家から担当を替えられたことは、和弥に話していなかった。

「そうかぁ。……嫌な記憶もあるだろうけど、美保に会おうと思ったってことは、エリちゃんなりに小学校の記憶を乗り越えたのかな」

「うん。それに、わたしはあの子と似た立場だったから、ちゃんと話せば、分かり合えることはあると思う」

「美保も、ふたりで会ってみたら懐かしくなるかもしれないし、楽しかった時の思い出とかも出てくるかもな。そうやってエリちゃんとふたりで乗り越えられるといいね」

和弥の言葉を聞きながら、やはりもう一度機会を作って、江梨に会うしかないと思った。会って、ちゃんと向き合って、ふたりで話さなければいけないことが、たくさんある気がした。

もし小学生の頃のいざこざが発端で担当を替えられたのだとしても、わたしはそれを恨めしく思ったりはしない。なぜなら、江梨の辛かった気持ちも分かるから。わたしも同じことをされ、すごく苦しい時期があったから。そのことを分かってもらえたら、大人になった江梨と、新しい関係を築けるのではないか。

「アケミさえいなければ、あの子とわたしはもっといい友達になれてたはず」

この気持ちと自分の事情を率直に伝えれば、江梨にも、そして山田夫人にも、理解してもらえるだろう。かすかな勇気の粒が、心の奥に灯る気がした。


春の訪れを前に、レンタカーを借りて、家族は海を見下ろす丘の上の町へ来た。ここには夫婦の勤める会社の保養所がある。晴翔が未就学児の頃に訪れて、楽しかったのをおぼえていた。たまたまふたりが休みを取れるタイミングで、キャンセルが出たのかひと部屋だけ空いていたので、見つけざま、申し込みをした。小中学校が春休みに入る少し前の、冷たく晴れた週末だった。

夕食を終え、温泉に入り、それから部屋に戻った。晴翔はいくぶん足を引きずりながらも、松葉杖なしで歩けるようになった。リハビリを頑張ったからここまで来られたんだねと褒めると、照れた目で「まあね」と言った。今日はドライブ中も、途中で訪れた公園や河原でも、他愛のないことを笑顔で話せた。久しぶりに家族三人で笑い合えたこの日を、本当はできる限り幸せな思い出のまま閉じ込めたかった。

自分たちで布団を敷いた後、ごろんと横になった晴翔のとなりに体育座りをした美保は、

「ねえ、はるくん」

と、できるだけ軽い感じで声をかけた。

「何」

リラックスした表情で、晴翔はこちらを向いた。しかし、

「今夜は家族でいろいろ話そうね。ここにはパパとママしかいないから、安心して、なーんでも話そうね」

美保がそう言うと、急に不安げな表情になり「なんで」と訊いた。

「ぶっちゃけて話そうぜ、晴翔」

和弥も明るく言いながら、晴翔のそばに寝転んだ。晴翔は表情を閉ざし、何も喋らなくなる。寄り添おうとする両親に怯える息子の姿は、まるで見知らぬ餌を警戒する野生の小動物のようで、この子が抱えているものの大きさを思うと、美保の心には迷いが生じた。だが、この機会を逃すわけにはいかないと思い直し、

「今日さ、ここにはばあばもじいじも、いないでしょ。この家族だけでしょ。だから……じゃあさ、はるくん、まず山根純さんのこと、話してくれる?」

思い切って訊ねた。

予想通り、晴翔の瞳《ひとみ》はとっさに翳り、頬も固くしまる。心のシャッターをおろした。

「前にパパとママが学校で、山根さんのお母さんたちからお話を聞いてきたって言ったでしょ」

素知らぬふりで、美保は息子が閉ざしたシャッターに、努めて優しく手をかける。

以前、この話を晴翔にした時、晴翔は両の耳をおさえて体を丸くし、「あーあー！」と大声を出して拒否した。その様子が尋常ではなかったので、美保は訊ねるのを諦めてしまった。

今日は諦めてはいけないと、心に決めていた。耳にあてている手を引きはがしてでも、話をしようと思った。傷ついた晴翔がどういう行動に出るのか分からずにずっと怯えていたけれど、この話題を一生避け続けてはいられない。

晴翔は強い。耐えられる。里香がそう教えてくれた。

「はるくん、学校で山根さんに意地悪なことをしてしまったんだってね。どうして、そんなことしちゃったんだろ」

穏やかな口調で質問したが、晴翔は黙っている。

「答えたくない？」

訊ねると、晴翔のくちびるにちいさく皺が寄った。何も話すまいと舌に力を込めているように見える。

「お腹をぎゅうっと絞めたの？　何度も絞めたのかな。でも、先生に叱られて、ちゃんと謝ったんだよね？」

助け船を出すと、晴翔はちいさく頷いた。

「ちゃんと謝れたのは、すごく偉かったと思うよ。でもさ、山根さんのお腹をぎゅうっと絞めたのはどうしてかな」

「……」

「どうしてそんなことをしてしまったんだと思う?」

「なんで急にそんなこと訊くの」

「それは……、ママもパパも、はるくんのことを知りたいからだよ。はるくんが、山根さんにそういう悪いことをするのが、楽しかったのか、知りたいからだよ」

そう言うと、「楽しくないよ」と晴翔は言った。

「楽しくないよね」

美保はほっとした。肯定するわけがない質問だったが、それでもほっとした。

「じゃあ、今は、山根さんに悪いことをしたと思っているの?」

「うん」

神妙な顔で、晴翔は頷く。

「思っているんだね。そうだよね」

美保の心に、やはり晴翔も誰かに命じられてああいうことをしてしまったのではないかという考えが湧く。晴翔はいつも命令されていたのではないか、と。

そう思った時、「昭和公園の時に……」と、晴翔が小声で話し出した。「山根がゲロして、俺の靴にかかったの」

「え?」

「だから、バスで。隣の席だったせいで」

意味が分からず、美保は晴翔の顔を見た。何かを思い出したのか晴翔の顔が悔しげに歪む。

そういえば、と美保も思い出す。買ったばかりのスニーカーを、なぜか晴翔が履かなくなったことがあった。あれは遠足の後だったか。マジックテープの粘着力が若干落ちてきた、そろそろ捨てようと思っていた古い靴を急に引っ張り出して履いた日が数日あった。新しいスニーカーの履き心地が悪いのかと思っていた。

「昭和公園て、バス遠足で行ったとこだよね。その時のバスで、はるくんの隣の席が山根さんだったってこと？」

「背の順で勝手にそうされた」

「そっか。それで、山根さんが、車酔いで吐いてしまったの？」

「俺の靴に……」

晴翔が、思い出すのも苦しいとばかりに顔をしかめた。たしかに、新品の靴に嘔吐《おうと》されたら不快になるだろう、かわいそうに、と美保は思った。

「それは、歩道橋で転ぶ前のことか」

和弥が訊ね、「なんで」と即座に晴翔が返した。

「バス遠足は、歩道橋より前だったのか」

和弥はもう一度訊き、

「なんでそんな、関係ないこと訊くの!?」

晴翔が声を荒らげる。

和弥は因果関係を知りたいのだろうと、美保は思った。バス遠足で靴に嘔吐された、そのことに腹を立てて、歩道橋で山根さんにあんなことを言ったのかと推測している。理由がなければ、言うわけがない言葉だから。

だが、美保が記憶している限り、歩道橋の事故は進級したばかりの頃で、バス遠足のほうが後だ。そのことを和弥には言わず、

「あのね、もし違ってたら教えてもらいたいのだけど、ママたちは聞いたの。晴翔、以前、歩道橋で怪我したでしょ。その日って、もともとは晴翔が歩道橋の上で山根さんと揉めてたんだってね。晴翔、山根さんに対して、何か、怒ってたの？」

と、美保は訊ねた。

「知らない」答えたくない晴翔は口を尖らす。

「それで、飯島さんに追われたんじゃないの？　飯島さんが傘を振り回したから、晴翔、転んじゃったの？」

「振り回すっていうか……」

「振り回すっていうか？」

「だから、怒って、剣みたいに、刺そうとしたんじゃない？」

他人事みたいに晴翔は言う。

剣みたいに刺す？　美保の頭にオリンピックでちらっと見たフェンシングの様子が浮かぶ。

「言うなって言われたから黙ってたのに」

晴翔は不満げに呟く。

「言うなって、誰に言われたの？　飯島さんに？」

「うん」

「やっぱり口止めされていたのか。あのね、パパとママはその話を、飯島さんじゃなくて山根さんから聞いたのよ」

美保が言うと、晴翔が「はぁっ⁉」と驚いたように大きな声を出した。山根が人に話すとは思ってもいなかったという顔だった。

「ママはよく覚えているの。はるくんはあの日、怪我して帰ってきたもんね。歩道橋で転んだとだけ言ってたけど、本当は飯島さんに傘で突かれそうになって、慌てて逃げたから階段で転んだのね」

「階段じゃなくて、下りたところで転んだ」

「そうだったのね」

なんということをするのかと、美保は飯島という少女を改めて恐ろしく思った。もし晴翔がもっと高い位置から転がり落ちていたら、大怪我をしていた可能性がある。大人だったら傷害罪で逮捕されるようなことではないか。

「だけど、晴翔。飯島さんがそうやった理由は、晴翔が山根さんをいじめていたからじゃないのか。おまえ、山根さんに『死ね』って言ったんだろ」

と、和弥が追及した。

「言ってない！」

晴翔はきっぱり否定した。目に力がこもっており、とんだ疑いをかけられたとばかりに憤りにふるえるくちびるは、どう見ても真実を告げるものだった。

「歩道橋から飛び降りるようにって言ったんだろ」

「言わないよ！」

まっすぐな目で晴翔は否定した。

「親に嘘をつくなよ。いいか。もう一度だけ訊くけど、本当に、『死ね』も『歩道橋から飛び降りろ』も、言ってないんだな」

和弥がゆっくり訊ねた。晴翔は「言ってない」ときっぱり否定した。

もしかしたら、と美保は思う。もしかしたら、本当にこの子は何も言っていないのではないか……？　様々な誤解が、もしくは情報操作が、晴翔をここまで追い込んだのではないか……？

すると、和弥が質問を変えた。

「ということは、山根さんが嘘をついているということなのか」

晴翔は黙った。

「どちらかが、嘘をついているということになる。だったら、歩道橋に設置されている監視カメラの音声を確認するよ。パパの会社は、そういう仕事だからな」

和弥がそんなことを言ったので、美保は驚いた。明らかな嘘である。しかし晴翔は簡単に騙され、目を泳がせた。

「おまえ、本当に、山根さんに死んでほしかったのか」

和弥が訊くと、

「ちがう」

と、晴翔は大きく首を振った。

「ちがうなら、なんでそんなことを言ったんだ」

父親に問われ、晴翔のまつ毛がふるえる。さっきの力強いまなざしが嘘だったかのように、ふてくされた顔で、そっぽを向いた。

「ちゃんと答えろよ！」

堪忍袋の緒が切れたのか、和弥が怒号をぶつけた。晴翔がびくっと体を震わせて、美保を見る。

「はるくん……」

かわいそうになって、つい伸ばした美保の手を振り払い、晴翔は布団にうつぶせになって顔を隠した。

絶対に怒鳴ったり、問い詰めたりしないで、冷静に話そうねと決めていたのに、和弥はだめだった。今日は晴翔を責めるのではなく、晴翔から転落に至るまでの本当の事情を聞き出そうと決めてきたのに。

「晴翔は山根さんに、死んでほしいとまでは思ってなかったんだよね。でも、その時はつい勢いで言っちゃったんだよね」

美保はできるだけ晴翔が答えやすいように、言葉を選んで確認した。

晴翔はうつぶせになったまま、頭を動かしコクリと頷いた。

「そっか」

やはり、あの恐ろしい言葉を、あの子は言ったのだ。そして、さっきは平然と嘘をついたのだ。

心が暗く翳るのを感じながら、

「じゃあさ、山根さんに対して悪く言いたくなった理由を教えて」

見せてくれないその表情を覗き込むように身をかがめ、美保は訊ねた。

「ねえ、はるくん。起きて。ママたちに話してほしいの。だって、はるくん、本当は山根さんが歩道橋から飛び降りればいいなんて、思っていないでしょ？　どうなの？」

「思ってないよ」

顔を少しだけ上げて、当たり前だとばかりに、晴翔は言った。その短い言葉に、美保は縋《すが》りつきたくなった。思ってないよね、思うわけないよね、そんな恐ろしいことを、思う子じゃないよね。

「だけど、言ったんだろ」

和弥がぼそっと口にした。美保は軽く手を振って和弥を制し、その手で晴翔の手を握った。ふっくらとした、やわらかい手。まだ、美保の両手の中にすっぽりおさまる大きさで、ここからこの子はどうとでも変われるはずだ。

「ママとパパはね、はるくんが大好きなの。はるくんが大好きなの。はるくんがこれまでに、もし悪いことをしてしまったのだとしても、それではるくんを嫌いになったりしないし、ただ、一緒に直していきたいなと思うの。どうやったら直せるのかを、ママとパパは一緒に考えたい。だって、はるくんは本当はいい子だとママもパパも知ってるから。ばあばの家で暮らすようになってから、はるくん、じいじのことを助けてくれたり、ばあばのお手伝いをしてくれたり、すごく優しい子だねって、じいじもばあばも言ってるし。そんな優しいはるくんが、どうして山根さんに酷いことを言ってしまったのか、そういうことをもうしないようにするためにはどうしたらいいいか、ママは一緒に考えたいの」

ゆっくり言葉を選びながら話すと、晴翔はようやく起き上がり、何かを堪《こら》えるように口元を引き締めた。涙を落としたくないからか、細かくまばたきをする。さっき平然と嘘をついたと分かっているのに、それでも泣くまいとする表情は健気にもいじらしくも思えて、美保はつい、細い背中に手をさしのべてやりたくなる。

「だってみんなが、俺に、変なことを言ってきたから」

「変なこと?」

「俺が、山根と付き合ってるって、みんなが……」

呻くように言った瞬間、晴翔の目から、堪えきれない涙の粒がぽたぽたと一気に溢れた。ウエッエッと音をたて、それからしばらく晴翔は泣き続けた。美保はこちらに向いたちいさなつむじを見つめた。

息子が流す滂沱《ぼうだ》の悔し涙の理由が「山根さんと付き合っていると周囲から言われたこと」だと知り、心がひえびえとしていくのを感じた。

「ヨッシーが……ウェッ」何か言おうとして噎《む》せ返った息子は、両親の戸惑いには気づかずに、苦しげに顔を歪ませながら話を続けた。「俺が、仕方なく、画板を貸しただけなのに、ヨッシーが言い出して、そしたら飯島さんとか女子もみんな言ってきて、掃除の時間にわざと俺と山根を算数教室に閉じ込めて……ウェッ」話しているうちに呼吸が苦しくなったのか、息子は背を丸め、さきほど撫でようと思ったその背骨が荒くうねった。

「そう……それは、辛かったね。でも、そういうことを晴翔にしたのは他の子たちだよね？山根さんからは何もされていなかったんじゃないの？　それなのに、スカートでお腹を絞めたりとか、酷いことを言ったりとか……、何もしない山根さんに意地悪をしたのはどうして？」

責めないように気をつけながら、美保は訊ねた。

「答えて。はるくん」

晴翔はウェェとまた噎せて、ひっくひっくと喉を鳴らした。算数教室は、高学年の子どもたちの一部が少人数制の授業を受けるための北向きの教室だ。あそこに山根と閉じ込められたと息子は憤っていたが、ということは、山根さんは自分を嫌っている怖い男の子と薄暗い場所にふたりきりにされたのだ。

「答えてくれないと、ママたちは分からないよ、はるくん」

美保は言い、それから晴翔の言葉を待った。

しばらく泣いていたが、やがて落ち着いた晴翔の出した答えは、

「分からない」

というものだった。

「分からない？」

訊き返しながら、この子は本当に、自分が何をしているのか分からないんじゃないかと美保は思った。

「ねえ、はるくん」質問を変えてみる。「五年生になった時に、『やばいやつと同じクラスになった』って言ったよね」

「言ってないよ」

「言ったのよ、はるくん。ママは覚えているの。ねえ、はるくん、どうしてあの子のこと、『やばい』って思ったの？」

「そんなこと、言ってない」

「言ったでしょう！」

つい声を荒らげてしまい、美保は悔やむ。ひとまず息子をジャッジせずに、話をする。それが目標だったのに、もうだめになりそうだ。この子は嘘ばかり吐くし、動画で見た山根のしんどそうな笑顔を思い出してしまう。

美保はちいさく首を振り、和弥を見た。晴翔に冷静に質問を続けることは、自分にはもうできない気がした。そう思って諦めかけた時、

「おまえ、どうして教室のベランダから飛び降りたんだ？」

と、和弥が晴翔に訊ねた。

脈絡なく、芯《しん》を食う質問をした和弥に美保は驚いた。なぜいきなりその質問を？　と美保は夫の顔を見た。そして、落ち着いた口ぶりとはうらはらに、彼の目に深く静かな怒りが満ちているのに気づいた。

ああ、両親がこんなに怒ってしまったら、この子はふたたび貝になってしまう。

そう思った時、美保はふいに、深山を思い出した。病院で晴翔のカウンセリングをしてくれていた、若い女性だ。彼女なら、聞かされた事象への個人的な感情をのみこんで、落ち着いて話を聞くことができるだろう。美保と面談した時に、そうしてくれていたのが、今は分かる。わたしたち親には、無理なのかもしれない。

「おまえ、それも分からないのか？」

なおも追及しようとする和弥を目で制し、美保は肺の中の息を、静かにほそく吐いた。そして新しい息を吸った。

「はるくん。その足、ずっと痛かったでしょう」

ちりぢりになりそうな自分の心をかきあつめ、真剣な優しさで、美保は言った。

「リハビリもしんどいよね」

晴翔は警戒し、何も答えない。表情も変えない。

子どもから丁寧に話を聞き出すことが、こんなにも難しいとは思わなかった。

脅してはいけない。騙してもいけない。心を開いてもらうためには、自分も正直にならなければいけない。

「いつもママとパパ、仕事ばかりで、忙しくて、はるくんに寂しい思いをさせていたかもしれない。ごめんね、はるくん」

晴翔は無表情のままだ。

「はるくん、思い出してもらいたいんだけど、はるくんはずっと昔、赤ちゃんになる前、ママのここに入っていたんだよね？」

美保は息子の手をとり、服の上から自分の腹をさわらせた。反抗的な目をしながらも、されるがまま手をとられる晴翔の、鼻の下のうぶ毛がいつの間にか少し濃くなっていることに気づく。子どもでいる時間は、思うより早く過ぎるのかもしれない。その時、ふと、

――息子さんが退院したら、どうかちゃんと、抱きしめてあげてください。

飯島の母親に言われたのを思い出した。余計なお世話だと思ったが、そういえば退院してから、抱きしめたことはなかった。

「ママがはるくんを産んだのは十年以上前のことで、もう体は離れちゃったけど、はるくんはここにいたの。それでね、これはママの考えだけど、ママははるくんと、まだ体のどこかがつながっている気がしてる。透明だし、いつもは分からないし、何も感じないし、基本離れ離れなんだけどね。どういうわけかはるくんの体が傷つくとママも痛い。ママもパパも、いつも仕事が忙しくて、はるくんと別の場所で働いていることが多いけど、はるくんとはつながってい

るから、ずっとはるくんのことを考えてる。はるくんが教室のベランダから落ちて怪我をした時、ママは本当に怖くて痛くて、それからずっとママもどこか痛い感じがしている」

晴翔の心を開くために話していたはずが、なぜだか美保自身が泣けてきた。本当に、この子が怪我をしてから、ずっと自分の中のどこかが痛くて、その理由が分からないままの毎日は、何をしていても、心から笑ったり喜んだりすることができないでいたと思った。

「きっとね、産んでなくても、パパも痛いと思う。そうだよね」

美保の言葉に和弥が頷いて、「そりゃあ痛いよ」と言った。

晴翔は美保のお腹のあたりを見て、俯《うつむ》いて、また美保のお腹を見て、何度もまばたきをしていた。

「ばあばもじいじも、里香ちゃんも、痛いと思う。はるくんを大事に思っている人はみんな、はるくんが傷つくと痛くなる。それは、はるくんがとっても大事だから。みんな、はるくんが大事。大好き。それだけは、分かってほしい」

晴翔がわずかに顔をほころばせるのを見て、ほっとすると同時に切なくなった。こんなにも当たり前のことを、どうしてこれまでこの子にちゃんと伝えてこなかったのだろう。

晴翔こそわたしたちに教えてくれたのに。「自分の体を大切に思っているということを、親御さんに知っていてもらいたい」、「もう二度とこのような痛い思いをして、お母さまとお父さまを悲しませたくない」、晴翔は深山を通じて、わたしたちにそう伝えてくれた。

「だから、はるくんがどうして自分で自分の体を痛くしてしまったのか、ママとパパに教えてほしいの……お願い」

それでもしばらく黙っていた晴翔だったが、美保が「お願いします」ともう一度言うと、その丁寧な言い方に驚いたようで、思案するように眉を寄せた。そして、

「……怒らない？」

と訊いた。

「怒らないよ」

即座に言ってから、美保は不安になった。怒るような話なのか。それを聞いた時、怒らないでいられるだろうか。

「その前の日に俺が山根の靴になんか入れちゃったんだけど」

言質を取ったことでいくぶん安心した顔になった晴翔が、存外にすらすらとした口調で言った。話の内容をすぐにはつかめず、夫婦は顔を見合わせた。

「ええと。『なんか』って、何？」

「泥とか」

「泥？　泥を入れたの？　山根さんの靴に？」

「だからぁ、それは、やり返しでやったの！」

「そう。つまり、バスの中で靴に山根さんの吐いた物がかかったことへの仕返しで、晴翔は山根さんの靴に泥を入れたのね」

美保が言うと、晴翔は「ちがう」と、そんなことも分からないのかという顔で否定し、

「体育の時間に足を踏まれたの」

と言った。

「……そう」

そう？

「思いっきり踏まれたの！」

また悔しそうな顔をする。それに対し、なんと返せばいいのか分からない美保の横で、

「泥はどっちに入れたんだ？　片方の靴？　両方の靴？」

和弥が訊いている。そんなことを訊いてどうするのかと思ったが、「両方の靴」という晴翔の答えを聞いた瞬間、絶望した。この子のちいさく丸い手が、少女の逃げ道を全て塞《ふさ》ぐような意地悪をやってのけたという事実をすぐには実感できない。

「みんなウケてたのに、飯島さんがとってて、警察に言うって言ってきたせいで」

とってて？

「キブツカイソンだからって。エンジョーして、そうしたらママもパパも会社をクビになるかもしれないって。俺の代わりにママとパパが牢屋《ろうや》に入るかもしれないって」

「器物損壊ね」ぴんと来た美保が呟くと、「ほんとにそうなるの？」と晴翔が訊いた。目の奥に怯えがあった。この子がさっき歩道橋の監視カメラの話をころっと信じたのを思い出しながら、

「そんなことじゃ捕まらないわよ」

そう言った。

「でも、飯島さんがとってて」

晴翔はまだ不安を残したままの顔だった。

「とってて、って、何?」

「だから、とってたやつをPLにのせて拡散するって言われた」

「PL……PickLookのことね」

晴翔が口にしたのは、以前ユトラやネアの母親にフォロー申請した、動画アプリ名だった。美保は、そのアプリのメッセージ交換機能を使って彼女たちとつながるためにダウンロードしたが、アプリ自体に興味はなく、使い方もよく知らないままだった。女子高校生や大学生の可愛らしいダンスなどの短い動画がひっきりなしに流れてくる、華やかで即物的な内容で、テレビでは「若者の間で大人気」と紹介されていたが、まさか小学生が使用しているとは。「のせる」と言うくらいだから、飯島明生は動画のアップロードの仕方や、拡散の仕方まで知っているのだろう。けど、それって……

犯罪じゃないの?

彼女の両親は、娘が同級生を盗撮《と》った上、そのようなアプリを使って脅迫していることを、知っているのだろうか。

「PLと、おまえが怪我したことが、どうつながるんだ?」

動揺している美保の隣で、和弥が冷静に質問をしている。

「だから、学校に来るのをやめたら黙ってるけど、学校に来たら、やるって言われたから……」

「『やる』？　拡散するってことか」

「でしょ。知らね」

「それは飯島さんが言ったのね」

「そんなの分かんないよ」

「分からない？」

「だから、そこまで言ったのは別のやつらだったし」

「でも、動画を撮ったのは飯島さんでしょう。拡散するって言ったのも」

「最初はそうだったけど、飯島さんは謝ればいいって途中で言って、でも、三浦《みうら》や津村《つむら》や、あと、山本《やまもと》とか、他にもだめだって言うやつがいて、それで、俺が学校に来なかったら『いい』ってことになった」

「三浦さんと津村さんと？　あと、ええと……」

新しい名前が急にいくつも出てきて戸惑う。

持参した名簿を取り出して、出てきた名前にチェックを入れた。そして、「他に誰が何を言ったのか覚えてる？」と確認すると、

「覚えてないよ！　だって、いろんなやつが言ってきたから。だいたい女子だけど。休むのは一日じゃだめってことになって。だけど、もう、休む理由がなくて……」

恐怖が蘇ってきたのか晴翔の目に涙の膜がはる。きれぎれにも思えるその言葉たちをつなぎ合わせながら、美保は記憶を辿《たど》る。ベランダから転落した前日、この子は朝から学校に行き渋っていて、結局体調不良を訴えて欠席していた。翌日も本当は休みたかったのだろう。だけど、さすがに理由がなかった。父親と、学校に行く約束もしてしまった。だけど、「一日じゃだめ」だった。

「そういうことを全部画策したのは、飯島さんなのね」

美保は確認した。晴翔にも非はあるが、動画を使って脅迫する小五も空恐ろしい。晴翔ひとりが悪者のようになっている現状を見直してもらうためにも、飯島明生のしたことを、学校側と彼女の保護者にも伝えたいと思った。

しかし、晴翔は意外にも、美保の問いかけに首を振った。

「いや、それは、津村や山口とかが言ってた」

「山口って、ヤマグチネアちゃん?」

「室田《むろた》とか一組のやつらも、飯島さんのとったやつを見て、キレてたし」

「待って。整理させてね。飯島さんが撮った動画っていうのは、はるくんが山根さんの靴に泥を入れたところなんだよね」

「うん」

「知らないうちに撮られてて、みんなに見せていて、それではるくんは脅迫されたってことだよね。そこまでは分かった。でもそれで、どうしてはるくんが飛び降りることに……」

「だから、休んだほうがいいって言ったから、みんなが」

「みんな？　みんなって、男の子たちはどうしてたの？　いつもゲームしてる友達は黙ってたの？　石館くんとか、あと誰だっけ？　田辺くんとかヨッシーくんとか。はるくんの友達だよね？　その子たちは助けてくれなかったの？」

美保は自分を抑えきれなくなり、矢継ぎ早に質問した。

「イシくんやなべっちもやべぇって言ってて、ヨッシーも、やってないけど映ってたから、飯島さんの言うこと聞いたら消してもらえるって俺に」

「ええっ⁉　じゃあ、最初に、ベランダから飛び降りるよう迫ったのはヨッシーくんなの？　誰なの？」

その質問に、最初は「分からない」と答えていた晴翔だったが、美保がクラスの子たちの名前をひとりひとり聞いていくと、やがて観念したように、

「一番初めは自分」

と、言った。

「どういうこと？」

「だから、俺が……ここから飛び降りるって最初は言ったけど、だけど、みんなにいろいろ言われて、仕方がなくなって」

「いろいろって何。ヨッシーくんたちが、はるくんだけを悪者にしようとしたの？」

「そうじゃないけど……分かんない」

「分からない分からないって。分からないって何？　誰に何を言われたのか、何もおぼえてないの？」

　感情を抑えられなくなり美保の声は大きくなった。

「誰かに飛び降りるように言われたから飛び降りたんでしょう⁉　ねえ、誰が一番たくさん言ったの？　はるくんに、飛び降りるようにって、誰が⁉」

　晴翔は何も答えない。

　美保が同じ質問をもう一度すると、

「あーもう、いいよ！」

　頭を振り、両手で耳を覆う晴翔の大きな声に遮られた。

「うるさい！　うるさい！　うるさい！　ママもパパもっ、うるさいんだよ！」

「……はるくん」

　丸めた背に手をあてると、晴翔はわざと美保から逃れるように体の向きを変えた。意地をはった横顔はいじらしいくらいに子どものままで、話の内容と目の前の姿が、あまりにも結びつかない。

「もういやだ。……怒らないって言ったのに」

　下を向いたまま、うめくような口ぶりで晴翔は言った。

「怒らないって言ったから話したのに！」

　そう言いながら、晴翔は布団に顔を埋めて泣き出した。

その晩、ようやく晴翔が寝たのは夜中の一時過ぎだった。こんな時間まで起きていたことはなかったから、さすがに限界だったようで、涙の筋を頬に貼りつけたまま、ころっと寝てしまった。寝顔は、美保と和弥のよく知る可愛らしい小学生のものだった。

晴翔の健やかな寝息を確認してから、夫婦は階下のロビーへ下りた。自販機の横にふたり掛けのちいさなソファがある。非常灯の薄明りの下、温かいペットボトル飲料を買い、並んで座る。

「阿呆だな」

これが和弥の第一声だった。

「こんな阿呆だったとはな」

和弥はちいさく笑って、それからため息をついた。美保も「ほんとだよね」と言って笑おうとしたが、頬をうまく持ち上げられなかった。和弥が必死に作った笑い顔も、暗がりのせいか、どこか哀れなふうに見えた。

——怒らないって言ったから話したのに！

両親に対してそう抗議した晴翔に、怒っていないということを伝えるためには時間がかかった。いつかのフィードバック面談で深山が、晴翔との対話を、絡まった糸をほぐすようなものだと説明していたのを思い出した。わずかなたわみを爪先で開き、くぐらせ、掬い取り、そうやって慎重に、一時間以上をかけて、和弥と美保は晴翔の話を聞き出した。

煽《あお》られた、と晴翔は言った。煽るという難しい言葉をどうして知っているのかといえば、ゲーム用語なのだという。

ベランダの柵にまたがって、「ふり」だけしようとしたが、体勢を崩して転落した。誰にどう煽られたのかといえば覚えていないが、たくさんの声をいっぺんに聞いた。やめるように言う子もいた。だけど、晴翔は「ふり」を続けた。

皆に煽られて、引くに引けなくなった我が子の心の中の、ぐちゃぐちゃに混じり合った見栄と意地と恐怖を思うと泣けてくる。その必死さも愚かさも哀れで悲しく、ただ、生きていてくれて良かったと思った。

「わたしは想像がつくよ。晴翔は、それを、せざるを得なかった。後から聞くと、ありえないし、信じられないって思うけど、たぶんその場は言葉が言葉を呼んでいくような刺激的なノリが膨張していく、きっと野蛮なお祭り状態だったから」

まるで見てきたかのように、美保はその教室を思い浮かべることができた。ここから飛び降りてやる。は？　何言ってんの。ウケる。やめとけ。怖い、嘘、絶対無理、ウケる、本当に、飛び降りてやるからな、まじかよ、無理、やめなって、うそだろ、じゃあやれよ、できないくせに、やめなよ、やれよ！　やめとけ！　やれ！　やめて！　やれ！　やめろ！　やれ！……

「もしその中にいたら、わたしだって暴走していく教室を止めることなんかできなかったと思う。先生を呼びに行くことはできたかもしれないけど」

と、そこまで言って自問する。

先生を呼びに行くことはできた？

わたしは一度でもそんなことをしたことがあっただろうか。

皆が獣のようになってひとりの子を追いつめてゆく、あの熱せられたような異常な空気の中で、「先生が来るよ」と言えたのは、江梨だけだったではないか。

「山根さんもその様子を見ていたのかな」

和弥が言った。

「怖かっただろうな」

その呟きに、美保は言葉を返せなかった。そんなことは、考えてもいなかった。和弥は黙り込んだまま項垂《うなだ》れて、ふたりはそれからしばらく無言でいた。

「この先、どうしようか」

やがて夫に訊かれたが、そんなことを訊かれても、どうしたらいいのか、美保には何ひとつ分からなかった。子どもを育てていかなければならないのだと思った。自分はもう大人で、こんなに分からないのに、子どもを育てていかなければならないのだと思った。あらゆる親たちが、この、逃げ場のない人生を生きていて、子どもが大切なのは皆同じなのに、どうしてうまくいかないんだろう。

「どうしたらいいんだろうね」

美保が呟くと、和弥は、

「お義母さんたちの負担次第だけど、六年生になってもそっちの家からグリーン舎に時々行って勉強をする感じがいいのかな？」

と、疑問形で言った。

「でも、ずっとわたしたちが別居するのはどうなのかな？」

美保も疑問形で答えた。

何ひとつ分からないけれど、今の生活に慣れてしまうことで、家族三人での生活に戻るきっかけをどんどん失ってゆく気はしている。和弥のひとり暮らしが長くなっているのもかわいそうだし、自分にも、実家とはいえ仮住まいの落ち着かなさは常にあった。

区内の別の小学校への越境通学については、以前から考えていた。調べたところ、美保たちの住む自治体は「特別な事情がある場合、指定校以外の学校への変更」を受け入れていた。「特別な事情」については、美保が想像していたよりずっと多くのケースが挙げられており、「在学中の学校生活に起因して通学が困難であり、転校により改善が見込まれる」というものもあった。手続きは学年末までにするよう求められていて、悩める時間はあと少ししかない。

あるいは、今の家を売って、どこか新しい場所へ家族で引っ越すことも考えていた。不動産情報サイトを眺め、近隣の住宅の価格や賃貸料を調べたが、経済的ダメージが大きくなりそうで、これも踏み切る勇気がわかない。

元の学校に戻ることは、何度も考えて、何度も首を振り、それでもまた考えた。せめてクラス替えがあればと思うが、例年、五年生から六年生の学級は持ち上がりで、先生も替わらない。その中に、晴翔は戻れるのだろうか。戻っても、いいのだろうか。

「どこに行くことになっても、ならなくても、晴翔はカウンセリングを受けるべきだと思う」

薄明りの中で、夫が言うのが聞こえた。

「カウンセリング?」

「うん」和弥は頷き、「グリーン舎を教えてくれた真野さんの姪っ子、不登校になる前にいじめに遭って、自傷行為をしていたらしい」と、話し始めた。「今はもうグリーン舎を出て専門学校に通っているけど、心療内科でカウンセリングを受け続けているって。真野さんは、本来は彼女をそこまで追いつめるようなことができた級友たちこそ、医療機関に通うべきじゃないかって言ってたな。言われてみれば、人をそこまで追いつめるのって、おかしいことだよな。異常っていうか、そういうことは、できる子とできない子がいると思う。心があれば、怯えたり悲しんだりしている友達の顔を見て、やりすぎじゃないかって不安になったり、かわいそうじゃないかって同情したり、するよな? だから、いじめた子たちこそ大丈夫なのかな? って。真野さん、いい人だからさ、姪っ子のことと同じくらい、いじめた子の将来を心配していた。姪っ子は、いじめという原因があって病んだって分かっているけど、いじめた子たちの、そこまですることができる心の中にあるものって、卒業したら、ずっと分からないままになってしまう。そうやって大人になるのはとても恐ろしいことじゃないかって真野さんに言われて……、それで俺は、晴翔はカウンセリングを受けたほうがいいのかなって思った」

話を聞きながら、美保の心の中に、会社の同僚に過ぎない和弥が真野さんに信頼されて、こんなに深い話をしてもらえることを、羨《うらや》ましいと思う気持ちが生まれた。場違いな考えだと分かっていた。だけど、どうしてもそう思うのを止められなかった。

和弥は真野さんから、姪っ子がいじめに遭ったという事情を知らされただけでなく、その時に感じたことや考えたことを教えてもらった。自分は勤め先の人間にここまで心の内を話してもらえたことなどあっただろうか。勤め先の人間どころか、学生時代を振り返っても、心の深い部分を言葉にして交わし合えた友人がいたか、分からなかった。

「どの小学校に行くことになるとしても、まずはそういう、加害者向けのカウンセリングを受けるのが最初の一歩じゃないかと思う」

「うん」

頷いたものの、和弥が当たり前のように口にした「加害者」という言葉には胸が圧迫される気がした。

「いくらかかるのか、どこに行けばいいのか、ちょっとまだ細かいところまでは調べ中だけど、いくつか候補は見つけている。だけど、児童専門の心療内科って少ないんだな。ちょっと遠いところまで通わなければならないかもしれないし、予約も詰まっているみたいだし」

「……それなら、まずは深山先生に訊いてみようか」

言ってから、名案だと美保は思った。

「入院中に診てくれていた先生？」

「うん。あの先生は、たぶん、晴翔が抱えている問題に気づいていると思うから。晴翔とは時間をかけて向き合っていきたいって先生から言ってきてくれたし。その後も連絡来ていたのに私、仕事を理由に延ばし延ばしにしてしまっていて……。晴翔も深山先生のことは信頼しているようだったから、会うのは嫌がらないと思う。近々、連絡してみる」

「ああ、そうだね。いきなり知らない先生っていうよりは、知っている先生のほうが、晴翔を連れ出しやすいよな」

「うん。場合によっては、深山先生から、加害者へのカウンセリング専門の先生を紹介してもらうこともできると思う」

あえて自分の口で「加害者」と言った。加害者だけど、被害者でもあると思った。だけど、やっぱり加害者で、どちらにしても、カウンセリングを受けることは必要なのだろう。もしかしたら、飯島明生や、他の子どもたちにも必要なことではないかと思ったが、それを言える立場ではなかった。晴翔も混乱していたし、どこまで真実か、子どもの言葉では分かりかねる部分もあったが、今日聞いたことは全て重田に伝えなければならなかった。深山が、子どもたちの関係性を大人の考えで単純化したり決めつけたりしないほうが良いと言っていたのを思い出した。しかし、これだけのことがあった以上、晴翔側の見方を通して大人たちも、あの日何があったのか、知って、考えないわけにはいかない。そんなことを思い巡らせていると、

「あと、俺たちも、カウンセリングを受けたほうがいいのかも」

和弥が横顔のまま言った。

「わたしたち？」

美保は首を傾げた。

「親子カウンセリングっていうのもあるらしい」

「そっか」

それが晴翔のためになるならばと思った時、和弥がぼそっと落とすようなちいさな声で、

「俺、まだ忘れられなくてさ。美保の言葉」

と言うのが聞こえた。

「あの時、山根さんのことを美保が『ああいう子』って言ったのが、今もまだ頭に残ったままなんだ」

夫の指摘がいつの何を指すものか、すぐには分からなかった。薄ぼんやりとした記憶から、たしかに自分はあの子について、言い過ぎた時があったと美保は思った。でも、どうして今になって夫は自分にそんなことを言ってきたのだろう。

「晴翔のことで、わたし、あの頃、頭がいっぱいだったから」

そんなつもりじゃなかったのだ、と思った。ならばどんなつもりで言ったのかと問われれば、うまく説明できる気はしないのだけど、とにかく、そんなつもりじゃなかったのだ。

「分かってる。ごめん」

和弥が謝った。

「わたしも、ごめん」

美保も謝ったが、夫婦で何を謝り合っているのか、よく分からなかった。

きちんと飲み込めた感じのしない気まずさがしんどくなって、

「あのね」

と、話を変える。

「すぐには無理かもしれないけど、いつか、はるくんがちゃんと反省したら、山根さんにきちんと謝らせようね。上っ面な言葉じゃなくて、はるくんが、山根さんに申し訳ないことをしたって、ちゃんと心から思ってくれたら……」

「そうだな」

和弥の声にはまだいくらか翳《かげ》りがある気がした。しかし今は晴翔のことだけ考えていたかった。

人の心の痛みが分かる子になってもらいたい。人の心を大切にできる子になってもらいたい。頬に涙跡の残るあどけない寝顔を思い出し、あの子の心がまだ幼く、やわらかいことを想う。足の悪いじいじが立ち上がる時、「大丈夫?」と自然に手をのばした。父の日に描いた絵に、クラスでただひとりだけ、ハートマークをつけた。あの子は、これからいかようにも変わっていく。明日迎える新しい一日のどこかで、大切に抱きしめよう。ぎゅうっと、力強く、心をこめて抱きしめよう。

「そういえば」

隣で和弥がふと思い出したように言った。

「おととい、デストロイヤーが死んだよ」

「……そっか」

非常灯の明りの中に、濁った水槽の中をゆらゆらと動く、赤白の膨れ上がった腹が浮かんだ。

結局、ろ過装置を買い換えはしなかったのか。夫婦はあれきり、その話をしていなかった。

いつかまた、新しい魚を飼う日が来るかもしれない。来ないかもしれない。

美保はゆっくりとまばたきをし、夫に身を寄せた。そのまま夫婦は、しばらく動かずにいた。

＊

タイトル：Re:Re:Re:Re:Re:Re:Re: ご連絡
本文：
佐久間美保様
先日はお忙しい中わざわざ待ち合わせ場所にお越しいただいたというのに、直前でキャンセルしてしまい、申し訳ありませんでした。その後もリスケのご連絡をいただきましたが、お返事できないままですみません。
実を言えば、佐久間さんからのリスケのメールに対してこのまま何も返信をせず、静かに関係を断とうと考えておりました。しかし、その後また実家に電話がかかってきたと母から聞き、こうなったら私が考えていることを全て正直にお伝えしたほうが良いのではないかと覚悟するに至り、このメールを書いています。
まず最初に、謝罪したいことがあります。それは、実家の警備サービスの担当者を佐久間さんから他の方へ変更した件についてです。いろいろと言葉足らずで誤解を生み、申し訳ありませんでした。佐久間さんがうすうす想像されている通り、私たちの小学校時代の関わり方が良くなかったことが直接の理由です。そんな昔のことを、と思われるかもしれませんが、私にとっては決してちいさくないことでしたので、そうさせていただきました。

当時の小学校の状況については、先日いただいたメールで、佐久間さんも覚えている部分があることが分かりました。「辛かった」と書かれていましたし、両親がセキュリティサービスの件で大変お世話になったことも事実です。そのため私は、軽率にも再会の誘いに応じてしまいました。

ですが、日が近づくにつれて私の精神状態は不安定になっていきました。落ち込みの大きい時に佐久間さんからのメールを読み直しましたら、心が苦しくなりました。それでもぎりぎりまで約束は守るつもりでしたが、時間が近づくにつれ、どうにも気分が悪くなり、待ち合わせの場所まで行くことが、できなくなりました。緊急の仕事が入ったと嘘をつき、直前で約束をキャンセルしてしまったことについては、本当に申し訳なかったです。

〉小学校時代の私たちは、途中までは仲の良い友達だったよね。そして、あえて名前は出しませんが、同じグループにとても怖い子がいて、私たちはみんな言いなりだった。その子が始めたいじめで、クラス中が荒れていました。正直私はその子のことが怖くて、江梨から距離を置かざるを得なかった時期があった。そのことはちゃんと覚えています。反省もしています。あの時は、私もいじめられるのが怖かったため、怯えながら学校に通っていました。

送られてきたメールで、佐久間さんはこのように書かれていました。
おっしゃる通り、小学五年生の時、私たちのクラスは荒れていました。保護者の間でも、一組と三組は平穏なのに、どうして二組だけ？　と言われていたようです。その原因を考えれば、やはり名前の挙がる子は決まっていたでしょう。あなたが書かれた「とても怖い子」。五十嵐暁美。

後になって事情を知りましたが、彼女は家庭環境がかなり複雑だったようです。シングルマザーの親が彼女の世話をすることができなくなり、小学校に上がる前は親族の元や福祉施設などを転々としていたということです。だからといって同級生を痛めつけて良いはずがありませんが、幼少期に人を信頼できなかったため、やたらと派閥を作りたがったり攻撃的になったりしたとも言えます。

五十嵐暁美が大坪充希《おおつぼみつき》、秋山久志《あきやまひさし》、佐藤堅太郎《さとうけんたろう》といった悪童たちと一緒に野々村くんを虐《いじ》めていた時、私たちは傍らにいましたよね。「言いなりだった」と、あなたは書いていました。たしかに、多くの子どもは五十嵐に逆らえない家来のようでした。ですが、私の目に映るあなたは少し違いました。

野々村くんの睨む目が怖いと言い出したのは、あなたでした。私は、あなたがそれを言った瞬間に立ち会っていて、「たしかに怖い」と思ってしまったことを恥じているので、よく覚えています。

そこから話が盛り上がり、野々村くんが睨んできたら暴力を振るっていいというルールができました。ルールを作ったり、実際に暴力を振るったりしたのは、別の子たちでしたが、きっかけはあなたの言葉でした。のちに深沢眞由美《ふかざわ》（覚えていますか？　あなたと私とともに、当時五十嵐の傍らにいた子です）と会った時、当時の記憶を照らし合わせましたが、深沢もそのことを覚えていましたので、私の記憶違いではないはずです。深沢と私は、教室の黒板に、あなたが「野々村だいごが死にました」と書いたのも覚えています。あなたは笑いながらそれを書きました。

とはいえあなたの、「あの時は、私もいじめられるのが怖かったため、怯えながら学校に通っていました」という言葉は、嘘ではなかったと思います。黒板にあのようなことを書いたのも、書きたかったというよりは、五十嵐を喜ばせるためだったのでしょう。深沢も私も同様の振舞いをしていましたから、これについては、あなただけを責めることはできません。

思えば、虐めのターゲットが野々村くんに移る前も、五十嵐はクラスの女の子をひとりずつ順番に無視するといった遊びをしていました。大人になった今振り返ると、くだらないほどにおぞましい遊びでしたが、当時は皆幼く、考える力が育っていなかったのでしょう。五十嵐が吹く犬笛に、容易く従いました。

そんな中で、深沢とあなたと私だけは、無視される順番から免れていました。それは、私たち三人が、五十嵐の腰巾着だったからに他なりません。

あの頃の私は、日々、五十嵐に従ってしまう心の弱さと向き合いつつ、自分が次にやられるのではないかという恐怖と戦っていました。表面的には笑ったり、ふざけたりしていましたが、誰かが五十嵐に自分の悪口を吹き込むのではないかと、いつも怖かった。深沢も同じ気持ちだったと言っていました。おそらくあなたも同様の恐怖を味わっていたことでしょう。

その後、五十嵐のターゲットは野々村くんへと固定化されました。やがて彼は学校に来られなくなりました。あまりにも残酷な虐めを受けたため、田舎の祖母宅への転居を余儀なくされたのです。

野々村くんがいなくなった時、あなたはきっと、ものすごく焦ったと思います。次の標的が自分になったらどうしようと怯えたのではないですか。しかし結果的に、次の標的は私になりました。その時のことについては覚えていますか。

あなたは私へのメールにこう書きました。

〉江梨から距離を置かざるを得なかった時期があった。

私には理解できません。

距離を置かざるを得なかった？　あなたは覚えていないのでしょうか。私が虐められることになったきっかけが佐久間さん、あなただったと告げたなら、そんなわけはないとおっしゃるのでしょうか。

あなたが私に送ってきたメールの文面は、どれも奇妙に明るく、信じられないほどに軽薄でした。会って話したいと気軽に言ってこられるあたり、あなたは自分が私にしたことをほとんど覚えていないか、記憶を改ざんしたのか、あるいは、過去をよほど軽視しているのだと感じました。

当時、野々村くんへの虐めがヒートアップするたびに私は、「先生が来る」と言い、皆を止めようとしていました。小学生の私は、そうするより他に、虐めを止める手立てを持たなかったのです。

野々村くんへの虐めについて、私が親に話したと、あなたは五十嵐に言ったそうですね。また、私がいつも「先生が来る」という嘘をつくと五十嵐に教えたのもあなただった。こうした話を、私は深沢から聞きました。深沢の話を信じたのは、女子が順々に無視されていた時期に、その裏で、五十嵐が次のターゲットを決めやすいよう、あなたがいつも誰かの落ち度を伝えているのを見ていたからです。

大人になった今は、あなたの気持ちも分かります。あなたは以前、五十嵐に虐められたことがあった。そのため彼女を恐れ、彼女の牙《きば》が自分に向かないよう、必死に努力していたのでしょう。

そこまで卑怯にならざるを得なかったあなたも犠牲者のひとりだと思います。しかし、それを言うならば、五十嵐も大人たちのネグレクトの犠牲者です。虐められた側にとって、虐める側の事情など、関係ありません。あなたたちはそういうことを、しないこともできたのに、したのです。

それからの日々は思い出したくありません。私は、あの時五十嵐に書かされた偽の手紙のせいで、自分が野々村くん虐めの主犯に仕立て上げられるのではないかと思い込みました。夜も眠れなくなって、何度も命を絶つことを考えましたが、両親を悲しませたくない一心で踏みとどまり、両親の助けもあって、なんとか小学校に通い続け、卒業しました。しかし、中学校の途中で、心がポキッと折れました。中学校では、虐められませんでしたが友達もできず、そのうち通えなくなりました。あなたたち元同級生に遭遇するのが怖くて、病院に行く時は、母が運転する車の後部座席にカーテンをつけ、その中でうずくまって移動しました。

その後、なんとか高校と大学は出て就職もしましたが、職場でうまくいきませんでした。同期の子たちが集まっているのを見て、自分の悪口を言っていると思い込み、猜疑《さいぎ》心から攻撃的な態度を取ってしまったこともあります。転職した先でもささいなことから人間不信に陥り、通えなくなりました。

結婚して子どももできましたが、いわゆる「ママ友」たちにもいつか裏切られるのではないかと思い、心を開けずにいます。

ほんの一年前、子どもの習い事の時間変更が私にだけ知らされていないと分かった時、それは起こりました。何かあると条件反射のように「またやられる」と思ってしまうのは、すでに私の脳が変形してしまったからでしょうか。体がふるえ手足が冷たくなり、家事が手につかなくなりました。翌日には、単に連絡のメールが迷惑フォルダーに入っていただけだったと分かったのですが、そのことに気づくまで、自分でも信じられないほどにおかしくなり、そんな姿を子どもに見せてしまったことで、子どもも不安定になりました。

このままでは夫と子どもに悪影響を及ぼしてしまうと思い、昨年、実家のそばに住まいを移しました。感情をコントロールできなくなった時、母に育児を手伝ってもらうためです。主治医からは、私のこうした症状は昔受けた虐めが遠因と言われました。通院は今も続いています。いつ完治するのか、分かりません。時々リアルな夢を見ます。一生このままかもしれません。

深沢と会った時の話をしましょうか。十五年ほど前になります。互いの実家が近く、親同士の交流が続いていましたので、完全に縁を切ることができず、社会人になってから、一度だけ会いました。向こうがどうしても謝罪をしたいと、母親経由で訴えてきたからです。

深沢は私の前で涙を流して懺悔《ざんげ》しましたが、かつて私を痛めつけた上、罪悪感からも解き放たれようとするほど強欲な彼女が、反省することはありません。私は、「もういいよ」と言いましたが、彼女を赦したわけではないです。私は、子どもの頃の自分のために、ずっと、誰のことも赦しません。

あなたも同じです。これまで、私に赦されていないことを知らずに生きていたのでしょう。五十嵐も大坪も秋山も佐藤も同じ。私に赦されていないことを知らずに生きていくのでしょう。しかしあなたたちは、これまでもこれからも、私の心の中の檻《おり》にいて、一生そこから出ることはできません。

深沢から、五十嵐と大坪が今どうしているかを聞きました。SNSでその様子を見ることもできました。さほど幸せには見えない現在でしたが、それでも私はしばらく体の調子を崩しました。だからといって、彼らに何かをしたりはしません。ただ、檻に閉じ込めて、その檻ごと私の海の底に沈め続けます。

よく、かつての虐めの被害者が加害者に復讐《ふくしゅう》するというドラマや小説がありますが、現実にはほとんど聞かないと思いませんか。

子どもの頃に酷い目に遭った人たちが、なぜ大人になってから仕返しをしないのか。わたしには少し分かります。

このような手紙を書いている私ですが、おそらくあなたと会ったなら、笑顔を作って、話を合わせてしまうでしょう。あの日、もし私が無理をしてあなたとの待ち合わせ場所に行っていたら、私はこの手紙に書いていたような強い言葉など、とても言えなかった。目の前の人が笑えば、私の顔の肉は、どうしても笑顔を作ってしまう。迎合しやすいこの性質のせいで一生啄《ついば》まれてゆくのだと分かっていても、変えることは非常に難しく、また、変わる力はすでに奪われたのかもしれません。

深沢に請われて会った時も、だから私は笑顔を作りました。そして、思いました。加害者は一生、被害者の本物の笑顔を見ることはできないのだと。

私はあなたたちの前でどんなに笑っても、あなたたちを閉じ込めた場所が深く暗く、憎悪が層となって積もった場所だと知っていますから、そんなところにあまりにも長く居るあなたたちにはなんらかの因果が巡るのではないかと信じています。

ここまで話しても、あなたはまだぴんと来ていないでしょうし、何やら言い訳の返信を書きたくなっているかもしれません。ですが私は、あなたとやりとりするためだけに作ったフリーメールアドレスの使用をこれで終わりにしますし、あなたが今後も私に接触して来たり、ましてやまた実家に電話をかけてきたりしたら、即座に貴社に事情を伝えて、今受けている全ての警備サービスを解約します。

最後になりますが、十年ほど前、野々村大吾くんと会いました。どうしても謝罪をしたくて、私が捜し出し、彼に会いに行ったのです。

今どこで何をしているかは彼のプライバシーなので言えませんが、野々村くんが私たちを「赦す」と言ってくれたことはお伝えします。かつて私たちが「睨んでいる」と決めた彼の目は、とても澄んでいました。「自分も悪かったから仕方がない」と野々村くんは微笑みました。何ひとつ悪かったことなどないのに、そう言いました。

加害者は、本物の笑顔を見ることができない。

野々村くんはすでに四度、自殺未遂をしたそうです。


それではお元気で。

返信無用

初出
「小説 野性時代」２０２３年11月号、２０２４年1月号、3月号、5月号、7月号、9月号
本書は右記連載に、加筆修正を行い単行本化したものです。
本作はフィクションであり、実在の個人・団体とは一切関係ありません。

装幀／大久保伸子
装画／金子幸代

朝比奈あすか（あさひな　あすか）
1976年東京都生まれ。慶應義塾大学文学部卒業。2000年、ノンフィクション『光さす故郷へ』を刊行。06年、群像新人文学賞受賞作を表題作とした『憂鬱なハスビーン』で小説家としてデビュー。その他の著書に『憧れの女の子』『自画像』『人生のピース』『君たちは今が世界《すべて》』『翼の翼』『ななみの海』『ミドルノート』『いつか、あの博物館で。アンドロイドと不気味の谷』など多数。

普通《ふつう》の子《こ》

2024年12月18日　初版発行

著者／朝比奈《あさひな》あすか

発行者／山下直久

発行／株式会社KADOKAWA
〒102-8177　東京都千代田区富士見2-13-3
電話　0570-002-301（ナビダイヤル）

印刷所／大日本印刷株式会社

製本所／本間製本株式会社

本書の無断複製（コピー、スキャン、デジタル化等）並びに
無断複製物の譲渡及び配信は、著作権法上での例外を除き禁じられています。
また、本書を代行業者などの第三者に依頼して複製する行為は、
たとえ個人や家庭内での利用であっても一切認められておりません。

●お問い合わせ
https://www.kadokawa.co.jp/（「お問い合わせ」へお進みください）
※内容によっては、お答えできない場合があります。
※サポートは日本国内のみとさせていただきます。
※Japanese text only

定価はカバーに表示してあります。

©Asuka Asahina 2024　Printed in Japan
ISBN 978-4-04-113837-3　C0093